古 都

张辉 译

广东旅游出版社
·广州·

图书在版编目（CIP）数据

古都／（日）川端康成著；张辉译. -- 广州：广东旅游出版社，2025.1
ISBN 978-7-5570-2984-5

Ⅰ.①古… Ⅱ.①川…②张… Ⅲ.①中篇小说-小说集-日本-现代 Ⅳ.①I313.45

中国国家版本馆 CIP 数据核字（2023）第 047362 号

出 版 人：刘志松
策划编辑：吴　娟
责任编辑：吴　娟
装帧设计：艾颖琛
责任校对：李瑞苑
责任技编：冼志良

古都
GUDU

广东旅游出版社出版发行

（广州市荔湾区沙面北街 71 号首、二层）
邮政编码　510370
电　　话　020-87347732（总编室）020-87348887（销售热线）
投稿邮箱　2026542779@qq.com
印　　刷　佛山家联印刷有限公司
地　　址　佛山市南海区三山新城科能路 10 号
规　　格　889 毫米×1194 毫米　1/32
字　　数　260 千字
印　　张　12
版　　次　2025 年 1 月第 1 版
印　　次　2025 年 1 月第 1 次
定　　价　59.00 元

【版权所有　侵权必究】
本书如有错页倒装等质量问题，请直接与印刷厂联系换书。

译 序

  川端康成1899年生于大阪，父亲是一名开业医生，喜好汉诗、文人画，但未待川端康成充分接受其艺术熏陶，父亲在川端康成一岁时患肺结核与世长辞，次年母亲也因同一疾病撒手人寰，川端康成便由祖父母抚养。七岁上小学时祖母溘然长逝，年幼的川端康成和失明的祖父相依为命。川端康成十岁时，一直被寄养在姨父家中的姐姐又因病去世。十四岁时，唯一的亲人祖父也离开人世，川端康成小小年纪便已多次历经生死离别，他自称为"天涯孤儿"。这一经历不仅使川端康成终其一生都散发着忧郁气质，同时也深深影响到他的文学创作。川端康成坦言从创作伊始作品中就充满了儿时的哀愁，这种哀愁在自己的文学创作中已形成一股隐蔽的暗流。

  川端康成1920年从第一高等学校毕业后进入东京帝国大学（今东京大学）文学系英文学科，不过出于对文学的热忱，川端康成最终选择在1922年转入国文学科。川端康成在大学期间就已于文坛崭露头角，获得菊池宽、芥川龙之介等前辈的赏识。川端康成走上了探究日本传统美的创作道路，陆续发表《雪国》《千鹤》《古都》等诸多经典之作，不仅在日本文学界取得了不可动摇的地位，在世界范围内也广受好评。1968年，川端康成继印度诗人泰戈尔之后，成为亚洲第二位诺贝尔文学奖得主；诺贝尔文学奖授奖理由中提及川端康成"以卓越的感受性，并用您的小说技巧，表现了日本人心灵的精髓"，这正巧妙地概括了川端文学的创作特色。

芥川龙之介1927年在遗书中留下"茫然的不安"后便自杀身亡，川端康成在《临终的眼》中对此表达了自己的看法："无论怎样厌世，自杀不是开悟的办法，不管德行多高，自杀的人想要达到圣境也是遥远的。"在诺贝尔文学奖获奖感言《我在美丽的日本》中又提及"我既不赞赏也不同情芥川，还有战后太宰治（1909—1948）等人的自杀行为。"虽然川端康成并不赞同自杀，可他终究未能逃脱自毁的魔咒，1972年在家中口含煤气自我了结了生命，享年七十三岁，闪耀大正（1912—1926）、昭和（1926—1989）文坛的一代文豪就此陨落。

川端康成在走上文学道路之初曾醉心于借鉴西方达达主义、表现主义发展发展而成的"新感觉派"，在经历了对西方流派的痴迷之后又转而回归日本传统。川端康成对日本传统文化颇有修养，幼年时期便已开始诵读《源氏物语》《枕草子》等经典名著，在诺贝尔文学奖颁奖仪式上发表的《我在美丽的日本》演讲便是以镰仓时期希玄道元的和歌《本来面目》开场，在文中悉数列举了《古今和歌集》《伊势物语》《源氏物语》《枕草子》等日本古代文学经典，深入细致地向世界阐释了日本独特的审美意识。日本审美意识的基调为"物哀",其本质是悲哀的美学,这种"物哀"之感也始终弥漫于川端康成的文学世界之中。川端文学缺乏跌宕起伏、复杂多变的情节,创作主题也大多暧昧模糊、含蓄不明,但作品中无处不在的"物哀"正如同《雪国》中叶子那"优美得近乎悲切的声音"般挥之不去,让人在阅读之后久久沉浸其中无法自拔。总之,川端康成探索出"以日本传统作为艺术创作的精神内核,以西方的表现手法作为外在形式"的文学创作道路,他也由此获得了诺贝尔文学奖评选委员会"在架设东方与西方的精神桥梁上做出了贡献"的高度评价。

　　川端康成毕生笔耕不辍,著作颇丰。据统计,川端康成共创作超过五百部(篇)小说,大部分均具有极高的文学价值,从中选择若干翻译出版谈何容易。本系列选取《伊豆的舞女》(1926)、《浅草红团》(1929—1930)、《千鹤》(1949—1952)、《雪国》(1935—1948)、《名人》(1942—1947、1951—1954)、《舞姬》(1950—1951)、《古都》(1961—1962)译介发行,主要是基于以下考虑。从时间上而言,以上作品纵贯川端文学创作的各个阶段,《伊豆的舞女》出版于1926年,《古都》则最终发表于1962年,时间跨越了战前和战后,几乎囊括了作家的整个创作生涯,从中可以把握一代名家在不同时期创作风格与艺术思考的发展演变。从空间上而言,川端康成钟情旅行,甚至被三岛由纪夫称为"永远的旅人",通过以上作品读者可以领略日本不同地区的风情风貌,京都的千年古韵、浅草的喧闹繁华、新潟的天寒地冻、伊豆的安逸闲适皆可尽收眼底。从内容上而言,川端康成作品扎根于日本传统,我们从中一能通过感受日本茶道的古典雅致，三能领略围棋的变幻多端；二能体会底层舞女的苦中作乐，也能了解棋手的无畏献身。为了便于读者理解，在此结合创作背景对创作内容稍作简单介绍。

《舞姬》1950—1951年连载于《朝日新闻》，是川端康成战后发表的首部长篇小说。此部作品中的主人公依旧是女性，故事以芭蕾舞演员波子、友子、品子为中心，着重刻画了战后女性在家庭与事业、爱情与伦理之间的内心纠葛和艰难选择。

战后日本迎来了美国主导下的民主改革，这一改革浪潮对之前的伦理道德观念带来巨大冲击，《舞姬》中所表现出的封建意识和民主思想的交锋，恰恰反映了日本战后的真实状况。川端康成的《舞姬》并不如森鸥外的同名作品那般知名，也不能称得上川端康成绝对的代表作，不过作品中出现的"魔界"却引发了广泛关注和深入讨论。矢木的房间挂着一休和尚手写的"入佛界易，进魔界难"条幅，这也是"魔界"首次出现于川端文学之中。川端康成在《我在美丽的日本》中坦言自己收藏有这一手迹，在他看来，没有魔界就没有佛界，若无坚强意志便无法进入魔界。川端康成在《舞姬》中初步通过婚外恋等表现了对伦理道德的冲击，而在之后的《睡美人》（1961）等作品中更加肆意大胆地描写了迟暮老人对妙龄少女畸形的爱恋，在魔界之中越走越远，这也成为川端文学遭受诟病之处。正如日本哲学家梅原猛所言："'佛界易入，魔界难进'一语，对川端而言，也许是表现他作为艺术家本领的语。然而，川端永远是'魔界'中的人，他进不了佛界。"

《古都》于1961—1962年连载于《朝日新闻》，故事围绕千重子和苗子这对孪生姐妹的重逢展开，同时展现了京都这座千年古都的风貌，而这正是川端康成创作此部作品的初衷所在。进入1960年代之后日本经济高速发展，美国文化也深刻影响到生活的方方面面，无不对日本传统带来巨大冲击，不仅直观体现为传统建筑被近代洋房取代，更表现为日本文化习俗的日渐消亡，作为"日本人的精神故乡"的京都也面临着重重危机。川端康成在《古都》中既描写了自然草木、季节变换，也呈现了节日习俗、人文古迹，以此向世人勾勒出日本的传统之美。值得注意的是，《古都》属于川端康成后期作品的"另类"，一反该阶段对病态爱恋的痴迷，作品中秀男与千重子、苗子、千重子同真一、龙助的感情纯洁真挚。虽然川端康成在完成创作后曾感到忐忑不安、心灰意冷乃至一度不愿再次触及，但该作品出版后大受好评，也最终成为诺贝尔文学奖获奖作品。

岁月流转，斗转星移，川端康成与世长辞已有五十载光阴。在此期间，日本文学经历了诸多流派的缤纷登场，也涌现出诸如大江健三郎（1994年诺贝尔文学奖得主）、中上健次、村上春树等一大批才华横溢、享誉海外的知名作家，但后继作家的人才辈出终究无法掩盖川端康成的卓越风采，川端文学的无穷魅力并未随着时光流逝褪色远去，反倒历经岁月淘洗更弥足珍贵。时值川端康成辞世五十周年之际，出版此系列译著也有着特殊意义。川端康成在中国具有无可撼动的地位，早已成为日本文学的旗帜。这不仅表现在译本的一版再版、销量的高居前列，也体现在各类学术研讨会的接连举办；不仅表现在上至学术权威、下至年轻学者对川端文学的持续关注和不断探讨，也体现为一代代普通读者对《雪国》《古都》等经典作品的热切阅读。让更多人通过更多途径、拥有更多可以切身感受这位日本作家的文学魅力选择，这正是发行此版译著的初衷所在。"妆罢低声问夫婿，画眉深浅入时无"。川端康成一生著作等身，但创作过程毫不敷衍，在写完一段后会反复阅读不断打磨，力求确保毫无瑕疵。为了呈现出川端康成泛着淡淡日本"物哀"的文学特色，译者也心怀对川端康成的无限崇敬，秉承川端康成一丝不苟的创作精神，字字句句反复斟酌一再推敲；不过鉴于译者才疏学浅、能力有限，译文仍难免有纰漏之处，敬请批评指正。

目 录

古 都
001

舞 姬
187

古　都

春　花

千重子发现长在老枫树树干上的紫花地丁开花了。

"啊，今年也开花了呀。"千重子再次邂逅到春天的柔美。

这老枫树，长在街市中的狭窄庭院里，也算得上是一棵大树了。树干处比千重子的腰还粗。当然了，那苍老的树皮，布满青苔的树干，怎么能跟未经世事的千重子的娇嫩身体相提并论呢……

枫树树干在跟千重子腰一样高的地方微微向右弯曲；在比千重子头顶还高的地方，更加向右弯曲。枝条从弯曲之处伸展开来，布满整个院落。长的枝条，可能因为枝头过沉，而稍稍耷拉着。

在树干那个大弯的下面，好像有两个凹窝。俩凹窝里各长着一株紫花地丁，每逢春天就开花。自打千重子记事儿开始，这两株花就长在这枫树上了。

上下两株花，相隔大约一尺。正值妙龄的千重子不禁想道："上下两株花，会不会彼此相识呢？然后会不会又彼此相知呢？"花与花的"相识"和"相知"又有何寓意呢？

紫花地丁逢春便花开三朵，多的时候，也就是五朵。即便如此，它们每年依然一如既往地在枫树上的小小凹窝里发芽，开花。千重子从走廊下眺望，从树根处仰视，有时被紫花地丁的这种生命力打动，有时也会感受到深深的孤独感。

"出生在这种环境里，然后还要一直活下去……"

来店里的客人即便有时会对枫树啧啧称奇，但是几乎没有人会注意到开在树干上的小花。老树干苍劲有力，上面布满青苔，更为其增添了一份威严与雅致。与之相比，紫花地丁显得不起眼也不足为奇了。

虽然不起眼，但是蝴蝶却"认识"这些花儿。有一群白蝴蝶在庭院里低低飞舞。在千重子看到紫花地丁的时候，这群蝴蝶刚好从枫树树干飞到了花儿的附近。枫树刚刚抽出泛着淡红色的小嫩芽，把蝴蝶飞舞的点点白色，衬托得更加鲜艳。两株花的叶子和花朵，在树干新长出来的青苔上投射出隐隐约约的影子。

这个时节，虽然经常阴天①，但依然是一片柔美的大好春光。

直到这群白蝴蝶飞走，千重子一直坐在走廊上望着枫树上的花儿。她对着这些花儿，仿佛要悄悄地对它们说："今年也能在这儿开花，多好啊。"

在花下面，枫树根旁，立着一个旧石灯笼。石灯笼脚边，雕刻有立像。曾经有一次，千重子的父亲告诉她说，这立像是耶稣。

"那不是圣母玛利亚吗？"千重子反问说，"在北野天满宫②里也有一个跟它特别相似的大雕像啊。"

"这分明是耶稣啊！"父亲干脆地回答说，"你看怀里又没抱婴儿。"

---

① 阴天：原文为"花曇りぎみ"，意思是"花阴"，指的是日本樱花开花时常阴的天气。
② 北野天满宫：别称，北野天神。北野天满宫是京都市上京区的神社。相传10世纪中叶为供奉学问技艺之神管原道真而建造。现存建筑是公元1607年由丰臣秀吉重建，是日本国宝。

"啊，还真的是哎……"千重子只好点点头，又接着问，"咱们家的祖先里有人是基督徒吗？"

"没有，这石灯笼可能是庭园师或者是石匠搬过来放在这里的，原先也只不过是个普通的灯笼，算不上什么罕见的物件儿。"

这个雕刻着耶稣像的石灯笼，大概是当年禁教①的时候造的吧？由于所用的石材质地粗糙而且易碎，浮雕像经过几百年的风雨侵蚀之后而腐朽零落，只有头脚和身体的大概形状还能依稀分辨。但也有可能是一开始的时候就仅仅是简单地雕刻了一下形状而已。耶稣的袖子很长，几乎拖到了衣服下摆。虽然看起来像是在双手合十，但是只有胳膊那里稍微有点儿鼓起来，根本分辨不清具体的形状。不过，和佛像、地藏菩萨像感觉是不同的。

这石灯笼可能是作为以前信仰的标志，抑或是作为有异国情调的装饰品而制造出来的吧。但是现在已经很老旧，所以就只能被放置在千重子家庭院里那棵老枫树的树根边上。每当有客人留意到它，父亲就会解释说："这是耶稣像。"不过，来谈生意的客人中，很少有人会注意到树荫下这个不起眼的石灯笼。即便有人看到，也不会想去多瞧几眼，因为他们觉得在庭院里摆放一两个石灯笼是再稀松平常不过的事情了。

千重子把目光从树上的紫花地丁处移开，开始盯着耶稣像看。千重子虽然读的不是教会学校，但是为了能有机会多接触自己喜欢的英语，她经常出入教会，也读过《圣经》的新约和旧约。要给这个老旧的石灯笼献花或者点蜡烛，似乎有点不大合

---

① 禁教：天主教在日本室町时代后期传入日本后，在江户时期，幕府禁止信教、传教。

适。因为灯笼上哪儿都没有刻着十字架。

耶稣像上边的紫花地丁，能让人联想起它们像是圣母玛利亚的心似的。千重子又将目光从灯笼转移到了花儿上——忽然她想到了饲养在古丹波①陶壶里面的金钟儿②。

千重子四五年前开始养金钟儿，比她发现老枫树上的紫花地丁要晚很多。有次在高中同学家的客厅里，听到金钟儿一直叫个不停，她就讨要了几只带回家自己养。

"待在这壶里真是太可怜啦！"千重子说道，但是朋友回答说：总比单纯养在笼子里让它们白白死去要强得多。据说有的寺庙专门饲养了很多金钟儿，拿来卖虫卵。好像爱好这个的还不少。

千重子养的金钟儿变得多了起来，能装两个古丹波陶壶了。都成了惯例，每年七月一日左右虫卵孵化成幼虫，到了大概八月中旬，虫儿就会开始鸣叫了。

它们就这样在这狭小昏暗的陶壶里，出生、鸣叫、产卵然后死去。但是，好在它们最起码能够把自己的虫卵在陶壶里保存下来。可能也正是因为如此，对于它们来说，活在壶里，比起被养在笼子里而结束短短的一生，要好得多。在陶壶中终其一生，壶中就是它们的天地。

千重子也知道，在很久之前的中国有这么一个故事，叫作

---

① 丹波：日本古国地名，位于现在京都府的中部和兵库县的中部和东部。丹波的今田町盛产陶瓷。

② 金钟儿：即日本钟蟋（Homoeogryllus japonicus），珠蟋科，钟蟋属，又名马蛉、蛉虫、铃虫。金钟儿的鸣声较奇特，犹如铃声，其鸣声为"铃……"。

古都　005

"壶中天地"①。讲的是，在那壶中有金殿琼楼，到处都是琼浆美酒和山珍海味。壶中也就是远离俗世的另外一个世界，是一种仙境。但这也只是众多仙人传说中的一个而已。

当然，金钟儿也并不是因为厌倦俗世才自己躲进壶里去的。即便置身壶中，它们可能对此也是浑然不觉，也就这样生存下去了。

关于金钟儿，最让千重子感到吃惊的是，如果不把其他地方的雄性金钟儿放进壶里，仅仅让同一个壶里的虫儿交配、自行繁殖的话，生出的幼虫就会变得很羸弱、瘦小。这是反复近亲交配繁殖的结果。为了避免这种情况发生，在金钟儿的爱好者们之间有相互交换雄性金钟儿的习惯。

虽然现在是春天，并不是金钟儿会鸣叫的秋天，但是千重子看到枫树干凹窝里开着的紫花地丁，而联想到金钟儿，也不能说是毫无联系的。

金钟儿是千重子放进壶里的，但是紫花地丁为什么要选择生存在这么一个狭小苦闷的地方呢？今年花儿开了，金钟儿到时候也会出生，接着鸣叫吧。

"这想必就是大自然的生命规律吧……"

千重子把被春风吹乱的头发撩到一边耳旁，与这紫花地丁和金钟儿相对照，心里寻思："那么我自己呢？……"

在这自然万物一齐生长的春天，凝视这小小花儿的，也只有千重子一人了。

---

① 壶中天地：源自《后汉书》中费长房的故事。用"壶中天地"比喻与尘世不同的仙境。

从店铺那边传来声响,好像是要开午饭了。

千重子今天和人有约,要一同去赏花,梳妆打扮的时间快到了。

昨天是水木真一打电话给千重子的,约她去平安神宫赏樱花。

真一的一个还是学生的朋友,据说要在神苑门口做半个月的检票员。真一也就是从他口中得知,现在正是樱花盛开的时候。

"就像我专门找人盯着一样,绝对没有比这个更准确的消息了。"真一说着,浅浅一笑,笑得很好看。

"那他不会也盯着我们吧?"千重子问。

"那家伙就是个看门的呀,谁进门都会见到他的。"真一又短短一笑,"但是,如果你不情愿的话,那我们就分别进去,在院里的樱花树下碰头好了。那些花,就算一个人使劲儿看,也是不会看腻的。"

"这样的话,那你一个人去看,岂不更好?"

"好是好,但是如果今晚下雨,花都谢了的话,我可就不管了喽。"

"那我就刚好欣赏下落花景致呗。"

"被雨打落在地,脏兮兮的花,哪还称得上落花景致?真正的所谓落花景致是指……"

"你真讨厌!"

"你说谁?"

今天千重子挑了件素朴不显眼的和服就出门了。

平安神宫因从平安时代开始就举行的"时代祭"①而闻名。但是它是为了纪念一千多年前定都京都的桓武天皇，于明治二十八年（1895年）才修建起来的，所以里面的神殿并没有那么古老。但是神门和外前殿据说是模仿平安京②的应天门和太极殿而建造的。右边种有橘树，左边种有樱花等树木。昭和十三年（1938年），迁都东京之前的孝明天皇也被一并祭祀于此。很多人会选择在这里举行神前婚礼③。

装点神苑的是一大片红色垂樱，很是漂亮。现在的确可以说，"除了这里的花儿，没有什么能够代表京都的春天了"。

千重子一踏入神苑的门，盛开的红色垂樱瞬间映入眼帘，自己心里仿佛也开满了花儿一样啊。"啊，这就是京都的春天！今年我又赶上了。"她不禁感叹，然后就一直伫立在那里，忘我地欣赏着这美景。

过了良久，真一在哪儿等着呢？是不是还没有到？千重子打算先找一下真一，找到他之后再一起赏花。她从樱花树中间走了出来。

真一正躺在花下的草坪上。枕着十指交叉的双手，闭着眼睛。

千重子想都没想到真一会躺在那里，有点不高兴了。竟然在等年轻姑娘的时候躺在那里睡觉。与其说他这样让自己感觉被羞辱，或者不懂礼貌，不如说单单就是讨厌真一躺在那里。在千重

---

①时代祭：每年10月22日在京都平安神宫举行的祭祀活动，表现日本从平安时代到明治时代的风俗的人们依次排列成队，绕市游行一周。
②平安京：8世纪末至9世纪初，在现京都市区模仿唐朝都城长安而修建的都城。
③神前婚礼：指神社里，按照神道仪式在神前举办结婚仪式。

子的生活环境中,还没大看到过男人躺着的姿态。

或许真一平时经常会在大学的草坪上,和朋友一起屈肱为枕,仰面而躺,谈笑风生,悠然自得。而现在的这个姿势,也只不过和平常一样罢了。

还有,真一身边还有四五个老奶奶,她们一边打开木制的方形多层便当盒,一边优哉游哉地在聊天。也许真一起初是感觉和老奶奶们很亲近,才先去挨着她们坐,到后来干脆就躺下了吧。

想到这里,千重子不禁想笑,却脸红了。她没能上去叫醒真一,只是站在那里,并且还想离真一远一点……千重子一次也没见过男人睡觉的面容。

这时的真一身着整齐的学生装,头发也梳得很整齐。长长的睫毛合在一起,俨然一副少年的模样。不过,对于这些,千重子也没能正面多看一下。

"千重子!"真一喊着站了起来。千重子忽然脸色一变,变得不高兴了。

"在这种地方睡觉,有点太不像样子了吧?来来往往的人都看着呐。"

"我没睡着啊,你来的时候我就知道的。"

"你真坏!"

"那我要不叫你的话,你打算怎么办?"

"你是看见我后,才假装睡着的吗?"

"想到竟然有一位看起来如此幸福的小姐走进来,就突然有点伤感。刚好头也有点疼,所以就……"

"我?我幸福吗?"

"……"

"你头疼?"

"不疼了,已经好了。"

"脸色还有点不太好呀?"

"没有啊,已经没什么了。"

"你的脸真像一把宝刀啊。"

虽然很少,但确实有人说过真一的脸像一把宝刀。可是从千重子口中,这还是第一次听到。

真一每次被人这样说的时候,心里都像是有什么东西激烈燃烧起来了一样,很激动。

"我这把宝刀是不会伤人的,更何况在这樱花树下呢。"真一笑着说道。

千重子爬上小坡,然后又返回到回廊的入口处。刚还站在草坪上的真一也跟着过来。

"真想把所有的花都看个遍啊。"千重子说。

走到西侧回廊的入口处,眼前遍布红色垂樱。这花色让人立马感受到了春天的气息。这才是春天的样子啊!连垂下的细长枝条末梢上,都开满了红色的八重樱①。这样一片花木树,与其说是树上开了花,倒不如说是花儿自己布满了枝头。

"在这里的这些花里面,我最喜欢这种啦。"

千重子说着,就领着真一走到了回廊外边的一个拐角处。那里有一棵樱花树,树枝伸展开来,树冠格外大。真一也站在旁

---

① 八重樱:重瓣樱花,也称牡丹樱。花瓣有八重,是从自生于日本山野的樱花树改良栽培而来的园艺品种。

边，望着那树。

"仔细看去，这树实际上很女性化啊！"真一说，"不管是垂下的枝条，还是花儿，都很柔美和丰满……"

而且八重樱的红色中还隐约泛着一点儿紫色。

"一直以来，完全没想过樱花竟然会如此的女性化。无论是它的颜色和风韵，抑或它娇艳的温润。"真一接着说。

二人从樱花处走开，向池塘边走去。在小路变窄处，有张折叠长凳，上面铺着绯红色的毛毡子。有客人坐在那里，喝着淡茶。

"千重子！千重子！"有人在远处喊。

是真砂子，她身着长袖和服，从位于昏暗树丛中的澄心亭茶室走了过来。

"千重子，能稍微帮下忙吗？我累了，刚才在给茶道老师帮忙。"

"我今天这身穿着，最多只能在厨房里帮忙洗洗茶具。"千重子说。

"没关系，就在厨房帮忙也可以……就帮忙端端茶什么的。"

"我还有一起来的朋友呢。"

真砂子注意到真一后，便在千重子耳边轻声地问："这是你未婚夫吗？"

千重子轻轻地摇了摇头。

"那是恋人？"

千重子还是摇摇头。

真一听到后转身过去，走开了。

"哎，你们俩一起进茶室来喝杯茶怎么样？……反正现在也没多少人。"真砂子邀请他们,但是千重子婉拒了。她一追上真一,就问:"我这位茶道的朋友长得很漂亮吧?"

"只不过是一般的漂亮吧。"

"哎呀,人家会听见的呀!"

千重子面向站着目送他们的真砂子,行了个注目礼。

穿过茶室下面的小径,有一个水池。池畔长着菖蒲,嫩绿的叶子,竞相生长。睡莲的叶子,也漂浮在池面上。

这个池塘的周围没有樱花。

千重子和真一绕过池岸,走进一条有点儿昏暗的林间小道。这里散发着嫩叶的清香和湿润的泥土味道。这条细小的林间小道很短。走过这条小道,眼前展现出一座明亮的庭园。这里的水池,比之前那方还要大。岸边的红垂樱倒映在水中,令人眼前一亮。外国游客们也正在拍这些樱花。

对岸的树丛里,马醉木①也默默地开着白花。这让千重子想到了奈良。这里还有很多树形不大,但姿态奇美的松树。如果没有樱花,那松树的葱绿同样也会引人入胜吧。不,正是现在这松树的干净葱翠和这池水的清澈碧绿,把垂樱的一片片红花衬托得更加明艳。

真一领先一步,先踩上了池塘上的踏脚石,这叫作"涉水"。踏脚石是圆形的,像是将鸟居②柱子横断切开,排列起来了似的。

---

①马醉木:桠木。杜鹃花科常绿灌木。早春时节开白花,呈壶状。有毒,据说马误食之后会导致昏厥,故称"马醉木"。

②鸟居:指神社参拜道路入口处的大门,两边各竖一根柱子,上面用横穿板固定住,其上再架上压顶木。

千重子也踩上踏脚石，有些地方她还得撩起和服的下摆。

真一回头说："我想背你过去。"

"你试试看啊，佩服你哟。"

不过，这些踏脚石连老婆婆都能轻轻松松地走过去。

在踏脚石旁边，睡莲的叶子浮在水面上。靠近池塘对岸处的踏脚石周围，有小松树的影子倒映在水中。

"这种踏脚石的摆法，也太抽象了吧？"真一说。

"日本庭园不都是这么抽象吗？就像醍醐寺①庭院里的杉苔②一样，一直被人们说抽象、抽象，反倒让人觉得烦了……"

"对啊，那种杉苔确实是很抽象。醍醐寺的五重塔，修缮工程刚结束，正举行竣工仪式呢，咱们去瞧瞧吧。"

"醍醐寺的五重塔也模仿新的金阁寺③那样重修了吗？"

"肯定已经变得焕然一新了吧。虽然塔没有被烧毁……据说是拆解之后，再按照原来的样子重新搭建起来的。竣工仪式刚好赶上了樱花的盛开时节，肯定会有很多人来看热闹。"

"花的话，除了这里的红色垂樱，其他也没什么想看的了。"

两人不一会儿就走完了靠里面的最后几块踏脚石。

---

①醍醐寺：位于京都伏见区醍醐珈蓝町，是真言宗醍醐派的总本山。寺内有创建之初遗留下来的五重塔等多处国宝。
②杉苔：指的是金发藓。在日本用于苔藓庭园，茎不分枝，密生线形或披针形叶，似杉树的小枝。
③金阁寺：位于京都市北区的鹿苑寺的通称，是临济宗相国寺派的寺院，因寺内有金阁，故名。金阁于1950年因人故意纵火而烧毁，1955年根据明治时代大修时留下的图纸重修。

古都　013

望着池畔群松林立,走过那一排踏脚石,不大一会儿就到了桥殿。这桥殿的正式名称叫作"泰平阁",确实能让人联想到殿堂的感觉。桥的两侧被修建成像带低靠背的折叠椅的样子,人们可以坐在这里休息。从这里越过池面,可以眺望庭园的景色,不,准确来说应该是包括水池在内的整个庭园的景色。

坐在这里休息的人们,有人在喝东西,有人在吃东西,也有小孩子在桥正中间跑来跑去。

"真一,真一,这儿……"千重子先坐下来,用右手给真一占了一个位子。

"我站着就行。"真一说,"就算蹲在你脚边也行……"

"才不管你呢。"千重子突然站起来,按着真一坐下,"我去买鲤鱼饵,一会儿就回来。"

千重子回来,把烤麸丢到池子里,鲤鱼成群地一拥而来,有的还把身子伸出水面。激起的一圈圈的涟漪,慢慢扩散开去。樱花和松树在湖面上倒映的影子也跟着微波摇曳起来。

千重子把剩下的鱼饵递给真一,说:"给你吧。"真一只是默默地不说话。

"怎么?现在头还疼吗?"

"已经不疼了。"

两个人在那里坐了好久。真一认真地凝视着水面。

"你在想什么呢?"千重子搭话道。

"这,该怎么说呢,也没想什么,不过总有什么都不用想的幸福时刻吧。"

"在这繁花盛开的日子里吗……"

"不,就在幸福的小姐的身边……那种幸福就像青春一样热烈，扑面而来。"

"我幸福吗？"千重子又说了一次，眼中忽然浮现一丝忧愁的神情。由于她低着头，又好像只是池水倒映在了她眼里而已。

千重子站了起来。

"在桥的那头，有我喜欢的樱花树。"

"就是从这里也能看得见的那棵。"

那棵红垂樱最漂亮，作为名树，为众人所知。枝条像垂柳一样低垂着，然后伸展开来。千重子走到树下，伴着若有若无的轻风，樱花飘落在她的脚边和肩头。

花瓣斑驳地零落在树下，也有些漂浮在池面上，但是充其量也只有七八朵吧。

垂樱虽然被竹条支撑着，有些纤细的枝尖还是快要垂到了池塘里。

透过这红八重樱层叠的间隙，在池塘对面东岸的木丛上，能远远望到远处遍布绿色嫩芽的群山。

"那山应该是东山①的分支吧。"真一说道。

千重子答道："那是大文字山②。"

"咦，是大文字山啊，但是看起来感觉很高啊。"

"因为从花丛里看，所以才看着高吧？"站在花丛里的千重子说。

两人满心不舍地走开了。

---

① 东山：京都东部丘陵性的山地，以海拔474米的如意岳为中心，群山连绵，也称东山三十六峰。
② 大文字山：位于京都市左京区，与如意岳西面相连，海拔466米，因"大"字篝火而闻名。

古都　　015

在那棵樱花树附近，铺着大粒的白砂。白砂的右边，有在这个庭院里算高的松树群，再往右边就是神苑的出口了。

出了应天门，千重子说："突然想去一下清水寺①。"

"为什么要去清水寺？"真一问道，一脸觉得清水寺也没什么的表情。

"想去清水寺看京都的夕阳，看日落西山的天空。"千重子连着说。

真一也点点头。

"那走吧。"

"走着去哟。"

两人走了相当长的路。避开通电车②的大路，两个人绕道到南禅寺道，穿过知恩院③，走过圆山公园的后面，沿着旧旧的小路就到了清水寺的前面。春天时节的晚霭也刚好就在此时变得浓了起来。

这时在清水寺的舞台上，来参观的人仅剩下三四个女学生。天色已晚，已经看不清她们的脸了。

这正是千重子最喜欢的时刻。在昏暗的本堂里，已经点亮了灯。千重子没有在本堂前的舞台停留，直接走了过去。从阿弥陀堂前面，一直走到里院。

---

① 清水寺：位于京都市东山区清水北法相宗的本山。始建于798年，平安时代屡遭烧毁，现存殿堂为德川家光重建。以本堂前架在悬崖上的木造建筑"清水舞台"而闻名。
② 电车：指的是以电力为动力的公共铁路轨道交通。
③ 知恩院：位于京都市东山区林下町，是净土宗的本山。正式名称是华顶山智恩教院大谷寺。德川家康为祭祀其生母，在此修建了雄伟的伽蓝。

里院中也有架在悬崖上的舞台。舞台像桧树皮屋顶一样，很是轻小。舞台朝向西边，面对着京都的街区，也面对着西山。

街区华灯初上，天边还有一点薄薄的亮光。

千重子倚在舞台的围栏上，眺望着西边，仿佛忘记了同行的真一。真一也慢慢将身子靠过去。

"真一，我是一个弃儿。"千重子突然说。

"弃儿？"

"是的，我是一个弃儿。"

真一寻思着千重子嘴里的"弃儿"这个词是不是有什么别的意思呢。

"弃儿啊，"真一自己小声嘟囔说，"千重子，你也想过自己是弃儿吗？如果你是弃儿的话，我更是精神上的弃儿了……也许每个人有可能都是弃儿。因为出生这件事，本身就像是被神抛弃到这个世上吧？"

真一注视着千重子的侧脸，夕阳的颜色在她的脸上映出微微红光，这或许就是春夜给人带来的淡淡忧伤吧。

"那样的话，人也可以被说成神之子喽？神先将之抛弃，再去解救……"

但是千重子好像没有听到似的，只是俯视着亮着灯的京都街景，没有转身看真一。

真一看到千重子莫名悲伤，想用手去扶她的肩。千重子却躲开了。

"别碰我，我是一个弃儿。"

"我都说了，弃儿就是神之子。"真一稍微大声说道。

"根本没有那种深奥玄妙的事儿，我不是神的弃儿，而是被亲生父母抛弃的。"

"……"

"我是被抛弃在店铺红色格子门前的弃儿。"

"你瞎说什么呢？"

"是真的，虽然跟你讲这种事儿，也没有什么用，不过……"

"……"

"我从清水寺的这里眺望辽阔的京都的夕阳，一直在想，自己到底是不是出生在京都。"

"你在说什么呢？脑子有问题啊……"

"这种事情，我又何必撒谎呢？"

"你不是受宠爱的和服批发店的独生女吗？独生女都成了妄想的俘虏。"

"宠爱的话，是被宠爱的啊，所以现在也觉得是弃儿也没什么……"

"你有证据证明自己是弃儿吗？"

"证据嘛，就是店前那红色的格子门。我对那个旧旧的门很熟悉。"千重子声音变得更加清楚起来，"我记得好像是读初中的时候，母亲把我叫到一边说：千重子，你不是我怀胎亲生的。当初我们抢了你这个可爱的孩子，就驾车一溜烟儿地逃跑了。但是关于掠走婴孩的地方，父母有时候会不注意，说法不一致。一说是开着夜樱的祇园①，又说是鸭川②的河滩上……或许他们可能会

---

①祇园：京都市东山区八坂神社周边一代的地名。
②鸭川：发源于北山的栈敷岳，流经京都市区东部，注入桂川的河流。以与高野川的交汇点为界，上游写作贺茂川（也写作加茂川），下游写作鸭川。日语中，贺茂川与鸭川发音相同。

觉得如果说我是被抛弃在店前的话,就太可怜了,所以才……"

"那你知道自己的亲生父母是谁吗?"

"现在的父母很宠爱我,已经没有心情去找亲生父母了。亲生父母现在应该已经成了仇野①的无亲亡灵了吧。石碑可能也早都破烂不堪了……"

西山柔和的暮色,几乎笼罩了京都的半边天,微红的雾霭扩散而来。

说千重子是弃儿,或者说是被人抢来的孩子,这些话,真一难以相信。

因为千重子的家在古老的批发商街,只需要在附近调查一下,很快就能明白。但是真一没有调查的意思。他很迷茫,很想知道的千重子是为什么会在这里突然告诉他这些。

把真一约到清水寺,难道就是为了说这些吗?千重子的声音变得更加清澈,在那清澈的最深处还有一丝美妙的强韧,仿佛并不是为了向真一倾诉什么。

千重子无疑也隐约知道自己喜欢真一。千重子之所以说这些,可能是为了让自己爱的人能知道自己的身世吧。但真一听起来,却并非如此。恰好相反,这话听起来更好像是为了提前拒绝真一的爱。就算"弃儿"仅仅是千重子虚构的一个故事……

因为刚刚在平安神宫,真一再三说千重子是"幸福"的,千重子的这番话如果仅仅是对于真一发言的抗议就好了。

---

①仇野:京都市右京区嵯峨小仓山脚下的野地。以曾经有火葬场而与东山的鸟边野齐名。

真一试着说：“知道自己是弃儿之后，你觉得孤单吗？难过吗？”

"没有，一点儿也没有觉得孤单，也没有觉得难过。"

"……"

"当我跟父亲说自己想上大学的时候，父亲说：作为要继承家业的女儿来说，上大学不是耽误事情嘛。比起上大学，还不如好好学做生意。只有在这个时候，我会觉得有点难过……"

"这不是胁迫吗？"

"是胁迫啊。"

"千重子，你会绝对服从父母吗？"

"嗯，会绝对服从的。"

"就连像结婚这种事也会吗？"

"是的，我现在是打算那样的。"千重子没有犹豫地回答说。

"你难道没有自我，没有自己的感情吗？"真一说。

"正是因为太自我了，所以才会很困惑……"

"那你宁愿压抑，甚至扼杀掉它们吗？"

"不，不会扼杀的。"

"你说了一大堆莫名其妙的话。"真一轻轻一笑，声音有点颤抖地说道。他从围栏处探出身去，想看一眼千重子的侧脸。"真想看看谜一般弃儿的脸啊。"

"天黑了。"千重子第一次转身朝真一说。眼神里闪着光。

"真可怕……"千重子抬头看着本堂的屋顶。那厚厚的桧木皮葺的屋顶，重重的，灰暗的，似乎要压迫过来一样。

尼姑庵与格子门

千重子的父亲佐田太吉郎，三四天前，躲进了嵯峨①山中的尼姑庵。

尼姑庵的庵主已经年过六十五岁了。尼姑庵因为坐落在古都，自然也颇有些历史渊源。但是因为山门在竹林深处，根本看不见，所以跟观光旅游基本无缘，门可罗雀。厢房也只是偶尔办茶会时才会使用，而且茶室也不怎么有名。庵主有时会外出教人插花。

佐田太吉郎租住了尼姑庵的一间房子，现在大概也已经习惯了这庵里的生活。

佐田的店作为京都高级和服批发店，开在京都的中京地区。周边的店铺都已经改制成了股份制公司，佐田的店在形式上也是股份公司。虽然太吉郎担任社长，但是买卖都交给了掌柜（相当于如今日本公司里的专务董事或者是常务董事）来管理。店里可能还是保留着一些旧时的规矩。

太吉郎从年轻的时候开始，就有名士气质。他性格孤僻，不善与人交往，也丝毫没有像开个人展览来展示自己染织作品的这种野心。就算能开起来，但是在那个时候，个人展览这种形式太过于新奇，恐怕很难将东西卖出去。

---

① 嵯峨：京都市右京区大堰川东岸的地名，与对岸的岚山齐名的名胜地。富名胜古迹，如天龙寺、大觉寺、广泽池、清凉寺等。

太吉郎的父亲太吉兵卫生前经常默不作声，慢慢观察太吉郎。太吉郎并没有像店里的图案师傅或者像外面的画家那样，去画一些顺应潮流的画作。太吉郎没有绘画天分，水平止步不前，到最后只有靠借助麻药的力量才能画出奇怪的友禅印花绸①的底样画稿。太吉兵卫看到后，立马把他送进了医院。

到了太吉郎这一代，这种当时觉得很奇怪的画稿已经变得稀松平常。太吉郎也为此觉得悲哀。自己一个人幽居嵯峨的尼姑庵也是为了找到一些构图灵感。

二战后，和服的花样也有了显著的变化。之前太吉郎借助药物设计出来的奇怪花样，现在反倒让人觉得新鲜、抽象。但这个时候，太吉郎也已经五十过半了。

"这些是彻底淋漓地坚持了古典风格的作品吧？"太吉郎自言自语地说。从前那些优秀的作品现在变得历历在目。古代织物的残片和古典衣物的花样与色彩都印在了脑海里。当然他为了画和服花样，去游历了京都有名的庭院，也去山野写生。

千重子中午时分来了。"父亲，我买了森嘉②的豆腐，您要不要尝一下？""哦，谢谢啊……比起森嘉的豆腐，你能来我更高兴。待到傍晚吧，帮父亲放松下脑子，好能想出好的图样……"

和服批发店店主其实没有必要自己画花样底稿，这反倒会影响做买卖的。

---

①友禅印花绸：印花染色工艺的一种，以通过刮浆防染印花来实现涂层染色为特征，用多彩的颜色华丽地印染出人物、花鸟等图案的染色成品。
②森嘉：全名"嵯峨豆腐森嘉"，位于京都市右京区的知名豆腐店。

但是太吉郎，在店里有耶稣像石灯笼的庭院里，在客厅靠里面的窗边放上一张桌子，有时候会坐在那里画上半天。在桌子后边有两只桐木柜子，柜子里放着中国和日本的古代织物的残片。柜子旁边的木箱里，放着各国的编织物图鉴。

　　在靠里面的仓库的二层，放着能①乐服装和打褂②，这些衣服也保持原样，保存得很完好。还有不少东南亚国家的更纱③（印花布）。

　　其中有些是太吉郎的父辈、祖辈们收集而来的。每逢有古代织物残片展览，被邀请出展的时候，太吉郎会很顽固、冷淡地回绝："我们祖上有遗训，这些东西不能外露。"

　　京都的这个家很旧，想去厕所的话，必须通过太吉郎桌子旁边的窄窄的走廊。太吉郎看到从这里来往经过的人，经常皱着眉头，但不作声儿。但是如果店里很吵的话，他也会不客气地说："你们能不能安静点儿！"

　　掌柜摸着头说："这不是从大阪来的客人嘛！"

　　"不卖给他们也可以，反正批发商到处都是。"

　　"这不是老主顾嘛。"

　　"买和服靠的是眼力。那些靠嘴的人，没有眼力。买卖人一

---

①能：日本中世的艺能中，包含舞蹈和戏剧要素的艺术形式。能乐服装，是表演能乐时穿着的装束，由外衣和服、小袖和服、和服裙裤组成。演员角色不同，衣料织法、颜色、花纹以及穿法都有所不同。
②打褂：和服的一种，日本近世武士家中妇女礼服的一种，套在外面，拖着下摆，现在是用于结婚时新娘的礼服。
③更纱：指的是用各种颜色手绘或者纸版印染人物、花鸟、几何图形的棉布，日本室町时代末期由东南亚传入日本。

眼就明白。虽然我们店里便宜货比较多。"

"是?"

太吉郎铺开坐垫,桌子下铺着有异国风情的绒毯。太吉郎周围,有用更纱做的帷帐,很是气派。拉帷帐是千重子的主意,这帷帐可以稍微减弱从店里传来的噪音。千重子会经常换帷帐的料子。每次换的时候,太吉郎就会给她讲关于帷帐的事儿。什么爪哇和波斯啊,这材料是什么年代的啊,是什么图案等等。这些详细的解说,有时候千重子也不懂。

"用来做提包很可惜,但是用来做袱纱巾①的话又有点儿大。要是用来做和服的腰带的话,能做几条呢?"千重子看着帷帐说道。

太吉郎说:"拿剪子来……"

用那把剪刀,太吉郎熟练地把帷帐的印花布裁剪了一下。

"这刚好可以给你做和服腰带吧。"

千重子一脸惊讶,泪眼汪汪地说:"父亲,这……使不得吧。"

"没事儿,没事儿的。看到你系这条腰带,说不定我又能想起新的底稿的花样呢。"

千重子去嵯峨尼姑庵的时候,就是系的这条腰带。

太吉郎虽然一下就能看到女儿的这条印花布腰带,但是他没有正面多看一下。他心想:虽然印花是大花纹,很艳丽,颜色有浓有淡,但是对于正值妙龄的年轻女儿来说合不合适呢?

---

① 袱纱巾:茶道中用来擦拭茶具和代替茶托垫在器物下边的丝绸。

千重子把半月形的便当放在父亲的身边。"请稍微等一下,我去准备下汤豆腐①"

"……"

千重子刚要站起来的瞬间,顺势回头望了一眼到门口的竹林。

"已经是竹秋之时②了啊!"父亲说。

"这土墙也开始剥落、倾斜,很斑驳了。像我一样。"

千重子已经习惯了父亲的这种说法,连安慰也不安慰一下,只是重复着"竹秋之时……"这一句话。

"你来的路上,樱花怎么样了?"父亲轻声问道。

"凋谢的樱花瓣有的漂浮在池面上。散落在山林嫩叶之间的一两片,从远处看来,反倒觉得很不错。"

"哦……"

千重子走进屋内。切葱,削鲣鱼干的声音传到了太吉郎耳里。千重子准备好樽源③做的汤豆腐道具。这些餐具是从家里带过来的。

千重子麻利地伺候父亲吃饭。

"一起吃一口吧。"父亲说。"谢谢您……"千重子回答道。

从女儿的肩头打量到胸口,"有点儿太素了,千重子你只是

---

① 汤豆腐:锅料理的一种,把豆腐放入海带高汤中加热,然后蘸着加了柚子、葱花、白萝卜泥的蘸料来吃。

② 竹秋之时:竹子在晚春阴历三月的时候,因为有竹笋长出,所以竹叶会暂时变黄,日本文学作品中多用"竹秋"来形容阴历三月。

③ 樽源:位于京都市东山区,是创立于江户末期的百年老店,起初主营洗澡木桶、酒桶等木器,二战后,开始制作酒器、料理用木桶、花桶等工艺性高的木器。

穿我设计的和服啊。不过，可能也只有你肯穿这些卖不出去的花式啊……"

"我很喜欢穿啊，挺好的。"

"嗯，但是还是太素了啊。"

"素是素了点儿……"

"年轻姑娘素一点儿，没什么坏处。"父亲出乎意料地严厉起来。

"认真看的人会夸奖我的……"

父亲变得沉默起来。

太吉郎画底样，现在也就是当个爱好、消遣。

面向一般大众顾客的店里，掌柜看着老板的面子，最多染两三张太吉郎画的底样。而且其中的一张，也是女儿千重子自己主动去穿。衣服的布料的话，倒是经过精心挑选的。

"你只穿我画的就好，只穿咱们店里的就好。"太吉郎说道，"但是不需要这么看着我的情面……"

"看情面？"千重子有点儿吃惊，"没有看您的情面啦。"

"如果千重子你能穿得再华丽一点，早就找到中意的人了吧？"平时难得一笑的父亲，面颊上露出笑容，笑声爽朗地说道。

千重子在准备汤豆腐的时候，自然而然地看到了父亲的那张大桌子。桌子上没有任何像在画京都染物底样的痕迹。只是在桌角摆着江户莳绘①的砚台盒和两本《高野切》②的复制本（应该

---

① 莳绘：泥金画。是日本漆器工艺中具有代表性的装饰技法之一。指的是用漆在器物表面绘画，或者描绘图样，在漆还未干时，用金、银等金属粉末涂在表面，加以装饰。
②《高野切》：《日本古今集》现存最古老的誊抄本的通称，因为一部现藏于高野山，所以称高野切。"切"指不是全部，只是断简、断片的意思。这里指的是用来练习毛笔字的《高野切》字帖。

说是字帖)。

父亲来到尼姑庵,应该是想忘记店里的生意吧,千重子猜想。

"六十学艺,书法技艺不精啊!"父亲羞怯地说,"但是藤原①写的假名表现出来的曲线美,对画底样也不能说没帮助啊。"

"……"

"真是难为情啊,手抖了。"

"您写得稍微大一点怎么样呢?"

"我尽量往大了写了啊,但是……"

"砚台盒上的佛珠是哪里来的啊?"

"啊,那个呀。我无心跟庵主说了一句,她就送给我了。"

"您是戴着那佛珠来拜佛的吗?"

"用时兴的说法来说,这就是个把玩的吉祥物。有时候还会放进嘴里咬一下。"

"啊,多脏啊。用了这么多年,上面还有手垢什么的。"

"怎么会脏呢?是第二代或者第三代尼姑的信仰的见证啊。"

千重子的话好像触碰到了父亲的痛处,所以她开始低着头不说话,收拾着剩下的汤豆腐、餐具,然后把它们搬到了厨房。

"庵主现在在哪儿啊?"千重子从厨房里走出来,问道。

"应该快回来了吧。千重子,你怎么回去?"

"我在嵯峨走走,然后就回去。岚山现在很多人,野野宫神社、二尊院的小路、仇野,这些地方我刚好很喜欢。"

---

①藤原:指藤原行经,日本平安时代中期的大书法家,传说《高野切》的第1卷、第9卷、第20卷是由藤原行经抄写。

"你年纪轻轻就喜欢这些地方,大概能猜出以后会成什么样子。只要别像我一样就好。"

"女的会像男的吗?"

父亲站在走廊上目送着千重子。

老尼姑过了一会儿就回来了,回来后立马在院里打扫起来。

太吉郎坐在桌子旁,脑袋里浮想起宗达①和光琳②画的蕨菜,还有很多春天花草的画,也想起刚刚起身回去的千重子。

踏上回家的路,回头望去,父亲隐居的尼姑庵,已经消失在了竹林间。

千重子本想去参拜下仇野的念佛寺,可是才登上古老的石阶,爬到在左边悬崖上有两尊石佛的地方,听到上边喧闹的人声,便停下了脚步。

这里有一群上百座老朽的石塔,被叫作"无缘佛"③。最近有些人在这里办摄影会,让女孩子穿上不可思议的薄衣服,站在这一群小小的石塔中间。今天会不会也是因为有摄影会,才这么吵呢?

千重子从石佛前面走下石阶,突然想起了父亲的话。

就算是为了避开春天岚山的观光客,但仇野和野野宫这条

---

① 宗达:日本江户时代初期的画家俵屋宗达,又通称野野村宗达,是日本国宝名画《风神雷神图屏风》的作者。开创了日本绘画流派"宗达琳派"。
② 光琳:日本江户时代中期的画家尾形光琳,是"宗达琳派"的集大成者。代表作有《燕子花图屏风》《红白梅图屏风》。因倾倒于俵屋宗达的画技,临摹过《风神雷神图屏风》。
③ 无缘佛:指没有人祭拜的佛。也指没有家人、亲人参拜的坟墓。

路,也的确不是年轻女孩子该走的。比穿父亲画的朴素图案的和服还让人……

"父亲在那庵中也没有干什么啊。"千重子心中涌起一股淡淡的忧伤,"他嚼着那旧旧的沾满手垢的念珠,心里在想什么呢?"

千重子明白,有时候在家里、店里的时候,父亲一直按捺着那种想要咬碎念珠似的强烈情绪。

"还不如咬自己的手指呢。"千重子自己嘟囔着,摇了摇头,然后想起和母亲一起在念佛寺里敲钟的事情。

那钟楼是刚刚建起来的。身材小巧的母亲,怎么敲也敲不响。"调整下呼吸啊。"千重子说着,把手放到母亲手上,一起敲了下去。这次敲响了,声音很大。

"真的响了啊,这么响,能传到哪里呢。"母亲高兴地说。

"是啊,和敲惯了的和尚的敲法还是不一样的。"千重子笑着说。

千重子回想着这些事儿,走在通往野野宫神社的小路上。这条路被标记上"通往竹林深处"也是不久前的事情,昏暗的小路现在也变得很明亮。野野宫神社门前的小卖店也响起了叫卖声。

但是,这小小的神社没有丝毫改变。据《源氏物语》记载,在伊势神宫里侍奉的斋王(内亲王)① 曾经在这里修行三年,吃斋念佛,修得清净无尘的心境。这里带着树皮的黑木鸟居和小篱墙很有名。

从野野宫神社前面顺着田野中的路走出去,眼前显现出来的是宽阔的岚山。

---

①斋王:在伊势神宫里作为巫女侍奉天照大神的未婚的内亲王。

千重子从渡月桥前岸边的一排松树处,乘上了公交车。

"到家了,该怎么跟母亲说父亲的事儿呢……可能一开始母亲就已经知道……"

中京的很多商铺因为明治维新前的蛤御门之变①的战火而被烧毁,太吉郎的店也没有幸免。

这附近的商店,尽管有红格子门,二楼也有小格子窗这样传统的京都建筑风格,其实也只有不到一百年的历史。但是据说,太吉郎家最里面的仓库,没有因为这场战火而被烧毁。

太吉郎的店铺没有与时俱进地做任何改变,固然是由于主人的性格,但是也跟批发生意没有那么红火有很大关系吧。

千重子回来后,打开格子门,一眼看到了最里面。

母亲阿繁正坐在父亲的桌子旁,抽着烟。她左手托着下巴,弓着背,好像是在读书、写字,但是桌上什么都没有。

"我回来了。"千重子走到母亲身边。

"啊,你回来了啊。辛苦了。"母亲好像刚回过神儿一样,"你父亲怎么样了?"

"啊,这个……"

千重子还在想怎么回答,就说:"我买了豆腐去的。"

"森嘉家的?你父亲应该很高兴吧?做了汤豆腐?"

千重子点了点头。

---

① 蛤御门之变:又称"禁门之变"。1864年因政变失去京都地位的长州藩与会津藩、萨摩藩、幕府的联合军在京都御所(皇宫)的蛤御门和堺町御门展开激战,长州藩败退。从长州藩府邸蔓延出的大火,笼罩京都中心部。火势大到无法扑救,只能任其蔓延。这也成为加速了京都的衰退,五年后迁都东京的一个原因。

"岚山怎么样了？"母亲接着问。

"游客很多……"

"让你父亲把你送到岚山了吧？"

"没有，因为庵主不在家……"

接着千重子说："父亲好像在练字。"

"练字啊，"母亲没有感到意外的样子，"练字可以让人静心，挺好的。我以前也有过这样的体验。"

千重子看着母亲白皙而高雅的脸庞，脸上没有丝毫她可以看懂的动静。

"千重子。"母亲轻轻地叫她。

"千重子，你不一定非得要继承这个店的……"

"……"

"想出嫁了的话，随时可以啊。"

"……"

"你听清楚了吗？"

"为什么要说这种话呢？"

"一两句是说不清楚的，我已经五十岁了。这也是考虑之后才说的。"

"要不就把手头的这生意停了吧？"千重子美丽的眼睛湿润了。

"你这，也说得也太远了吧？"母亲浅浅一笑。

"千重子，咱们家的生意不做也行，这是你的真心话吗？"

声音虽然不是很高，母亲变得严肃起来。刚刚母亲的笑，和现在的表情，让千重子觉得不敢相信自己眼睛，自己是不是看错了。

"是真心的。"千重子回答道，一股莫名的伤痛涌上了心头。

"我也没有生气。你也别那副表情。敢说的年轻人和被说的老年人,谁更伤心呢?这个你很清楚吧。"

"母亲,请您原谅我。"

"没有什么原谅不原谅的……"

这下母亲真的笑了起来。

"母亲,您现在说的跟刚才不一样啊……"

"我刚才也不知道自己稀里糊涂地说了些什么。"

"人,就算女人也是一样的,对于自己说过的话,要坚持到底不能随意更改。"

"母亲!"

"在嵯峨,你也对你父亲说了一样的话吗?"

"没有,对父亲什么都没说……"

"是吗?那你也对着你父亲试着说说……男人啊,虽然会生气,但是肯定会打心眼里高兴的。"母亲用手贴着额头说,"一坐到你爸爸的桌子旁,就会想起他。"

"母亲,您什么都知道的吧?"

"知道什么啊?"

母女二人都不说话了。过了一会儿,千重子待不住了,问道:"晚饭要准备点什么呢?要不我去锦市场①看看吧。"

"谢谢,那就交给你吧。"

千重子起身,走向店面,走下来到土间②。这个土间狭长,

---

①锦市场:指位于京都市中京区中心的食材市场,号称是"京都的厨房",有四百年历史。
②土间:指的是房间内没有铺地板,地面为泥地或者三合土的地方。

延伸到房间里面。在店对面的墙边上,有一列黑色的炉灶,平时就在那里做饭。

现在是用不到这个炉灶了。在炉灶的里面,安装了煤气烤炉,地上也铺上了木地板。

如果还是像原来那样,只是涂着泥灰,下面再通风的话,京都严寒的冬天,是够难熬的。

但是炉灶还是没有被拆掉(很多人家里现在还保留着)。这或许是因为对于炉灶的火神——荒神①的信仰崇拜已经遍布天下了吧。炉灶后面供奉着镇火的神符。而且还摆着布袋和尚②。布袋和尚总共供七尊。每年初午③时,人们都会去伏见稻荷大社④一尊尊地请回来供着,一直集齐到七尊。如果在这期间,家中有人去世,就要从头开始,再一尊尊请来。

千重子的店里,七尊都集齐了。这是因为他们家只有父母和她三口人,最近的七年到十年间,家里没有人去世。

在灶神的旁边,摆放着白瓷的花瓶。每隔两三天,母亲就会换水,还很认真地擦拭架子。千重子提着菜篮子前脚刚迈出门,

---

① 荒神:三宝荒神的简写。佛、法、僧三宝的守护神。如若发怒,会露出三头六臂。被尊为日本的灶神。
② 布袋和尚:日本七福神之一。被铸成土像供奉在炉灶的神台上。据说此僧人大腹便便,经常露着肚子,背着大布袋,拿着手杖,能预知吉凶祸福,还被传说是弥勒佛的化身。
③ 初午:指的是2月的第一个午日。是稻荷神社举办祭祀活动的日子。
④ 伏见稻荷大社:位于京都市伏见区的神社,建于8世纪,是全日本三万多座稻荷神社的总本社。神社内的朱红色的千本鸟居是京都最具代表性的景观之一。

后脚格子门里就进来了一个年轻男子。

"大概是银行的人吧?"

对方可能没有注意到千重子。

因为是经常来的年轻银行职员,所以千重子也觉得没有什么可担心的。

但是又突然觉得脚步沉重起来,走到店铺前面的格子门边上,用手指轻轻拨着一根根格子,走了过去。

走到头的时候,千重子又回身抬头看了一下店铺。

在二楼的小格子窗的前面,有一块有年头的老招牌。招牌上面,还有一个小小的屋檐。这好像是一个老店的标志,也好像只是一种装饰。

安静的春天里,夕阳西下,斜阳忽明忽暗地打在招牌那发旧了的金字上,反倒给人一种寂寥的感觉。店铺的厚棉布门帘,早已斑驳发白,露出了粗线头。

"不管是平安神宫的红色垂樱,还是我的心,都有寂寞无聊的时候吧。"千重子想着,加快了脚步。

锦市场上,一如既往的人群涌动,摩肩接踵。

在快回到父亲店铺附近的地方,遇到了卖花的白川女[①]。

千重子搭话说:"来我们家一下吧。"

"啊,谢谢您。这么巧啊。小姐,您这是去哪儿了啊?"女孩问道。

"去了趟锦市场。"

[①] 白川女:这里指的是住在京都东北部白川地区的卖花女子。她们头顶花草,在京都市内叫卖。

"您辛苦了!"

"想买点供奉神灵的花……"

"噢,谢谢您每次都赏光……您看看,这些有您喜欢的吗?"

说是花,其实是杨桐,说是杨桐,其实就是杨桐的嫩叶罢了。

每月一号和十五号,白川女都会把花送来。

"今天能遇到小姐,太好了。"白川女说。

千重子满心欣悦地挑选了长满嫩叶的小枝丫。一手攥着杨桐,走进家里,千重子欢快地说:"母亲,我回来了。"

千重子进了门之后,又把格子门拉开一半,看了看路上,发现卖花的白川女还没有走,就对她说:"进来歇歇再走吧。我给你倒杯茶喝。"

"谢谢您,总是对我这么好……"女孩点了点头。说罢,她捧着一束野花,走进土间来。

"虽然这只是平淡无奇的野草……"

"谢谢你,我就喜欢这个。谢谢你还记得……"千重子一边看着这些山间的野花,一边说道。

在家门口,炉灶前,有一口老井。上面盖着一个竹编的井盖。千重子把花和杨桐放在了井盖上。

"我去拿剪刀来。对了,还得要洗一下杨桐的叶子……"

"剪子的话我这有的。"白川女敲了下剪子给千重子看,"您家的炉灶总是打扫得这么干干净净的,我们这些卖花的也觉得很感激。"

"我母亲有点爱干净……"

"小姐您也是啊……"

"……"

"现在很多人家里,灶神、花瓶、井口这些地方都积满了灰尘,弄得很脏。我们这些卖花的看到了,也替花儿们觉得可怜。但是到你们家看了之后,我就放心了,真高兴呢。"

"……"

但是最要紧的生意却日日衰落,千重子没能把这些告诉白川女。

母亲还坐在父亲的桌前。

千重子把母亲叫到厨房,给她看在市场上买到的东西。母亲看着女儿从篮子拿出来摆好的东西,心里想:这孩子也变得节省起来了。也可能因为父亲去了嵯峨的尼姑庵,不在家,所以买得少了……

"我也来帮忙吧,"母亲站在厨房里问道,"刚才来的那个人,是那个经常来卖花的姑娘吧?"

"是她。"

"你给你父亲的那本画册,是不是在嵯峨的尼姑庵里啊?"

"这,没看到……"

"只要是你送的,他肯定是带走了的啊。"

那本画册里收录了保罗·克利、亨利·马蒂斯、马克·夏卡尔的画作。千重子想着这些画说不定能激发父亲的灵感,所以才特意买了送给父亲的。

"咱们家本来就不需要你父亲画什么底稿,别家染好的东西拿来看一下,然后挑选一些卖出去就好了。但是,你父亲还偏偏总是……"母亲说。

"不过,你还真给你父亲面子,一直穿他画的样式的和服,妈妈我也该谢谢你啊。"

"说什么谢谢啊……我只不过是自己喜欢才穿的。"

"你父亲看着自己女儿穿的和服,系着的腰带,不会觉得自己设计的样式太单调吗?"

"母亲,虽然看起来很朴素,但是仔细看的话,还是挺雅致的。还有人夸奖过呢。"

千重子想起来,今天跟父亲也进行过一样的对话。

"虽然有时候对于漂亮姑娘来说,朴素的样式反而更般配。但是……"母亲打开锅盖,一边用筷子翻着锅里煮的东西,一边说道,"你父亲为什么就变得画不了华丽的、时髦的东西了呢?"

"……"

"以前啊,你父亲也是画过一些非常艳丽、不同寻常的花样的……"

千重子点点头,但是问道:"母亲,您为什么不穿父亲设计的和服呢?"

"妈妈上年纪了啊……"

"您总说自己老了,老了,您今年到底多少岁啊?"

"老了就是老了呗……"母亲就是这样答道。

"听说非物质文化遗产继承人,也被称为'人间国宝'的小宫先生[1],他设计的江户小花纹,虽然花纹很小,猛地一看不是很起眼,但是年轻人穿起来,反倒让人眼前一亮。连擦肩而过的

---

[1] 小宫先生:指小宫康助,1955 年以其祖传的江户小花纹织染技术,被认定为"江户小纹"的非物质文化遗产继承人,称为"人间国宝"。江户小花纹,是一种精湛的织染技艺,只用一种颜色,远看以为是纯色,细看是细小的花纹连在一起。

古都

人，也忍不住想要回头多看一眼。"

"怎么能拿你父亲跟小宫先生这么有名的大人物相比呢？"

"父亲的精神境界，也不输的啊……"

"你又说一些让人搞不懂的事情啦。"母亲那张典型的白皙的京都脸动了一下，接着说道，"不过，千重子，你父亲说过的，在你婚礼的时候，他会给你设计一套炫目华丽的和服……我在很久以前就期待着有这么一天……"

"我的婚礼吗？"

千重子脸色一下子阴沉起来，沉默了好一会儿。

"母亲，您到现在为止的人生中，有没有一些让您觉得心里忐忑不安的事情呢？"

"有啊，以前也跟你说过的。一次是跟你父亲刚结婚的时候。还有一次，就是跟你父亲一起抱走还是可爱婴孩的你的时候。虽然已经是二十年前的事情了，但是现在回想起来，胸口还是扑通扑通地跳呢。不信，你摸摸我的胸口看看。"

"母亲，我是个弃儿吧？"

"不是，不是的。"母亲突然使劲地摇头说。

"人这一辈子，大概都会做一两件可怕的坏事吧。"母亲接着说。

"抢孩子这件事，比偷钱、抢任何东西都罪孽深重吧。可能比杀人还要可恶。"

"……"

"你亲生父母可能伤心难过到快要疯掉了吧？一想到这里，我就恨不得立马把你还给他们。但是已经还不了啦。如果你现在想找亲生父母，回到他们身边的话，我也没办法……但是如果你真那么做了，我这个做母亲的，可能也就活不了了。"

"母亲，请您别再说这种话啦……千重子的母亲只有您一人。长这么大，我一直都是这么想的……"

"你说的我都明白，也正是因为这样，我们就更加觉得自己罪孽深重啊……我跟你父亲已经做好了下地狱的思想准备了。下地狱就下地狱吧，只要今世能有你这么一个可爱的女儿，下地狱又有何妨呢。"

看着言辞激烈的母亲，千重子脸颊上流下了泪水。千重子眼里噙着泪说："母亲，请您告诉我实话吧。我就是一个弃儿吧？"

"不是的，我都说不是的啦……"母亲又摇了摇头说，"你怎么会想自己是弃儿呢？"

"因为我根本难以想象父亲母亲会去偷小孩。"

"我刚刚不是说了嘛。人这一辈子，大概都会做一两件可怕的坏事的。"

"那你们在哪里捡到我的呢？"

"在祗园赏夜樱的时候啊。"母亲打开话匣子一般连着说了起来，"我之前说过的啊，在樱花树下的椅子上，躺着一个可爱的小孩，盯着我们，冲着我们笑，像花儿一样。我忍不住就想抱她。抱起来之后，就撒不开手，喜欢到不行。我用脸贴着她的小脸，看了你父亲一眼。你父亲突然说：'阿繁，咱们把这个孩子偷走吧！'我问道：'什么？'他接着说：'阿繁，快跑，快跑啊你。'后来我们俩就什么也不顾地逃走了。然后大概是在卖'芋

古都　　039

棒'的平野屋①附近仓皇地跳上了车……"

"……"

"你亲生母亲大概当时去了什么地方,我们就趁这个空隙,把你抱走了。"

母亲说的话,逻辑上也没有什么说不通的地方。

"这就是命运啊……从那之后,你就成了我们的孩子,一下子二十年过去了。不知道这样对你来说,是好事还是坏事呢。就算对你来说是好事,我也觉得过意不去,心里默默地请求你能原谅我。我想你父亲大概也是一样的。"

"我觉得很好,母亲,我一直都觉得很好!"千重子说着说着,双手捂住了眼睛,哭了起来。

不管是被捡来的,还是被抢来的,千重子是作为佐田家的嫡女登记的户口。

父母第一次给她说不是亲生的时候,千重子完全没有感觉。那时候千重子已经在读中学了,她仅仅怀疑自己是不是有什么地方做得不合父母的意,才会被这么说。

是父母担心邻居会先告诉她身世,所以才跟千重子说实话的呢?还是他们坚信千重子对于自己的爱是坚定不移的,觉得千重子差不多也到了明事理的年龄了,所以才告诉她的呢?

千重子听了之后,确实感到吃惊,但是没有觉得那么悲伤。

---

①平野屋:位于京都市圆山公园附近,主营代表性的京都名菜"芋棒"。"芋棒"指的是产自京都的传统蔬菜虾芋(形状像虾的芋头)和产自北海道的干鳕鱼一起蒸煮的京都地方美食。

就算是进入了青春期，千重子也不会因为这件事而苦恼。她对于太吉郎和阿繁的爱和亲近没有什么改变，也没有因为这件事儿而纠结什么。这可能是千重子的性格使然吧。

但是，自己不是父母亲生的话，那么自己的亲生父母应该在某个地方。应该也有兄弟姐妹吧。

"虽然不想见他们……"千重子想，"他们的日子应该过得比这里要苦吧？"

对于千重子来讲，这些事无从知晓。倒是看着身在深深格子门后店铺里的父母，忧愁爬上了心头。

千重子在厨房里，用手捂住眼睛，也是因为这个。

"千重子，"母亲阿繁把手放在她肩上，摇了摇说，"过去的事情，你就不要再问了。在这世上，你永远不知道何时何地会有遗落的玉石。"

"玉石，很珍贵的玉石吧。如果是能够镶在母亲的戒指上的玉石就好了……"千重子麻利地干起活来。

吃完晚饭，收拾完碗筷之后不久，千重子和母亲上了二楼。

二楼前面有格子窗的房间，房顶很低，很简陋，平时是小帮工在这里住。中庭的横向的走廊连着二楼，直通到最里面。从店铺那边也可以上去。如果是很重要的顾客，会在二楼中间的房间里接待，让他们住在这里。现在大部分客人来了的话，就在面向庭园的会客厅里把生意谈完。虽说是会客厅，从店铺到里面直接连着，两侧堆满了快要从架子上满出来的和服。房间布局又长又宽，方便摊开衣料给客户查看、挑选。这里一年到头都铺着藤席。

二楼的最里面,房顶高。有两间六贴①大的房子,分别用来做父母的起居室和卧室。千重子坐在镜子前,松开发髻,长长的头发之前梳理得很整齐。"母亲。"千重子对着纸障子②对面的母亲喊道。这一声里,包含着各种思绪。

和服街

京都作为大都市,市内树叶的颜色很漂亮。

修学院离宫或者御所的松林,古寺的宽广庭园的树木不用说,木屋町、高瀬川沿岸的垂柳以及五条、崛川的垂柳等等,遍布市内,游客随时都能看到。这些都是真正的垂柳。绿色的枝条快要垂到地面,十分窈窕柔美。北山的赤松,像是画了一个圆一样连绵在一起,同样美丽多姿。

现在正是春天最美好的时候,不仅能看到东山的嫩叶的叠叠新翠,如果是晴天的话,还能看到比叡山上也满是新叶的嫩绿色。

树看起来很干净,这大概是因为市内本来就很干净,加上清扫工作做得很到位吧。祇园这些地方也是一样,走进一条偏僻的小路,虽然有成排昏暗的老房子,但是路面上一点也不脏乱。

---

① 一贴:指的是一叠,一叠相当于1.62平方米。
② 纸障子:日本和式样榻榻米房间里,中间的隔断门称为障子,为木制,糊有和纸。

因制作和服而出名的西阵①一带，也是一样的。即便挤满了看起来寒酸的小店，路上也没有一丝脏乱。小小的格子门上也没有堆积任何灰尘。植物园亦是如此，没有乱扔的纸屑。

美军在植物园里修建了营房，当然日本人是禁止入内的。美军撤退之后，这里恢复了原貌。

住在西阵的大友宗助很喜欢植物园里面的一条林间道，就是两边种有樟树的林间道。虽然樟树并不大，这条路也不是很长，但是他会经常来这里散步。在这樟木发芽的时节也……

"那些樟木，现在不知道怎么样了。"他听着织布机的声音，心里想道。该不会被占领军给砍倒了吧？

宗助那时候一直在等着植物园的再次开放。

从植物园出来，要沿着鸭川岸边稍微向上爬一点儿，这已经变成了宗助散步的习惯。

这样是为了远眺北山。他每次散步都是一个人。

虽说是去植物园和鸭川，宗助最多也就是走一个小时左右。但是散步的那段时光很让人怀念，他到现在还时常记起。

"佐田先生来电话了。"妻子喊道，"他好像在嵯峨。"

"佐田先生？还是从嵯峨打过来的？"宗助向柜台走去。

织布店的宗助虽然比和服批发店的佐田太吉郎年少四五岁，但是除了生意上的关系，两人性格上也很合得来。怎么说呢，年轻的时候，可以说是"同流合污"的交情吧。但是近年来，关系多少变得疏远了。

---

① 西阵：位于京都市西北部，横跨上京区和北两区，作为西阵织的产地，平安时代以来纺织业一直很有名。

古都

"我是大友,好久不见啊……"宗助接电话说。

"哦,大友。"太吉郎一反平常,声调高昂地答道。

"您去嵯峨了啊?"宗助问道。

"是啊,偷偷猫在嵯峨一个隐秘的尼姑庵里。"

"您,这有点儿可疑啊。"宗助故意一板一眼地说,"尼姑庵也有很多种的啊……"

"哎呀,是正儿八经的尼姑庵啦……里面就只有一位上了年纪的老庵主。"

"哦,那也不错啊。只有庵主一个人,佐田先生您刚好可以和年轻女孩子……"

"说什么傻话呢。"太吉郎笑着说,"我今天,是有事情想拜托大友先生你。"

"唔,唔。"

"现在去你那里可以吗?"

"好啊,欢迎,欢迎。"宗助觉得有点儿可疑地说,"刚好我这里走不开,从电话里能听到织布机的声音吧。"

"实际上,我很怀念这声音。"

"您说什么呢,要是我这声音停止了,可不得了。跟您悠闲地待在隐秘的尼姑庵是不一样的,我还要生活呢。"

佐田太吉郎坐车不到半个小时就到了宗助的店里。他两眼放光,迅速打开包袱,"我想让你帮忙织这个……"说着就展开了底样。

"哎?"宗助打量了一下太吉郎说,"这不是和服腰带嘛。对于佐田先生您来说,这个非常新颖、花哨啊。这,莫非是为尼姑庵里金屋藏娇的那位画的?"

"你，又来了……"太吉郎笑着说，"这是给我女儿的。"

"哎，这如果织好了，令千金会不会大吃一惊啊。首先，这么花哨的腰带，她会系吗？"

"实际上千重子送给我两三本厚厚的保罗·克利的画集。"

"保罗·克利？哪个保罗·克利？"

"据说是抽象画的先驱，人很好，很有品位，有自己的梦想，怎么说呢，跟日本的老人也心心相通的感觉。我在尼姑庵里一遍遍观赏之后，就画了这个底样。跟日本的古代技法是不是很不一样？"

"还真是。"

"也不知道最后能做成什么，所以干脆就想让大友先生先织成布看一下。"太吉郎兴致高涨，没有丝毫减退的样子。

宗助盯着太吉郎的底样看了一会儿。

"哎，真不错啊。颜色的搭配也不错……好的，这活儿我接了。对于佐田先生来说，是跟以往完全不一样的新作。虽然织起来有点难，但是我会尽心试着织一下。这样才能更加体现出令千金的孝心，还有您作为父亲的慈爱吧。"

"谢谢……最近，人们动不动就把构思啊，品位啊挂在嘴边上。更有甚者，连颜色都会想要参考西洋流行的趋势。"

"那不是因为高级嘛。"

"我特别讨厌带着西洋字眼的东西。从日本王朝时代开始，就有很多难以言喻的优雅的颜色啊。"

"是啊，就单单是黑色，也有很多种类。"宗助点点头，然后说，"虽然是这样，但是今天我也曾想，在做和服腰带的店铺里，

古都 045

也有像'伊豆藏①'这样的店……伊豆藏是四层的西洋建筑,采用近代工业模式。所以西阵以后也会朝那个方向发展吧。一天能生产五百根腰带,之后不久员工也参与经营管理,现在平均年龄二十几岁。像我们家这种手工的自家作坊,三十年之内估计会消失的吧。"

"真是荒唐啊……"

"就算能勉强存活下来,也成不了非物质文化遗产吧。"

"……"

"现在连像佐田先生您这样的人也在讲保罗·克利什么的。"

"虽说是参考了保罗·克利,这也是我待在尼姑庵里十天半月,没日没夜想出来的。这腰带的花样和色彩,使用得不是很熟练吗?"太吉郎说。

"确实运用得很熟练。日式风格里还有雅致,"宗助慌忙说道,"看了就知道,不愧是佐田先生的画作。我肯定好好织,做一条好腰带。样式也趁早认真做好。对了,比起我,让秀男织吧。我家大儿子,您知道的吧?"

"哎。"

"因为我们家秀男比我更懂得织布,所以……"宗助说。

"嗯,交给你了。我们家虽说是批发商,但是卖给地方(乡下)的东西居多。"

"您说什么呢。"

"这腰带,不是夏天用的,应该是秋天用的吧。一下就看出来了……"

---

①伊豆藏:IDUKURA,京都西阵的著名和服腰带品牌。

"哟，您真懂行。那么，这腰带要搭配什么和服呢？"

"我只是先考虑了腰带……"

"您家批发和服，好的和服不是一大堆……不过话说回来，这也差不多是在给令千金成亲的准备了吧。"

"不是，不是。"太吉郎好像在说自己的事情一样，脸红起来。

据说，西阵的手工织布机传三代都很难。大概是因为手工织布算是工艺品的范畴吧。就算父母是优秀的织匠，即便有高超的技艺，也不一定能传给自己的孩子。儿子接受父母的技艺指导，就算自己不懈怠偷懒，认认真真修炼，也一样不能完全继承。

但是，也有这样的例子：孩子长到四五岁的话，就让他们练习纺线；然后，十岁到十二岁的时候，学习使用纺织机；不久后，就可以自己接赁机①的活儿。所以，家里孩子多的话，就有机会帮助家里，使家里变繁荣。还有，就算六七十岁的老婆婆，也可以自己在家纺线。在有些家里，也能看到祖母和小孙女面对面纺线的光景。

在大友宗助家里，上年纪的妻子在缠着带线。因为是低着头一直坐着，所以她看起来比实际年龄要老一些，也不怎么说话。

宗助有三个儿子。他们正在各自的高机②上织着腰带。能有三台高机已经很不错了，有的家里只有一台，有的家里甚至要去

---

① 赁机：指的是用织布机提供的线和其他原料，自己织布，收取织布费用的加工形式。

② 高机：指的是手动织布机的一种，织工坐在腰板上，双脚上下交互踩踏板来织布。

租借织布机。

作为长子的秀男，如宗助所说，有超越父母的织布技艺，在织布厂和批发商中间也小有名气。

"秀男，秀男。"宗助叫他，但是他好像没听到。虽然三台木制的手工织布机不同于数台的机械织布机，没有那么大的噪音，并且宗助嗓门也很大，但是，可能是因为秀男的织布机在靠近庭园最里面离得远，也或许是他织的是难度最大的袋带①，所以要全神贯注，就没有听到父亲叫他。

"老婆子，把秀男叫过来。"宗助对妻子说。

"好的。"妻子拍拍膝盖，走到土间。走去秀男的织布机的时候，她握拳头捶了下自己的腰。

秀男停下握着筘的手，朝这边看了一下，但是没有立马站起来。大概是因为累了吧。

知道有客人来了，可能也没办法转胳膊、伸腰。他擦了把脸之后走过来。"欢迎光临，蓬荜生辉。"他对着太吉郎俯身打了招呼，脸上、身上还留有工作时的感觉。

"佐田先生画了腰带的底样，决定让咱们帮忙织。"宗助说。

"是吗。"秀男还是不感兴趣地说道。

"因为是很重要的腰带，比起我织，交给你织岂不更好。"

"是令千金，千重子小姐的腰带吗？"脸色白皙的秀男第一次抬头看了佐田。

---

① 袋带：规格比较高的和服腰带。表里两种不同质地，形状像筒状（袋子状）的腰带，较一般腰带编织难度大。

作为京都人,父亲宗助对于自己儿子的这一脸冷淡打圆场说:"我们家秀男因为一大早开始工作,很累,所以……"

秀男没有答什么。

"如果这么专注,肯定能做好工作……"太吉郎反倒安慰道。

"脑子里还想着那些个无聊的袋带,请您多包涵。"秀男低头说道。

"不错!作为匠人,不这样绝对不行的。"太吉郎第二次点了点头。

"即便是些无聊的东西,但是因为这是代表我家的,所以做起来就更觉得难受。"秀男低着头说。

"秀男,"父亲重新说道,"佐田先生的腰带,和那些东西不一样。这是人家在嵯峨的尼姑庵里潜心钻研,画的底样。不是拿来卖的。"

"是吗?在、在嵯峨的尼姑庵里……"

"你看看。"

"哎!"

太吉郎的气势被秀男压过,与刚到大友店里时相比,已经削减了不少。

太吉郎在秀男面前摊开底样。

"……"

"不满意吗?"太吉郎有点露怯地问道。

秀男没有说话,只是盯着底样看。

"那就是不行吧。"

"……"

对于儿子顽固的沉默不语,宗助忍不住说道:"秀男,答话啊，这样太失礼了。"

"嗯，"秀男还是没抬起脸，"我也是匠人啊，正在观赏佐田先生的图样。工作不能马马虎虎。更何况这是千重子小姐的腰带。"

"是的啊。"宗助虽然点着头，但是对于秀男的一反常态感到很疑惑。

"感觉不行吗？"太吉郎再次问道，语气变得有点儿生气了。

"可以啊。"秀男很冷静地说，"我没有说不行啊。"

"嘴上不说，心里却……从你眼神里就能看出来。"

"是吗？"

"你……"太吉郎举起手掌，打了秀男的脸。秀男没有躲。

"请您尽管打。佐田先生的图样很无趣这种事，我连做梦都没有想过。"

秀男的脸，不知是不是因为被打了，反倒变得很有活力。

被打的秀男，跪在地上道歉，没有抚被打红的脸颊。

"佐田先生，请您原谅。"

"……"

"虽然您现在很生气，但是请您让我织这根腰带。"

"就是喽，我来就是为了这个。"

然后太吉郎消了消气，说："也请你原谅我。上了年纪，更不该出手打人。打你的手好疼……"

"要是把我的手借给您就好了。因为织工的手，皮很厚。"

两人都笑了。

但是，太吉郎心里的疙瘩还没有解开，"好多年没有出手打人啦。都想不起上次是什么时候了。就算能被你原谅，我想问的是，秀男，在你看我画的腰带图样的时候，为什么会有那样一副奇怪的表情。能不能坦诚地告诉我。"

"什么？"秀男脸色阴沉地说，"我很年轻，不是很明白匠人什么的。您说是您闭关在嵯峨的尼姑庵里画出来的吗？"

"是的，我今天也回庵里去。还要再待半个多月……"

"请您别去。"秀男言辞激烈地说道，"请您回自己家吧。"

"但是我在家根本静不下心来。"

"这腰带的图案，很华丽、花哨，非常新颖，我看到后很吃惊。想着佐田先生怎么会画出这样的图样呢？就一直盯着画看……"

"……"

"猛地一看，很有趣，但是感觉没有温暖的心平气和的感觉。不知为何，给人一种慌乱的病感。"

太吉郎一脸铁青，嘴唇颤抖着，没能说出话。

"不管是多么偏僻的尼姑庵，总会有狐狸和狸猫，该不会依附在佐田先生身上了吧……"

"哼。"太吉郎屈身拿过底样放在膝前，出神地看着。

"啊……说得真好。年纪轻轻，真了不得。谢谢你啊……我再好好考虑一下，重新画一下吧。"太吉郎慌慌张张地把图样卷起来，塞到了怀里。

"不用啊，这画已经很好了。织起来的话，感觉会变化，绘画颜料和染线的色调也不一样的……"

"谢谢。秀男，你能帮我把这图样织好，能表达出我对我女儿的爱的温暖吗？"太吉郎虽然这么说，但还是在简单寒暄之后，就出了宗助家的门。

走出不久，他就看到一条小河。一条真正有京都特色的小河。河岸的草也有古色古香的感觉，低垂到水面上。河岸边的那白墙，应该就是大友家吧？

太吉郎在怀里把腰带图样揉成小团，丢到了河里。

太吉郎从嵯峨突然打电话来问，去御室①赏花的时候，能不能带女儿来啊。阿繁很疑惑。跟丈夫一起去赏花这些事，到目前一直没有过。

"千重子，千重子。"阿繁像是求助于女儿一样喊道，"你父亲来电话了，你接一下……"

千重子来了之后，手搭在母亲肩头，接了电话。

"好的，我带母亲一起去。您在仁和寺前面的茶店等我们吧。好的，我们会尽快过去……"

千重子放下电话，看着母亲笑着说："不就是约咱们去赏花嘛，您这么大反应也真是让人吃惊。"

"他为什么也要约我呢。"

"现在御室的樱花正盛开……"

千重子催着犹犹豫豫的母亲，出了店门。母亲还是一脸疑惑。

御室的有明樱、八重樱，在市内的樱花里，花开得迟，可以说是京都樱花最后的留恋吧。

进了仁和寺的山门，左手边是樱林（或者也可以说是樱田），樱花遍开，压着枝头。

---

①御室：京都市右京区的地名。宇多天皇创建的真言宗御室派的总本山的仁和寺的别称，寺内种植有多种樱花，是赏花胜地。

但是，太吉郎说："啊，这可不得了。"

樱林的路上就摆着长椅，人们在喝酒、歌唱，很喧闹，一片狼藉。有乡下的老奶奶们欢闹地跳着舞，有男人喝醉后在打着呼噜，差点儿从长椅上掉下来。

"太不成样子了。"太吉郎一脸失望地站在那里。三人没有走进花里。御室的樱花，对他们来说，是很久以前就很熟悉的。

在靠里面的树丛里，有赏花的人在烧垃圾，冒起烟来。

"咱们去其他安静的地方吧。哎，阿繁。"太吉郎说道。

正要回去的时候，在樱林对面的高大松树的下面的长椅上，有六七个朝鲜女人，身着朝鲜服饰，敲着朝鲜鼓，在跳着朝鲜舞。比起刚才那堆人，这里显然更加有高雅的风情。树的翠绿中间，也能看到山樱。

"父亲，还是安静的地方好啊。植物园怎么样啊。"

"那可能不错呀。御室的樱花，看了一眼，也算是对得起这个春天了。"太吉郎走出山门，坐上了车。

植物园从这个四月开始重新开业，从京都站也有新的电车到植物园，车次也不少。

"要是植物园里人也特别多的话，就去加茂河边稍微走走吧。"太吉郎对阿繁说。

他们乘车去了满是新绿的市内。比起那些新建的家，古色古香的家里的嫩叶看起来更加有生命力。

植物园从门前的林荫大道开始，感觉很宽敞明亮。左边是加茂的河堤。

阿繁把入园券塞在腰带中间。随着眼前的景色开阔舒展，好像心情也跟着顺畅了起来。

在批发商业街，看到的山也是一角而已。更何况对于阿繁来说，她好像几乎没有出过店铺前面的那条路。

走进植物园，正面有一喷泉，喷泉四周开着郁金香。

"这里真是不太像京都的景色啊。美国人应该是在这里建的营房吧。"阿繁说。

"那不是在更里面一些吗？"太吉郎回答道。

走近喷泉，虽然没有春风，但是有细细的水沫到处飞散。在喷泉的左边，建着一个钢筋结构、玻璃顶的很大的温室。三人只是透过玻璃，看了看里面的一堆热带植物，并没有走进去。他们只是散步了一小段时间。路右边的喜马拉雅杉树刚刚发芽，下面的枝丫贴着地面伸展开来。虽然是针叶树，但是那些新芽的柔软的绿色，也许根本就不能让人联想到"针"这类的词。和落叶松不同，虽然不是落叶树，但是如果是落叶树的话，那发新芽也是像梦一样吧。

"被大友先生家的儿子搞得很恼火。"太吉郎前言不搭后语的突然说道。

"他比父亲工作做得好，眼神也犀利，我内心都被他看透了。"太吉郎这些自言自语，对于阿繁和千重子来说，有点莫名其妙。

"您是不是见到秀男了？"千重子问道。"听说是一个很不错的织工。"阿繁只说了一句。太吉郎平常就很讨厌被人一直反问。

往喷泉右边走，走到头再往左走的话，好像是孩子们的游乐场。能听到很多人的声音，草坪上有很多整理好的小行李。

太吉郎一行三人，在树荫处右转了，出乎意料地走进郁金香田里。花开得正盛，很美，连千重子也不禁大声啧啧称奇。有红色、黄色、白色，还有似黑山茶花的浓紫色，一大朵一大朵地满开着。"哈，看到这些，新的和服样式里，应该用郁金香花啊。虽然说以前觉得这样很蠢……"太吉郎也叹了一口气。

如果说喜马拉雅杉长满嫩芽的枝条像孔雀开屏一样的话，那么应该把这里有好几种颜色的满开的郁金香比喻成什么呢？太吉郎一直盯着花看着。群花的颜色晕染了空气，好像也映照到了自己身体里。

阿繁离丈夫有点远，一直靠着女儿千重子走。千重子觉得有点不对头，但是也没有表现出来。

"母亲，白郁金香前面的那些人，好像是在相亲啊。"千重子低声跟母亲说。

"哦，是吗。"

"咱们去瞧瞧吧，母亲。"千重子拉着母亲的袖子说。

郁金香花田前面，有泉水，水里有鲤鱼。

太吉郎从椅子上起身，为了近距离看着郁金香花，走了过去。他弯下身子，从花中间盯着看起来，然后回到母女二人前面。"西洋花虽然鲜艳，但是也会看腻的。我还是觉得竹林比较好。"

阿繁和千重子站了起来。

郁金香花田被群树环绕，是一块洼地。

"千重子，植物园是西洋风格的庭园吧？"父亲问女儿。

"嗯，这个我不是很清楚，但是有点像吧。"千重子回答道，"为了母亲，要不咱们再在这里多待一会儿吧。"

古都　055

感觉拿她们没办法的太吉郎，又在花中间走起来。

"佐田先生？果然是佐田先生啊。"太吉郎被人叫道。

"哦，大友先生。秀男也跟着一起啊。"太吉郎说，"没想到会在这里……"

"不不，我才没想到会……"宗助弯着腰招呼道。

"我很喜欢这里樟木的林荫大道，一直盼着重新开园。树龄五六十年的樟木了，慢慢地，慢慢地看着过来了。"宗助又低下头说，"对于前几天我儿子的无礼之举，真是……"

"年轻人嘛，没事儿的。"

"您是从嵯峨过来的吗？"

"是的，我是从嵯峨过来的，但是阿繁和千重子是从家里过来的。"

宗助走到阿繁和千重子面前打招呼。

"秀男，你觉得这郁金香怎么样啊。"太吉郎语气有点儿严厉地问道。

"这些花是活的。"秀男又是一脸冷淡地答道。

"活着？那确实是活着呢。但是，我觉得等到秋天，这一大堆花，会……"太吉郎看向其他地方。

花活着。虽然生命短暂，但是很明显地在活着。到了来年，还是会含苞待放——就像大自然生存着一样……

太吉郎反复受到秀男让人讨厌的刺激。

"我的眼睛没有看到，带郁金香的花纹的和服料子或者腰带，我虽不喜欢，但是如果是有名的画家画的话，就算是郁金香，也会成为有永远生命力的画作吧。"太吉郎看向一旁说道，"就算是古代的有名的织物，也是一样的。没有比这个古都更古老的东西了。那种美的东西，谁也不能再做出来吧。也就只能临摹罢了。"

"……"

"就算是活着的树，比京都历史还老的古树也是有的，难道不是吗？"

"我没打算说那么复杂的事情。每天咚咚咚咚织布的我，没有想过那么高级的事情。"秀男低下头，"但是，举个例子，就算令千金站在中宫寺①或者广隆寺②的弥勒佛前面，比起它们也不知道有多么美丽。"

"你去讲给千重子听，让她高兴高兴。虽然是一个让人受不起的比喻……秀男，我女儿也会很快变成老太婆，那是很快的。"太吉郎说。

"我是说郁金香花活着。"秀男用力地说，"虽然花期很短，但是富有生命力地开着啊。而现在就是那个时候。"

"那，是的。"太吉郎转身面向秀男。

"我也没有想过自己能织出能系到孙子辈的腰带。现在……就算只能系一年，为了让他们系着整洁舒服，我会尽力织。"

"你真用心啊。"太吉郎点头说道。

"这也是没办法啊。自己跟龙村③这些地方是没办法比的。"

"……"

"说郁金香活着，也是因为有那样的心情。虽然现在是盛开

---

① 中宫寺：位于日本奈良县生驹郡斑鸠町的圣德宗寺庙。
② 广隆寺：位于京都市右京区太秦的真言宗寺庙。
③ 龙村：指的是始建于明治二十七年（1894年）的京都右京区的美术纺织品老店。现为株式会社龙村美术织物。

期,但是也会有两三个凋落的花瓣吧。"

"是的啊。"

"说起落花,樱花的话,有樱吹雪的情趣。但是郁金香呢?"

"比如花瓣散落这一点……"太吉郎说,"只是我觉得郁金香花太多,多少有点厌倦了。颜色也过于鲜艳,好像没有什么韵味……看来我是老了。"

"走吧。"秀男催着太吉郎,"拿到我们店里的腰带,郁金香的图样没有一个是'活着'的。您让我开眼了。"

太吉郎一行五人,从郁金香花田的洼地登上了石阶。

石阶的旁边,与其说是树篱,不如说是朱砂杜鹃花群,簇拥着像堤坝一样长了起来。虽然现在不是花期,但是那细密的嫩叶冒出来,衬托着盛开的郁金香的花色。

走上石阶,右边是开阔的牡丹园和芍药园。这些花也没有开。不知道是不是因为刚造好,这花园还是看起来有点不习惯。

但是从花园东边,可以看到比叡山。

比叡山、东山、北山,这些山在植物园的任何地方都能看到。但是从芍药园东边看去的比叡山,就像是正对面一样。

"这比叡山,不知道是不是因为浓雾,怎么觉得看起来很矮啊。"宗助对太吉郎说。

"春天已经过去,很温和……"太吉郎看了一会然后说,"大友先生,那烟雾会不会让你想起这马上要过去的春天啊。"

"不是吗?"

"那么浓的雾,反而……春天就是马上就要结束了啊。"

"是啊。"宗助又说道,"好快啊。我们不怎么去赏花的。"

"也没有什么稀罕事儿。"

两人沉默着走了一会儿。"大友先生，走过你喜欢的樟树林荫大道，咱们就回去吧。"太吉郎说。

"好的，谢谢。我只要能走一下那条路就够了。其实来的时候，就是从那下面穿过来的。"宗助回头看着千重子，问道，"小姐，您是肯陪我一起过去的吧。"

林荫道左右两侧的樟树，树梢相互交错，连在了一起。树梢的嫩芽还很柔软，有点浅红色。虽然没有风，但是有的树梢还是微微摇曳着。

五人基本没有说话，慢慢地往前走。

"在树荫下，每个人的想法都慢慢涌出来。"

太吉郎对于秀男把自己女儿比作是奈良、京都的最高雅的佛像，还说她很美这些话，一直挂在心上。秀男真的那么被千重子所吸引吗？

"但是……"

倘若千重子真的和秀男结婚，那她在大友家的织布厂里，能待在哪儿呢？难道像秀男的母亲一样从早到晚一直摇着线桄子缠线吗？

太吉郎回头看了一眼，发现千重子正和秀男忘我地说话，还不时地点点头。

虽说是"结婚"，但并不一定就是千重子嫁到大友家。把秀男当作佐田家的养子（赘婿），让他做上门女婿也未尝不可。太吉郎自己这么想着。

千重子是独生女，要是把她嫁出去，作为母亲的阿繁，不知该有多伤心。

何况秀男又是大友家的长子。而且宗助还在说秀男的手艺比自己都好。但是他们家还有二儿子和三儿子。

还有,"丸太"(太吉郎家的和服批发店)的经营状况也每况愈下,虽然到了连店里的老旧样子都不能修复一下的程度,但是好歹也是一家中京的批发商。和只有三台手工织布机的织布店是不一样的。一个人也没有雇,只是家人的手工劳动,这些都是没什么了不起的。从秀男母亲的浅子的仪容仪表和他们家简陋的厨房就能看出来。所以,即便秀男是长子,如果提法合适,说不定宗助他们家能同意让他来做上门女婿。

"秀男真是很踏实靠谱啊。"太吉郎试着跟宗助说,"这么年轻就这么可靠,真是……"

"真是谢谢。"宗助若无其事地说,"要说工作的话,很卖力,但是在人前,尽是做一些很失礼的事情……是个很危险的家伙啊。"

"那没事儿啊。我之前也是一直被他说啊……"太吉郎不气,反而很高兴似的说道。

"不是吧。真是拜托您给管教管教。那家伙,"宗助微微点点头,"就算是父母的话,如果自己不能认同的话,听都不听的。"

"那也没事儿。"太吉郎点头说,"今天为什么只是带了秀男啊?"

"如果把弟弟也带来的话,我们家的织布机不就停了嘛。还有,秀男这孩子脾气硬,我想如果让他来我喜欢的这樟树林荫道走一走,说不定多少会让他能变得温柔一点……"

"真是不错的林荫道啊。其实啊,大友先生,我能带阿繁和千重子来植物园也是因为有秀男'温柔'的忠告啊。"

"咦?"宗助惊讶地盯着太吉郎看着说,"您是想见令千金了吧?"

"不,不是。"太吉郎急忙反驳道。

宗助回头看了一下。秀男和千重子走在稍微后边一点,阿繁又在他们后边一点儿。

走出植物园大门,太吉郎对宗助说:"这车你们用吧。西阵离这儿也不远。我们刚才刚好说要去加茂川的河堤走一走……"

虽然宗助有点犹豫,秀男先坐上车,说:"那咱们就恭敬不如从命,走吧。"

佐田一家目送车子开走,宗助从座位上稍微起身,行了个礼。但是秀男有没有低头行礼,几乎看不出来。

"真是个有趣的儿子啊。"太吉郎不禁想起打秀男脸的事儿,忍住笑说,"千重子,你竟然能和那个秀男说这么多话。他是不是扛不住年轻姑娘啊。"

千重子眼中含羞地说:"您是说在樟树的林荫道那里?我只是听他说而已。不知道他为什么跟我说那么多。对着我,这么起劲儿……"

"那,还不是因为喜欢你嘛。这点你都不明白吗?他还和我说令千金比中宫寺和广隆寺的弥勒菩萨都漂亮呢……父亲我也很吃惊,那个倔脾气的家伙竟然能说出这样赞美的话。"

千重子也很吃惊,害羞到连脖子根都微微红了。

"你们俩说了些什么?"父亲问道。

"大概就说了西阵手工织布的命运吧。"

古都　061

"命运？什么？"父亲好像要陷入沉思似的。

"说命运，听起来有点难，但是就是命运……"千重子回答道。

出了植物园，右边的加茂川的河堤，两边种着松树。太吉郎领先一步，从松树中间走下来，到了河滩上。虽说是河滩，就像长满嫩草的原野一样，能隐约听到从堰上流下的水声。

既有一群群坐在嫩草上吃便当的老年人，也有结伴散步的年轻男女。

河对岸，上面有车行道，下面也设有步行道。稀稀落落的樱树，花落之后刚刚长出嫩叶。在樱树对面，西山连绵，中间的是爱宕山。河上游好像离北山很近。这一带是风景区。

"咱们坐一会儿吧。"阿繁说。

从北大路桥的下面，可以看到有人在河床上晾晒着友禅染①。

"这就是春天啊。"太吉郎对着还在四处张望的阿繁说，"阿繁，你觉得那个秀男怎么样？"

"怎么样？您是指什么呀？"

"把他收了当养子……"

"什么？您怎么突然说这个……"

"他不是很踏实肯干吗。"

"虽然是，但是得问问千重子啊。"

"千重子，从前就说会绝对服从的。"太吉郎看着千重子说，

---

① 友禅染：指的是江户时代发展而来的，代表日本的花纹染布技法。因为集大成者是江户中期的宫崎友禅，所以称友禅染。其特点是为防止颜色的混合，会使用浆糊，所以能描绘出多彩绚丽的花样。

"对吧，千重子？"

"这种事情，不能强求。"阿繁也看着千重子说。

千重子低下头，脑海里浮现出水木真一的样子。那是真一年幼时候的样子。真一作为童男，画着眉毛，涂着口红，一番打扮后，穿着平安时代的装束，站在祗园祭的刀山彩车上。当然，那个时候千重子也很年幼。

北山杉

据说从古代的平安时代开始，在京都提及名山的话，当数比叡山；提及祭典的话，当数加茂的祭典。

五月十五日加茂的葵祭①已经过去了。

在葵祭的刺史的队伍里编入斋王（内亲王）的队伍，是从昭和三十一年（1956年）开始的。在斋王于斋院②闭关之前，要先在加茂川洗净身体。这是种古老的惯例，坐轿子穿小裇的命妇在队列前面，紧跟其后的是宫女、童女们。伶人奏着雅乐，斋王穿着十二单③坐牛车往前行进。因为装束华丽，再加上扮演斋王的是正值妙龄的女大学生，所以看起来既有古典美，又有现代的华

---

① 葵祭：指的是京都贺茂御祖神社和贺茂别雷神社五月十五日举行的例行祭典活动。与石清八幡神宫的"南祭"相对，也称"北祭"。在平安时代，提及祭典的话，指的就是贺茂祭（葵祭）。
② 斋院：指的就是贺茂神社。
③ 十二单：指的是平安时期，后宫女性穿着的最高级别礼服。在单衣和裙裤之上再穿十二件长裇，故名为十二单。

丽感。

在千重子的校友里,也有被选来演这个斋王的姑娘。那时候千重子他们还特意跑到加茂川的河堤上去看这方阵了呢。

在京都,古老的寺院和神社比较多,可以说基本上每天都会有地方在举办或大或小的祭典活动。瞄一眼祭典的日历,就会想整个五月可能每天都会有什么活动。

献茶、茶室、野外品茗地,还有茶壶,到处都是,想转根本转不过来。

但是,今年五月千重子连葵祭都错过了,没去看。可能是因为今年五月雨天多吧。也可能是因为她从小时候开始,一直都被带去看,都看了好多遍了。

千重子当然喜欢赏花,但是也喜欢跑去看嫩叶、新绿。高雄①的枫叶的嫩芽当然不必说,她也喜欢若王子神社附近的景色。

千重子沏了一些宇治产的新茶,说:"母亲,今年连去看采茶也给忘了啊。"

"茶的话,现在应该还在采吧。"

"应该吧。"

确实,去植物园的时候看到的那些樟树,长出的新芽虽然像花一样美丽,但也是有点迟啊。

"千重子,咱们去高雄看枫树的嫩芽吧。"朋友真砂子打电话来约她,"现在去的话,比秋天看红叶时人少……"

"现在是不是都已经迟了?"

---

① 高雄:高雄位于京都市西北的右京区。此处有清泷川中游的峡谷,是观赏红叶的名胜地。并非中国台湾省的高雄市。

"那里比市内气温低,我想现在应该还来得及。"

"哦?"千重子稍微换话题说,"哎,看完平安神宫的樱花之后,本来真该再去看一下周山的樱花的,结果给忘了。那老树……虽然樱花已经看不上了,但是想看看北山杉。离高雄很近的吧。看到北山杉笔直美丽的姿态,我心里也会顺畅很多。能陪我一起去看杉树吗?比起枫树绿叶,我更想看北山杉了。"

既然到了这里,千重子和真砂子也决定去高雄的神护寺、槙尾的西明寺、姆尾的高山寺看枫树的绿叶。

去神护寺和高山寺都需要爬一个陡坡。对于身着初夏轻便洋装,脚穿低跟鞋的真砂子来说没问题,但是对于身穿和服的千重子来说怎么样呢?真砂子问了一下千重子。但是千重子说没有觉得难受。

"你为什么这么看着我?"

"真漂亮啊!"

"好漂亮啊!"千重子停下来,一边俯视着清泷川,一边说道,"我还以为这里会很闷热呢,没想到好清爽啊。"

"我……"真砂子憋着笑说,"千重子,我,我是说你漂亮啊。"

"……"

"为什么这么美丽的姑娘会出生呢?"

"讨厌啦。"

"朴素的和服,在这翠绿中间,更加衬托出千重子小姐你的美。你要是穿华丽的和服的话,那又是很艳丽……"

千重子那天穿的是微暗紫色的御召皱绸①和服。腰带的话，是父亲大手一挥，给自己裁的更纱（高级印花布）做的。

千重子登上石阶——神护寺里有平重盛②和源赖朝的肖像画，其中经安德烈·马尔罗（André Malraux）③的介绍，平重盛的肖像画成为世界名画，真砂子如是说。想起画里平重盛的脸颊或者某个地方有点微红的时候，就想起真砂子的这些话。而且之前千重子也听她说过很多遍。

千重子很喜欢从高山寺石水院的宽走廊上能眺望对面山上的景色。她也很喜欢高山寺的开山祖师——明惠大师④的树上打坐的肖像画。在壁龛的旁边，《鸟兽戏画》⑤画卷的复制品铺展开来。两人就在这里的走廊上，喝了招待的茶。

真砂子没有去过高山寺以上的地方。游客也大多止步于此。

千重子记得以前被父亲带着去周山赏花，采了问荆（笔头草）回家。问荆粗粗的很长。然后如果到了高雄的话，就算一个人，也会去一下北山杉的村子——现在村子被京都市合并，变成

---

①御召皱绸：指的是经线、纬线都用染色熟丝而织成后，浸在水中，用力揉搓，使其表面起皱的丝绸。
②藤原隆信所画的平重盛、源赖朝、藤原光能的肖像画存放于神护寺内，并称"神护寺三像"，是日本国宝级的名画。
③安德烈·马尔罗（André Malraux，1901—1976）：法国小说家，评论家。与日本渊源颇深，曾多次访日。对《平重盛像》异常仰慕，在各种美术展上介绍此画。
④明惠：日本镰仓初期的僧人，创建高山寺，是华严宗的中兴之祖。又称明惠上人。
⑤《鸟兽戏画》：也叫《鸟兽人物戏画》，是存于高山寺的纸本水墨画。是日本国宝，有甲、乙、丙、丁四卷，以兔子、青蛙、猴子等动物拟人化地表达当时的世情，是讽刺画的集大成。

了北区中川北山町了。因为只有一百二三十户人家,所以叫村子好像更合适一点。

"我经常走的,走吧。"千重子说,"路也不错的。"

清陇川的河岸边,耸立着陡峭的山。走了一会,能看到美丽的杉树林了。实际上一眼就能看出,笔直整齐的杉树是经过人精心收拾管理的。作为有名木材的北山圆木只有这个村子才能出产。

大概是三点的休息时间吧,刚刚好像在树下割草的女孩子们从杉山上走了下来。

千重子呆呆地站在那里,盯着一个女孩子看,"千重子,那个人好像你啊。你看,不是和你很像吗?"

那个女孩穿着藏青地碎花纹的窄袖和服,戴着袖口挂带,穿着裙裤,前面系着围裙,戴着手套,头上系着毛巾。围裙绕到身后,腋下的地方有个裂口。只有挂带和透过裙裤可以看到的细带有点红色。其他女孩子也是一样的打扮。

被称作"大原女"和"白川女"的在京都街上叫卖的姑娘,大概有类似的装扮。但是这些姑娘的打扮,不是为了进村子里卖东西的,只是山里的工作服。大概就是在日本的田里和山里工作的女性的着装吧。

"真的好像啊。你不觉得很不可思议吗?千重子,你仔细看一下。"真砂子重复地说道。

"是吗?"千重子也没有好好瞅一眼,说,"你就是个冒失鬼。"

"就算我再冒失,但是像那么漂亮的人……"

古都　067

"就像是你的私生女一样。"

"看看，都说你是个冒失鬼了。"真砂子因为自己的无心之语被千重子提醒了。她捂住差点笑出声的嘴，接着又说："其他人也有长得像的，但是也没有这么像啊。"

那个女孩，还有同行的其他女孩基本都没有在意，走了过去。

那个女孩，头上戴着手巾，因为戴得比较向下，所以只能看到一点刘海，但是脸颊一大半都遮上了。像真砂子说的那样，根本脸都看不清的，而且也没有对着面。

而且千重子，来过这村子好几次。见到过村里的男人们把杉树的圆木的树皮粗略剥去之后，女人们还会认真地慢慢剥剩下的。还看到过她们用菩提瀑布的沙子，来打磨用水或者热水泡软后的圆木。所以她觉得她大概知道女孩儿们的模样。因为这些个加工圆木的工作是在路旁或者户外进行的，所以她才能看到。小小山村里，也没有那么多女孩。当然，肯定是没有认真地看过每个女孩脸的。

真砂子目送着女孩们的背影，稍微冷静了一下，又重复地说："真是不可思议啊。"

而且这次是重新审视了一下千重子的脸，然后歪歪头觉得还是理解不了。"还是觉得很像。"

"哪里像啊？"千重子问。"嗯，应该是感觉吧。很难说哪个地方像，但是眼睛和鼻子……当然你这个市中心的大小姐和这山里姑娘肯定是不相同的，对不起啊。"

"没事的啊……"

"千重子，咱们跟着那个女孩，去她家看看吧。"真砂子有点念念不忘地问道。

跟着那女孩，去她家看看这种事，即便是再活泼的真砂子，也不过是嘴上说说吧。但是千重子几乎要停下来似的慢下脚步，仰视着杉树，眺望着那些排列在村民家的杉木圆木。

白杉圆木粗细一致，被打磨过，很是漂亮。

"像不像工艺品。"千重子说。好像建茶室也用得到，据说远销到东京甚至九州……

圆木靠近屋檐，整齐排成一列。房子二层也并排放着圆木。看见二层摆的圆木前面晾晒着内衣等衣服，真砂子觉得很稀罕，说道："这家人还真住在这一列圆木的里面啊。"

"你还真是个冒失鬼，大嘴巴啊，真砂子你……"千重子笑着说，"在这圆木后边，肯定连着很气派的住处吧？"

"啊，但是二层不是晒着衣服呢嘛……"

"真砂子，就是你这嘴啊，刚才还说我像那女孩。"

"刚才跟这个不一样。"真砂子变得认真起来，"被说和那女孩像，你就觉得那么奇怪吗？"

"一点都不都觉得奇怪……"千重子刚要回答，脑海里突然浮现出那女孩的眼神。做工时健壮的样子里有那么一点，好似浓重的，好似深邃的忧郁，都凝集在她的眼神里。"这村里的女人们，那当然是很卖力做工的。"千重子好像要回避什么一样似的自言自语道。

"女人们和男人一起工作，没有什么稀罕的。老百姓们不都这样吗？卖菜的一样，卖鱼的也一样……"真砂子随口说道，"但是，对于千重子你这样的大小姐来说，看见什么都觉得好奇吧。"

"尽管是这样，我也是有在工作的啊。你才是那样的。"

"我是没有在工作的。"真砂子若无其事地冷冷地说。

"虽然都叫工作,但是我想让你看看这个村子里女孩子工作的样子。"千重子再次看向杉树,说道,"大概已经又开始修剪枝条了吧。"

"修剪枝条是什么工作?"

"为了培育出好的杉树,需要去除多余的枝条。虽然有时也用梯子的,但是大部分像猴子一样,从杉树的一个枝头跳到另一个枝头……"

"好危险啊。"

"有的人早上爬到树上,一直要待到午饭都不下来……"

真砂子也抬头看着杉山。笔直耸立的树干,是那么的美丽。枝头茂密的树叶也像工艺品一样。

山既不高也不深。山顶也耸立着修剪整齐的杉树,树干一根根抬头就能望到顶。因为是用来建造茶室的杉木,所以连杉树林看起来也有茶室一样的感觉吧。

但是,清泷川两岸的山势陡峭,中间夹着一条狭窄的峡谷。雨量大,日照少,据说也是这里的杉树圆木能成长为名木的一个原因。还有就是能吹到自然的风。因为每年刚长出的年轮还有点疏软,要是有强风的话,杉树就会长弯、变歪斜。

村民的家貌似都在山脚,沿河建成一排。

千重子和真砂子走到小村子的最里面,然后又折回来了。

有一家人正在打磨圆木。捞起泡在水里的圆木,女人们正在用菩提沙子认真地打磨着。那些看起来像桦木色黏土一样的沙子,据说是从菩提瀑布下面运来的。

"要是没有那沙子,该怎么办呢?"真砂子问道。

"一下雨，沙子就跟瀑布的水一起流下来，都堆积在下面了。"一个年长的女人回答道。真砂子觉得是很轻松简单的事儿。

但是，就像千重子说的，这些女人们孜孜不倦地在做工。以那五六寸的圆木，大概是用来做柱子什么的吧。

据说打磨好的圆木，用水洗后再晾干，然后用纸或者稻草包起来就出货了。

一直到清陇川的石原町附近，都有种植杉树。

看着山上整齐耸立着的杉树，屋檐上竖着的杉木，真砂子脑海里浮现出京都市内那些老民居的一尘不染的红格子门。

村子入口处有一个名叫菩提道的公交车站。公交车站那里走上去的话，应该就是菩提瀑布吧。

两人从那站坐上了回程的公交车。沉默了一会儿之后，真砂子突然说道："作为人，小姑娘如果也能像杉树那样正直地成长就好了。"

"……"

"可是我没有像杉树那样被人疼爱，加以呵护过。"

千重子差点儿笑出来，问道："真砂子，你最近有在约会吗？"

"嗯，有。就是在加茂川的水边的青草地上坐着……"

"……"

"木屋町附近的纳凉床上，游客变得很多，晚上也开始亮起灯了。但是我们是朝后面坐着，从纳凉床上根本看不清是谁的。"

"今晚呢？"

"今晚约了七点半，虽然那时候天还有点亮。"

千重子很羡慕真砂子那种自由。

古都　071

千重子一家三口，挨着花园的靠里面的房间里吃晚饭。

"今天从岛村先生那里收到了很多瓢正①的竹叶寿司卷，我也就凑合着只做了一份汤。"母亲对父亲说。

"是吗？"

鲷鱼的竹叶寿司卷是父亲喜欢吃的东西。

"最重要的负责做饭的人，今天回来得有点迟……"母亲说千重子，"今天又去看北山杉去了，和真砂子一起……"

"哦。"

伊万里瓷器②的盘子上，盛着竹叶寿司卷。包成三角形的寿司卷，剥开竹叶，上面包着切成薄片的鲷鱼肉。酱汤里主要放着薄豆腐皮，还有一点儿香菇。

像正面的红格子门一样，太吉郎的店虽然还是以前京都批发店的老样子，但是变成公司化经营以后，掌柜、小伙计都变成了公司职员，大都住自己家里，每天来出勤。只有从近江③来的两三个小伙计住在有格子窗的二楼，到晚饭的时间，二楼很安静。

"千重子，你那么喜欢去北山杉的村子啊。"母亲说，"为什么呢？"

"因为每棵杉树，都笔直、漂亮地耸立着，如果人心也能变成那样的话，该有多好啊。"

"这不跟千重子你一样吗？"母亲说道。

"不是的，我，性格乖僻……"

---

① 瓢正：京都市中京区的一家日本料理店。招牌菜是鲷鱼的竹叶寿司卷。
② 伊万里瓷器：也叫伊万里烧，指的是日本佐贺县有田町为中心出产的瓷器。因为瓷器制品主要从伊万里港外运，所以称之为伊万里烧。
③ 近江：日本的旧地名，位于今天的滋贺县。

"那是有点儿,"父亲插话说,"再正直的人,也会考虑很多的。"

"……"

"就这样不也挺好的嘛。像北山杉那样的孩子,固然可爱,但是根本就没有那样的人。就算有,一旦有什么事的时候,肯定会遭很大的罪吧。父亲我觉得,树就算弯了,扭曲了,能长大就好了……你看看狭窄院子里的那棵老枫树。"

"你在对像千重子这么好的孩子说些什么呢?"母亲有点儿生气了。

千重子面对着院子,沉默了一会儿。声音里充满了悲伤地说,"我没有像老枫树那样的坚强……充其量也就是像树干上凹窝里长着的紫地花丁一样。啊,那紫地花丁的花,不知道什么时候不见了。"

"真的是……来年春天肯定还会再开的。"母亲说。

低着头的千重子看到了枫树树根旁边的那个耶稣石灯笼。仅凭石灯笼里发出的光,不足以看清那腐蚀的圣像,但似乎想要祈祷什么的样子。

"母亲,我到底是在哪里出生的呢?"

母亲和父亲互相看了一眼对方。

"就是祇园的樱花下啊。"太吉郎毫不犹豫地说。

祇园的夜樱下出生,这话听起来就像《竹取物语》里的辉夜姬是从竹节和竹节中间出生一样,简直就像是一个童话故事一样啊。

可能正是因为这样,所以父亲才毫不犹豫地回答的吧。

既然是在花下出生的,那么应该会像辉夜姬那样,有使者从月宫降临来接我走吧。千重子想到这么一个小玩笑,但是没有说出口。

不管是弃子,还是被抢来的,父母都不知道千重子是在哪里出生的。大概也不知道她的亲生父母是谁吧。

千重子觉得自己问了一个不该问的话,很后悔。但是不道歉,好像反倒好一些。即便那样,但是自己为什么会突然问这个呢?自己也搞不清楚。大概是因为突然记起来自己被说和北山杉村里的姑娘长得很像这件事儿了吧……

千重子有点尴尬,不知道该往哪里看,就看了一下大枫树。不知是出了月亮,还是繁华街灯光的衬托,夜色淡淡发白。

"有点像夏天的天色了。"母亲阿繁也仰望着天空说,"哎,千重子,你就是出生在这个家的。虽然不是我生的,但是就是出生在这个家里的。"

"嗯。"千重子点点头。

跟千重子在清水寺对真一说的一样,她不是圆山夜樱下被阿繁夫妇偷走的那个婴孩,是被丢在了门口的弃子。是被太吉郎抱进家里来的。

都是二十多年的事情了,那时候太吉郎三十多岁,沉迷酒色。妻子阿繁对于他说的话,很难相信。

"你说得真好……该不会把是跟艺伎什么的女人生的孩子带回来了吧?"

"你胡说什么啊。"太吉郎勃然大怒。

"你仔细看看这孩子穿的什么。这能是艺伎的孩子吗?不不,能是像艺伎什么人的孩子吗?"太吉郎把孩子推向妻子,说道。

阿繁接过孩子,用脸贴了一下孩子冰凉的脸蛋儿。

"把这个孩子怎么办呢?"

"咱们去里面慢慢商量吧,还愣着干什么。"

"好像刚出生不久啊。"

因为不知道她父母是谁,没办法收为养女,就当作太吉郎夫妇的长女上了户口,取名叫千重子。

虽然俗话说,领养了小孩之后,作为引子,自己也会生小孩,但是阿繁没能生。于是千重子就作为独生女抚养、爱护至今。岁月流转,太吉郎夫妇已经不再在意千重子是什么样的父母抛弃的,亲生父母的生死也无从知晓。

晚饭后的收拾很简单。也就是收拾下竹叶寿司卷的竹叶,洗一下喝汤的碗。千重子一个人就做了。

然后千重子把自己关在二层的房间,翻看着被父亲带去嵯峨尼姑庵的保罗·克利和马尔克·夏加尔的画集。刚刚入睡不久,她发出"啊,啊"像是梦魇一样的声音,然后醒了过来。

"千重子,千重子!"在旁边房间的母亲,喊道,没等千重子答话,隔扇就打开了。

"是梦魇吧?"母亲进来,"梦见什么了?"

然后母亲坐到千重子旁边,打开了枕头边上的灯。

千重子起身坐在床上。

"哎呀,出了好多汗啊。"母亲从千重子的梳妆台那里拿来纱布做的毛巾,帮千重子擦了擦额头和胸口。千重子没动,就让母亲帮她擦。多么漂亮,多么白的胸啊,母亲一边想,一边把毛巾递给千重子,"哎,擦一下腋下吧……"

古都　075

"谢谢您,母亲。"

"是个很可怕的梦吗?"

"是的。是从一个特别高的地方跌下来的梦……一下子掉进一个可怕的蓝色里,没有底的那种蓝。"

"谁都会经常做的梦啊。掉进没有底的地方。"母亲说。

"……"

"千重子,别感冒了。睡衣要不要换一下?"

千重子点点头,但是心里还是惊魂未定。想要站起来,却踉跄了一下。

"好了,好了,我给你拿来。"

千重子坐着,认真熟练地换了睡衣。想把换下来的睡衣对袖叠起来的时候,母亲说:"不叠也没事的,反正还要洗呢。"她拿着睡衣把它挂到了角落里的衣架上,然后又坐到千重子枕边,"就做那么一个梦,千重子你该不是发烧了吧?"她用手摸了一下千重子的额头,不热,反而是凉的。

"该不是去了北山杉的村子,累到了吧?"

"……"

"还是不行啊,妈妈也来这里,跟你一起睡吧。"母亲眼看着就要搬铺盖过来了。

"谢谢……已经没事了,您就放心休息吧。"

"是吗?"说着,母亲就从铺边上钻进千重子的被窝,将身子贴近千重子。

"千重子你也长这么大了啊,已经不能被妈妈抱着睡了。我这话,有点可笑啊。"

但是母亲先安然入眠了。千重子为了让母亲的肩头不受凉,就用手摸摸，然后把灯关了。但是她没睡着。

千重子做的梦很长，跟母亲说的也不过只是结尾罢了。

刚开始的时候，与其说是梦，不过是清醒的时候开心地回想今天和真砂子去北山杉村的事情。被真砂子说的和千重子像的女孩，比起在村里，反而现在很不可思议地想起来了。

然后，梦的结尾处，掉进了蓝色里。那蓝色也许就是留在脑海里的杉山的颜色吧。

鞍马寺的伐竹仪式①，是太吉郎很喜欢的活动。也许是因为这个活动能彰显男子气概吧。

对于太吉郎来说，他从年轻的时候就开始看，所以觉得没有什么稀罕的，但是想带自己的女儿千重子去看看。可能是因为要节省经费，鞍马的祭火节②十月份也不举行了吧。

太吉郎猜到会下雨。伐竹仪式是在六月二十日举行，正值梅雨时节。

十九日，较于一般的梅雨时节，雨有点大。

"要是这么下的话，明天能不能停啊？"太吉郎不时看看天空。

"父亲，我觉得下不下雨都没什么的啊。"

---

①伐竹仪式：每年6月20日在京都市左京区鞍马寺举行的仪式。长4米，直径10厘米的青竹比作大蛇，两人一组比赛用砍柴刀劈砍青竹，用来占卜一年的丰收，表达对水神的谢意，祈祷破邪显正。

②祭火节：每年10月22日在鞍马由岐神社举行的祭火节，京都三大祭典之一。当日傍晚各家门口点篝火，孩子们手举火把，然后脚穿武士草鞋的人抬着大火把在街头游行，用来祭奠神明。

古都　077

"虽说是这样，"父亲说，"但要是天气不好的话……"

二十日这天，也是淅淅沥沥下着小雨。"把窗户和门都关好啊。因为这讨厌的湿气，和服什么的就受潮了。"太吉郎对店员们说。

"父亲，要不咱们就不去鞍马了吧？"千重子问父亲。

"反正来年也还有呢，就不去吧。像这样满是雾气的鞍马山，也没什么看头……"

参加伐竹仪式的不是僧侣，大部分是本村人，也叫作"法师"。作为伐竹仪式的准备，十八日取雄竹、雌竹各四根，横着拴在立在本堂左右两边的圆木上。雄竹砍去根，留着叶，雌竹带着根。

面朝本堂，左边是丹波座，右边是近江座，自古以来就是这么叫的。

轮到号的家中人，穿上祖传的僧袍，穿上武士草鞋，戴上玉带，插上两把刀，头上缠着五条袈裟，腰间带着南天竹叶，砍柴刀放在锦袋里。在开道人的引领下，朝着山门走去。

下午一点，穿十德①礼服的僧侣吹响法螺，伐竹仪式正式开始。

两名童男齐声对住持说："伐竹神事，可喜可贺。"

然后童男走向左右两座，夸赞两座说："近江座之竹，甚好。""丹波座之竹，甚好。"

---

①十德：一种男子上衣，形似素袄（日本古时候武士的礼服），日本江户时代的医生、学者用作礼服。

整理竹子，先把绑在圆木上的粗的雄竹砍下来，收拾好。细的雌竹的话，不用收拾，放好即可。

童男跟住持报告说："竹子整理完毕。"

然后僧侣们进入正殿，开始诵经。代替荷花，撒的是夏菊。

住持从祭坛上走下，打开桧扇，这样上下扇了三次。

"吼！"随着一声令起，近江座和丹波座各两人开始砍竹子，将其砍为三段。

太吉郎很想让女儿也看看这伐竹仪式，正因为下雨而犹豫去不去的时候，秀男单手抱着包袱，从格子门走了进来，说道："这是令千金的腰带，终于织完了。"

"腰带？"太吉郎很惊讶地问道，"我女儿的腰带吗？"

秀男退后半步，很小心地打开包袱。

"是郁金香花样的？"太吉郎简单问道。

"不是，是您在嵯峨的尼姑庵里画的那个……"秀男认真地回答道。

"当时是我年轻气盛，意气用事，对佐田先生您真是太失礼了。"

太吉郎内心很吃惊："没有啊，说什么呢。当时我就是凭自己喜好，胡乱画了一下。多亏秀男你的劝诫，让我一下子大梦初醒一样。我还得谢谢你呢。"

"我把您画的那个腰带织了出来，今天带过来了。"

"什么？"太吉郎很是吃惊。

"但是那个底样我已经胡乱揉成团，扔进你家旁边的那条河里了啊。"

"您扔了？这样啊。"秀男无所畏惧地冷静地说道，"因为已经看了那么久，所以已经记在脑子里了。"

"我是做这个生意的。"秀男说着说着，太吉郎的脸阴沉起来。

"但是，秀男，你为什么把我丢进河里的底样织出来呢？啊，为什么织出来了？"

太吉郎重复问道，一阵不知是伤心还是愤怒的感觉涌上心头。

"画里感受不到内心的平静和谐，很暴躁、很病感……秀男，这不是你说的吗？"

"……"

"正是因为这样，我才一出你家门，就把底样给扔到小河里了。"

"佐田先生，请您原谅。"秀男又一次跪下给太吉郎道歉。"我当时也是一直织一些无趣的东西，感到疲惫了，所以心思焦躁才冒犯您的。"

"我当时脑子也乱糟糟的。住在嵯峨的尼姑庵里，虽说倒还安静，但是只有上年纪的庵主，白天有一个雇来干活的婆婆会过来，但是很寂寞，很寂寞……再加上我们家的生意也变得不是很景气，所以你说的话，我觉得也是那样的。做和服批发的我，本来也不是非得画底样不可的。像那样追求新奇的底样也太……"

"在那之后，我也想了很多。在植物园看到令千金之后，又考虑了很多。"

"……"

"您能看一下这腰带吗?要是不中意的话,您就在这用剪刀咔嚓咔嚓剪了。"

"好。"太吉郎点点头,然后叫女儿,"千重子,千重子。"

和掌柜并排坐在柜台后边的千重子应声站起来,走了过来。

秀男眉毛很浓,嘴巴紧闭不说话,虽然一脸自信,但是打开包袱的时候,指头微微在颤抖。

秀男好像跟太吉郎不太好说话,所以转向面对千重子:"小姐,请看。这是您父亲画的底样。"说着把卷着的腰带递给了她。然后自己就呆呆站在那里。

千重子从腰带的一头开始一点点打开。"啊,父亲,您这是看了克利的画集,然后构思出来的吧。是在嵯峨的时候画的吗?"她拿着腰带在膝盖上一直前后拉着看,"哎呀,太好看了。"

太吉郎一脸不悦,也没说话。但是心里确实很是吃惊,秀男竟然把自己画的底样记得这么清楚。

"父亲。"千重子无邪可爱地开心说道,"真的是一条好腰带啊。"

然后她摸着腰带的质地,对秀男说:"织得真不错啊。"

"没,没。"秀男低着头答道。

"能不能打开到这,让我看一下?"

"好的。"秀男回答说。

千重子站起来,在二人面前打开腰带,一只手搭在父亲肩上,站着欣赏着这腰带。

"父亲,怎么样?"

"……"

古都　　081

"不是很好吗？"

"真的好吗？"

"是啊。谢谢父亲。"

"那你再多看一下。"

"很新颖的花样啊，虽然会挑和服……不过是条很不错的腰带。"

"是吗？如果你喜欢的话，谢谢秀男啊。"

"秀男，谢谢你。"千重子在父亲后边，跪下低头给秀男行了一个礼。

"千重子，你觉得这腰带和谐吗？能不能感受到内心的平静和谐？"

"嗯？和谐吗？"千重子毫无准备，不知怎么回答，又开始看腰带，"虽然都说和谐，但是根据穿着的和服以及穿着的人大不一样啊……如今不是正在流行那些故意打破和谐的服装吗？"

"嗯。"太吉郎点点头说，"千重子，其实这腰带的底样，之前给秀男看的时候，被他说不和谐。所以我就把底样扔到了秀男他们织布厂旁边的小河里了。"

"……"

"但是，看到秀男织的腰带，基本和我画的底样一模一样。虽然颜料和色线，多少颜色有点儿不一样。"

"佐田先生，请您原谅。"秀男双手扶地再次给太吉郎道歉，"小姐，有一个冒昧的请求，您能不能在您腰上试着系一下这腰带。"

"穿着这身和服吗？"千重子站起来，把腰带缠着一下。千重子立马感觉变得明艳起来。太吉郎脸上也露出了笑意。

"小姐，这是您父亲的大作啊。"秀男眼里流露出喜悦的神情。

祇园祭

千重子拿着很大的购物篮走出店门。她沿着御池通路向上走，本来是准备去汤波半①的，但是从比叡山到北山的天空像火焰燃烧一样，她忍不住在御池通路驻足眺望了一会儿。

因为夏天天长，所以到夕阳晚照的时间还早，但天空也不是寂寥的颜色。真的像是燃烧正盛的火焰在天空铺开了一样。

"还有这种事儿，我还是第一次见。"

千重子拿出小镜子，在那强烈的云的颜色中，照了一下自己的脸。

"不会忘的，一生都不会忘……人也是看心情吧。"

叡山和北山好像被夕阳压过去了，只是深深的藏蓝色。

汤波半店里，豆腐皮和包了银杏和百合根的"牡丹豆腐皮"，还有八幡卷②都已经做好了。

"小姐，欢迎光临啊。因为祇园祭，很忙，很忙，所以只做给真正的老主顾。"

这个店，平常只做提前约定的。在京都，有些做点心的店也是这种模式。

---

① 汤波半：位于京都市中京区，创业于1916年，是卖薄豆腐皮的百年老店。
② 八幡卷：指的是用肉包裹以牛蒡为主的蔬菜来吃的日本乡土料理。一开始是用鳗鱼或者泥鳅包着牛蒡吃，因为发源地是京都的八幡村（现京都府八幡市），该地是牛蒡产地，也能捕到天然鳗鱼和泥鳅，所以就把这种料理命名为八幡卷。

古都

"因为衹园祭啊。这么多年,真是非常感谢。"汤波半的女店员把千重子篮子装得满满的,都快溢出来了。

这个"八幡卷"真的和鳗鱼裹的八幡卷一样,只不过是用豆腐皮裹着牛蒡。"牡丹豆腐皮"跟油炸豆腐团很像,只不过是豆腐皮里包了银杏等蔬菜。

这个汤波半,在所谓的禁门之变的元治大火中得以保存下来,是两百多年前的老店了。虽然有些地方也做了小小的修缮……比如,小天窗镶了玻璃,用来做豆腐皮的像火炕一样的炉灶也变成了红砖的。

"以前是用炭火,但是燃烧的时候,粉末会掉进来,稀稀拉拉地沾到豆腐皮上。所以,改烧锯末了。"

"……"

制豆腐皮的人从被四方形铜片隔断的锅里,用竹筷熟练地捞起表面稍微凝固的豆腐皮,然后放在上边的细竹竿上晾。竹竿上下有好几根,豆腐皮干了的话,就一点点往上移。

千重子走到了加工地方的最里面,手放在了老柱子上。如果和母亲一起来的话,母亲经常会抚摸这根顶梁柱。

"这是什么木头啊。"千重子问道。

"是桧木。到顶上,很高吧。而且很笔直……"

千重子也抚摸了这柱子,然后走了出去。

千重子回去的路上,衹园祭的奏乐的排练的声音越来越响。

说起衹园祭,从远处来看热闹的游客,有可能更容易认为是指由彩车游行的七月十七日。所以大家最多也就提前一天,十六日的典礼前夜来到这里。

但是实际上衹园祭的典礼活动,是整个七月都有举行的。

从七月一日开始,举行典礼的各地区开始彩车游行、"迎吉符"、奏起音乐。

童男童女乘坐的长刀彩车,每年都在队伍的前列。紧随其后的其他彩车的先后顺序,是七月二日或者三日,由市长主持抽签仪式来决定。

彩车一般是提前一天搭建,但是七月十日的"洗神轿"可能才是祭典真正开始的序章。在鸭川的四条大桥上洗神轿。所谓的"洗",也只不过是神官把杨桐枝蘸水之后往神轿上洒一下而已。

然后十一日,乘坐长刀彩车的童男童女会参拜祇园神社。童男童女骑跨在马上,头戴鸟帽,身穿水干礼服,由随从陪伴前去接受五位官衔,比五位更高的叫作殿上人。

以前神道和佛教混合在一起,所以会把童男童女左右的小孩子扮作观音和势至菩萨。

还有让童男童女接受神位,也是与神举行婚礼的一种比喻。

"这也太奇怪了啊,我是个男孩子啊。"当真一被扮作童女的时候,他曾这么说。

另外在祇园祭期间,要为童男童女另起炉灶。也就是让他们吃和家人用不同炉灶煮的饭,意在消除污秽。据说现在这种习惯也被省略了,只是在童男童女吃的东西上用火镰打一下驱邪火[①]而已。也有传言说:如若家里人忘记了这个仪式,童男童女就会催促说,"驱邪火,驱邪火"。

总之,童男童女的游行不是一天就能结束的,有很多规矩,

[①] 驱邪火:为了清除对于神佛上供之物的污秽而用火镰打火。外出旅行之时,也用这种方式来祈求平安。

古都　085

不是很容易。他们还必须去镇上挨家挨户地去问候。祭典和童男童女的活动大概要持续一个月。

比起七月十七日的彩车游行,京都人貌似更加愿意品味十六日典礼前夜活动的氛围。

祇园祭的日子逐渐近了。

千重子家也拆去店正面的格子门,忙着准备过节。

出身于四条通路附近的和服批发商的京都姑娘千重子,作为八坂神社神灵守护的地域居民,对于每年都举行的祇园祭,也不觉得稀奇。这是炎热京都的夏天的节日。

她最怀念的是乘坐在长刀彩车上,扮作童男的真一的模样。一到祇园祭,听到奏乐,彩车被众多的灯笼照亮,真一的模样就会变得更加鲜明。那时候,真一还有千重子是七八岁吧。

"即便是女孩子,也没见过那么美的孩子啊。"

真一在去祇园社接受五位少将的官位的时候,千重子也跟着去了。彩车游街的时候,她也跟着一起转。童男打扮的真一带着另外两个小随从,来到千重子家的店里打招呼,喊着"千重子,千重子"。千重子红了脸,只是盯着真一看。真一化过妆,抹了口红,而千重子的脸只是被太阳晒黑了。那时候千重子身穿夏天和服,腰上系着扎染的三尺红腰带,和邻居家的小孩在一起玩纸捻小焰火……

时至今日,在奏乐声中,彩车灯火映照下的真一的童男形象还依然印在脑海里。

"千重子,你何不去看一下店里前夜的活动?"晚饭后,母亲对千重子说。

"母亲,您去吗?"

"我要接待客人，出不去啊。"

千重子从家中出来之后，加快了脚步。四条通路上到处都是人，几乎走不动路。

但是千重子对于四条通路上哪里有什么彩车，哪条小巷里有什么彩车都了如指掌，所以她把所有的彩车都看了一个遍。真是盛大热闹。各种奏乐声也不断传来。

千重子走到御旅所①前面，求了一根蜡烛，点燃之后供在了神灵前面。在祇园祭期间，八坂神社的神灵也会被迎到御旅所。御旅所坐落在新京极通路和四条通路交会处的南边。

在那个御旅所，千重子发现一位好像正在做"七次参拜"的女孩子。虽然是背影，但是一眼就能看出来的。所谓的"七次参拜"是指从离御旅所神前一段距离的地方向前走，然后折回来，再参拜，这样反复进行七次。在参拜期间，即便遇到认识的人，也不能开口说话。

"哎呀。"千重子觉得那女孩子很是眼熟。她好像被邀请了一样，也开始了七次参拜。

那女孩向西而行，然后回到御旅所。千重子相反，向东而行，然后折回来。但是那女孩子比千重子更用心，祈祷的时间也比较长。

女孩的七次参拜好像结束了。千重子没有像女孩一样走那么远，所以和女孩差不多同一时间结束了。

女孩凝视着千重子。

---

① 御旅所：指的是神社在举行典礼的时候，神灵（一般是说承载了神灵的神轿、彩车）在游行中休息的地方。

古都　087

"你祈祷了什么?"千重子问她。

"你都看到了?"女孩声音颤抖地问道。

"我一直想知道姐姐的下落……你,不就是我姐姐嘛。神灵显灵了,让我们得以相见。"女孩眼里饱含泪水。

的确,她就是北山杉村的那个女孩。

御旅所挂满了信徒敬献的神灯,加上前来参拜的人供奉的蜡烛,将神前映照得一片光亮。女孩满眼泪花,并没有在意这明亮。反而是灯火投射在姑娘身上,熠熠发光。

千重子思绪万千,但是靠意志强忍住了。

"我是独生女。既没有姐姐,也没有妹妹。"千重子虽然这么说,但是脸色变得苍白。

北山杉的女孩抽噎起来,重复着说道:"我知道了。小姐,请您原谅。请原谅。"

"我从小一直想念我姐姐,所以才认错人了……"

"……"

"听人说我们是双胞胎,但是也不知道她到底是姐姐还是妹妹……"

"咱们也只是相貌相似而已吧。"

女孩点点头,泪水从面颊上流下来。掏出手绢擦着泪水,问道:"小姐,您是在哪儿出生的啊?"

"就在这附近的和服批发街。"

"是吗?那您在神前祈祷了什么啊?"

"父母的幸福和健康。"

"……"

"你父亲呢……"千重子试着问道。

"在很久以前……他在修剪北山杉的树枝，从一棵树爬到另一棵树时，不注意就掉了下来，摔到了要命的地方，就……这都是村里人告诉我的。那时候我刚出生，什么都不知道……"

千重子听后很是吃惊。

自己之所以会经常去那个村子，会想要仰视那美丽的杉山，该不会是被父亲的灵魂召唤了吧。

还有，那个山里的女孩说她是双胞胎。难道生父是因为心里一直挂念抛弃了双胞胎姐妹中的千重子，才不注意从树上摔下来的吗？对，肯定是这样的。

千重子额头渗出了冷汗。四条大路上那嘈杂脚步声，祇园祭的奏乐也仿佛都渐渐远去，眼前也变得慢慢暗起来。

女孩用手搭在千重子肩头，用手绢为她擦了擦额头的汗珠。

"谢谢你。"千重子接过那手绢，擦了擦脸后，不注意地就把手绢塞进了自己怀里。

"那你母亲呢？"千重子小声问道。

"母亲也……"女孩子开始变得支支吾吾起来，"我出生在母亲的老家，在比杉树村还要远的深山里。不过，母亲也……"

千重子也没有再问下去。

北山杉村的那女孩，她流下的肯定是喜悦的泪水。眼泪住了之后，满脸欣喜。

相比之下，千重子用力站稳，双脚颤抖着，心里很乱。在这种场合下，根本无法立即让自己平静下来。但是，这时能支撑她的似乎是这女孩健康的美。千重子并没有像女孩那样纯朴地高兴，双眼布满了深深的忧郁的神色。

现在，接下来，该怎么办呢。正当千重子迷茫的时候，女孩喊了一声："小姐！"

她伸出了右手。千重子握住了她的手。这是一只皮厚粗糙的手，跟千重子柔嫩的手不同。但是，女孩好像并不在意，握着千重子的手说："小姐，再见！"

"哎？"

"啊，我很开心……"

"你叫什么名字？"

"我叫苗子。"

"苗子？我叫千重子。"

"现在我正在打工，但是村子很小，只要你一说苗子，一下子就知道了。"

千重子点了点头。

"小姐，您看起来真幸福啊。"

"嗯。"

"今晚遇见您这件事，我谁都不会说的。我发誓。其他知道这事儿的只有御旅所的祇园神。"

苗子应该已经看出来了，就算是双胞胎姐妹，但是身份悬殊。千重子一想到这，就不知道该说什么了。但是自己才是被抛弃的那个啊。

"小姐，再见。"苗子又说道，"趁还没被人发现……"

千重子心里一阵酸楚："我家的店就在这附近，苗子，就算路过，也要来一下啊。"

苗子摇了摇头说："您家的人呢？"

"家人？家里只有父亲和母亲而已……"

"不知道为什么，总觉得您是被宠爱长大的。"

千重子拉着苗子的袖子说："在这里站久了，就……"

"也是。"

于是苗子再次朝向御旅所，毕恭毕敬地拜了一下。千重子也匆忙学着苗子也拜了一下。"再见。"苗子第三次说道。

"再见。"千重子也说道。

"有很多话想说，下次有时间你来村子里吧，杉树林里，谁也看不见的。"

"谢谢！"

但是两人不由地朝着四条大桥的方向走去，穿过拥挤的人群。

八坂神社有特别多信众。即便典礼前夜以及十七日的彩车游行结束后，还有其他后续的典礼也会接着举行。店家打开店门，摆放上屏风等装饰。之前，还有初期的浮世绘，狩野派①、大和绘②，还有俵屋宗达画的一对屏风③等等。在屏风的真迹之中，还有南蛮屏风④，既有典雅的京都风俗，还描绘着外国人的活动

---

① 狩野派：日本绘画史上最大的画派，传说由狩野正信首创。从室町时代中期（15世纪）到江户时代末期（19世纪），大约持续了四百年，一直是日本画坛的中心。

② 大和绘：指的是日本平安时代的9世纪末期到10世纪初期，受中国绘画的影响而形成的以日本的自然和风俗人情为题材的绘画流派，也称"唐绘"，也写作"倭绘""和画"。

③ 一对屏风：指的是绘有俵屋宗达代表作《风神雷神图》的一对屏风。

④ 南蛮屏风：日本桃山时代到江户时代初期盛行的风俗画的一种。画中描绘了葡萄牙人等外国人登陆日本的情景和当地的风俗。

情景。这些都表现出京都商人繁华昌盛的气势。

如今,那些画卷还留在彩车上。这些都是舶来品,比如有中国的唐朝织锦,法国的高布兰织锦、毛织品、金线织花锦缎、葛丝的刺绣等等。既有桃山时代风格的大气华丽,又有与外国交易时的异国情调。

彩车内也有当时很有名的画家画来作装饰的画。在彩车车头上,有一根看起来像彩车柱子的东西,传说是朱印船①的桅杆。

祇园祭的奏乐声听起来好像只是简简单单的"咚咚叮叮",但是实际上有二十六种音乐。据说和壬生狂言②的奏乐相似,跟雅乐③的伴奏也有相通之处。

在前祭的时候,彩车被一整排的灯笼的灯火照亮,奏乐声也很高扬。

四条大桥东边虽然没有彩车,但是从那里一直到八坂神社一路上都很热闹。

千重子快到大桥的时候,被人群挤来挤去,比苗子走得稍微慢一点。

苗子说了三声"再见",但是千重子在那里犹豫了半天,是就此告别呢,还是从自己家店门口过呢,抑或走近一点后告诉她店在哪里呢。面对苗子,仿佛有一种温暖的亲切感涌上了千重子心头。

---

① 朱印船:指的是 16 世纪末到 17 世纪初,从日本领导者那里获得朱印状(海外渡航许可证),从事海外贸易的船只。
② 壬生狂言:正式名称为"壬生大念佛狂言",是京都中京区壬生寺举行的大念佛会上表演的哑剧狂言。
③ 雅乐:平安时代(大约 10 世纪时)形成的日本宫廷音乐。融合了日本传统的仪式音乐和中国及朝鲜半岛传来的音乐和舞蹈。

"小姐,千重子小姐。"秀男在过桥的时候对着苗子喊道。他把苗子错认成千重子了。

"来看前夜祭啊,您一个人吗?"

苗子一脸茫然,愣住了。但是苗子也没有回头看千重子。

千重子也一下躲到了人后。

"啊,今天这天气不错……"秀男对苗子说,"明天也会很好的。星星这么多,这么亮……"

苗子抬头看着天,一时间不知道该怎么回答。当然她根本不认识秀男。

"前段时间对令尊实在是太失礼了。不过您对那腰带还满意吧?"秀男对苗子说。

"嗯。"

"令尊后来没有再生气吧?"

"嗯。"苗子什么也不知道,当然无从回答。

但是,苗子并没有朝千重子那里看。

苗子不知所措。如果千重子愿意见这个小伙子的话,她自然会走过来的。

虽然这小伙子看起来大脑门,宽肩膀,眼睛发直,但是在苗子看来,他也不像是坏人。因为他说了腰带的事情,所以苗子猜他应该是西阵的织布匠人。在高机上坐着织布,长年累月下来,身形也多少会随着变化。

"我年轻气盛不懂事,竟然对令尊的图样胡乱评论,但是经过一晚上不寝不眠的思考之后,把它织了出来。"秀男说。

"……"

古都 093

"就算一次也行,您有系过吗?"

"啊。"苗子含糊其辞地答道。

"还合适吗?"

尽管大桥上没有大路上那么亮,拥挤的人群几乎挡住了他们的去路,但是秀男竟然会认错人,在苗子看来,很不可思议。

双胞胎姐妹如果是在同一个家,用同样的方式养大的话,可能会很难分辨出谁是谁,但是千重子和苗子两人过着完全不同的生活,在不同的环境中长大。苗子心想,对面的这个小伙子有可能是近视眼吧。

"小姐,您能让我给您再织一条腰带吗?完全按照我自己的构思,全心全意给您织一条,用来作为您二十岁的纪念。"

"哦,谢谢。"苗子支支吾吾地回答道。

"祇园祭的前夜能遇见您,真是神灵眷顾。这好运也会附在腰带上的。"

"……"

千重子大概是不愿意让这个男人知道自己是双胞胎,所以才不走过来的。苗子只能这么想。

"再见!"苗子对秀男说。秀男觉得有点突然,不过也只好回答道:"哦,好吧,再见。"然后他又叮嘱了一句,"您答应让我织腰带了,对吧。我赶在秋天赏枫叶的时候织出来……"说完就分别走开了。

苗子到处看想找千重子,却没有找到。

刚才那个小伙子,腰带的事情,这些对于苗子来讲,都觉得没有什么,唯有能在御旅所前遇千重子让她觉得是得到神灵眷顾一样,十分欣喜。苗子手抓在桥栏上,眺望着倒映在水面上的灯光，过了良久。

然后，苗子在桥的边缘开始慢慢走起来。她打算去拜谒一下四条通路尽头的八坂神社。

苗子快走到大桥中央的时候，看到了正在和两个男青年说话的千重子。

"啊！"

苗子不由自主地轻轻喊出了声，但是没有靠近他们那边。

苗子有意无意地窥视着三人的背影。

千重子想，苗子和秀男到底站在那里说了什么呢？秀男很明显是错把苗子看成了千重子，而苗子当时肯定也不知道怎么应答，很为难吧。

或许千重子当时就去他们俩那里会比较好，但是她没有。非但没去，当秀男喊苗子作"千重子"的时候，千重子反而一下子藏到了人群后面。

为什么呢？

在御旅所前面遇到苗子，对于千重子内心的冲击程度，比苗子要更激烈。苗子说了，她很早就知道自己是双胞胎，一直在找自己的姐姐或者妹妹。但是千重子做梦也没有想到自己是双胞胎。因为太过于突然，千重子心里没有准备，根本不能像苗子发现自己那样欣喜。

还有，千重子是听苗子说才知道自己的亲生父亲从杉树上坠落而死，亲生母亲也很早就去世了。这些事情都让她很心痛。

迄今为止，千重子只是无意中听到邻居在那里嚼舌头，才开始觉得自己是弃儿。但是她尽力刻意不去想抛弃自己的父母在哪

古都　095

里，是什么样的人。因为即便想，也无从知晓。而且太吉郎和阿繁对于千重子的爱很深，所以她也没有必要去想这些。

今晚的典礼上听到苗子的话，对于千重子来说，未必是件幸福的事。但是面对苗子这个姐妹，暖暖的爱意似乎在千重子的心里已经开始发芽了。

"她看起来内心比我纯洁，又能干活，身体也结实。"千重子自言自语地嘟囔着，"说不定什么时候能依靠她呢……"

就这样，她在四条大桥上茫然地走着。"千重子！千重子！"真一突然喊她，"怎么一个人在这里漫无目的地走呢？脸色看起来也不太好啊。"

"哦，是真一你啊。"千重子才一下子回过神儿来似的，"小时候，你坐在长刀彩车上扮成童男的样子，好可爱啊。"

"那时候真是累得够呛，不过现在回想起来，的确令人怀念。"

还有一个人跟真一在一起。

"这是我哥哥，现在在读研究生。"

真一的这位哥哥，跟弟弟长得很像，冒冒失失地低头跟千重子打了一下招呼。

"真一小时候很胆小，很可爱，像女孩子一样漂亮，所以才被选去扮作童男，真是傻乎乎的。"哥哥大声笑起来。

他们三人走到了大桥中间。千重子抬头看了一眼哥哥那副年轻气盛的脸。

"千重子，你今晚脸色苍白，怎么看起来这么伤心啊。"真一问道。

"因为在大桥中间,大概是光线的问题吧。"千重子说着,用力跺着步子。

"再说,典礼前夜大家都高高兴兴来去匆匆的,谁又会注意一个女孩子看起来是不是伤心呢。"

"这可不行。"真一把千重子推到桥栏上,"你稍微在这里靠一下吧。"

"谢谢。"

"河风也没这么大……"

千重子把手贴在额头上,闭上了眼睛。

"真一,真一,你扮作童男坐在长刀彩车上,是几岁的时候来着?"

"嗯……算一算的话,大概七岁吧。我记得是上小学的前一年……"

千重子点点头,但是没说话。

千重子想要擦额头和脖子上出的冷汗,伸手进怀里,就发现了苗子的手绢。

"啊!"

这手绢已经被苗子的泪水浸湿了。千重子握着它,犹豫要不要拿出来用。在手心里团作一团,擦了一下额头。泪水也不禁涌了出来。

真一一脸惊讶。因为他知道千重子不是那种把手绢胡乱揉作一团塞到怀里的人。

"千重子,你是觉得热,还是冷?要是夏天着凉的话,很难好的,快点回家吧……咱们送送她吧,哥哥……"

真一哥哥一直盯着千重子看,听到真一说话,他点了点头。

古都 097

千重子回答道:"我家很近的,用不着送的……"

"正是因为近,我们才更要送呢。"真一的哥哥爽快地说道。

三人在大概大桥中间的地方掉头往回走。

"真一,你扮作童男乘坐长刀彩车游行的时候,我在后面一直跟着呢。你真的知道吗?"千重子问道。

"记得啊,当然记得啦。"真一回答说。

"我当时看起来很小吧。"

"是很小啊。作为童男,一直东张西望地往旁边看,不是很不体面吗。但是我看到一个小女孩一直跟着我们走。当时肯定累坏了吧,被这么多人挤来挤去的……"

"已经回不到那么小的时候了啊。"

"你在说些什么啊?"真一一边回避千重子的问题,一边怀疑今天的千重子怎么了。

把千重子送到他们家店里,真一哥哥跟千重子的父母很礼貌地打了招呼。真一一直站在哥哥身后。

太吉郎在里屋和一位客人在喝着庆典的酒。其实也算不上喝,就是陪着客人而已。阿繁跪坐在一旁伺候。"我回来了。"千重子招呼道。阿繁一边看着女儿的脸色,一边回答:"欢迎回来,回来得很早啊。"

千重子跟客人很客气地打完招呼后,对母亲说:"母亲,想到要跟您帮忙,所以不能回来太晚了……"

"好的,好的。"母亲阿繁跟千重子轻轻使眼色,两人一起站起来去了厨房。本来是要来厨房拿烫好的酒的。"千重子,看到你心神不安的样子,他们才送你回来的吧。""是的,真一和真一的哥哥送我回来的。""我看也是,看你脸色不好,看着浑身无力的样子。"阿繁用手摸了一下千重子的额头,说道,"虽然好像没有发烧,但是看着好可怜啊。今晚,家里也有客人,你就跟我一起睡吧。"阿繁说完,就轻轻地抱了一下千重子的肩膀。

一滴眼泪已经快要夺眶而出了,但是千重子忍住了。

"你先去二楼里面的房间休息吧。"

"好的,谢谢。"母亲的慈爱,让千重子感到心里有所宽慰。

"你父亲因为来的客人比较少,正觉得寂寞呢。晚饭的时候还有五六个人呢……"

千重子却端着酒壶出去,要跟父亲斟酒。

"已经喝得不少了,就这么多吧,够了。"父亲说。

千重子要斟酒的手在抖,所以用左手扶着,但是还是在微微地颤抖。

今晚院子里的耶稣石灯笼里点着灯。老枫树的那两株紫花地丁也隐隐能看到。

花是已经凋谢了,上下这两株小小的紫花地丁是不是就代表千重子和苗子呢。虽然两株紫花地丁看起来不会相遇,但是今晚会不会相遇了呢。千重子看着微微亮光中的两株紫花地丁,双眼又湿润了。

太吉郎也觉察到千重子好像有什么事儿,不时地看一下千重子。

千重子静静地站了一会儿后,去了二楼里面。自己卧室里还放着客人的铺盖。千重子从橱柜里拿出自己的枕头,就躺下了。

为了自己的抽泣声不被听到,千重子把脸埋在了枕头里,手抓紧枕头的两头。

古都　099

阿繁也上了二楼，看到千重子的枕头好像湿了。"好的，马上来。"她一边答应着楼下，一边给千重子拿了一个新枕头，然后又很快地下楼了。在楼梯那，她稍微站住，回头看了一眼，但是没有说什么。

倒不是放不开三张床铺，但是只铺了两张。而且其中一张是千重子的。因为母亲好像要跟千重子睡一张床，千重子和母亲用的两床夏天用的麻质的薄被子放在床头。

阿繁不仅铺了自己的床，还帮千重子铺好了。虽然看起来没什么，但是千重子感受到了母亲的尽心爱护。

然后，千重子的眼泪又止不了，也觉得心里过意不去。

"我就是这个家的孩子啊。"

这是毋庸置疑的，但是遇见苗子之后，千重子突然觉得自己心里很乱，基本按捺不住。

千重子走到镜子前面，盯着自己的脸看。本来想要化妆遮一下的，但又还是作罢。

但是她拿来香水瓶，往床上洒了一点香水，然后重新系紧了自己的腰带。

当然，没能那么容易入睡。

"是不是因为没有跟那个叫苗子的姑娘一起走呢？"

一闭上眼睛，脑海里就浮现出中川町那漂亮的杉山。

从苗子的话里，能大概知道自己的亲生父母的情况。

"这件事是告诉现在家里的父母好呢，还是不说的好呢？"

大概现在的父母也不知道千重子出生的地方在哪里，也不知道千重子的亲生父母是谁吧。自己的亲生父亲、亲生母亲"明明早就已经不在这个世上了"，即便想到这些，千重子也已经掉不下眼泪了。

这时，能听到从街上传来的祇园祭的奏乐声。

楼下的客人，来自近江的长浜一带，好像是做绉绸生意的。酒过三巡之后，声音开始变大，传到二楼的里屋，躺着的千重子也能断断续续地听到。

客人一直喋喋不休地说着，彩车队之所以会从四条通路到宽阔的近代化的河原町通过，再转向作为疏散道路的御池通路，又在市政府前面设立观众席，都是为了所谓的"观光旅游"。

据说以前都是走一些有京都特色的狭窄的路，有时候也会拆一些人家的建筑，但是很有情趣的是从二楼可以得到粽子。现在都是撒粽子。

四条通路还好，但是转弯去比较窄的路的话，彩车的下边不容易看到。但是这样也好。

太吉郎总是找借口说，慢悠悠地在宽阔的大路，能更容易观赏到彩车的全貌，才是好的。

千重子仿佛到现在还能在卧室听到彩车巨大的木车轮在十字路口转弯时发出的声音。

今晚客人似乎要住在旁边的房间里，但是千重子打算明天就把从苗子那里听到的所有事情都交代给父母。

北山杉村，据说都是些个人企业。但是并不是所有的人家都拥有自己家的山。有山的人家还是少的。千重子想自己的亲生父母可能是山主家雇的长工吧。

"在打长工……"苗子自己也这么说过。

已经是二十年前的事情了，或许父母当时不单单是觉得双胞胎有点不好意思，也被说双胞胎难养，再考虑到生活状况，所以就把千重子丢掉了。

千重子有三件事忘了问苗子。父母把千重子丢掉的时候她还是婴孩，为什么当时被丢掉的不是苗子而是自己。父亲从杉树上掉下来，是大概什么时候的事情。虽然苗子说是她刚出生的时候……还有苗子说她们"在是在比杉树村还要靠山里面的母亲的故乡出生的"，那里到底叫什么呢？

因为苗子好像认为被丢掉的千重子已经和自己"身份不同"了，所以她绝对不会来找千重子的。如果千重子想跟苗子说话的话，只有到苗子工作的地方去找她。

但是千重子好像已经不能跟父母保密，自己偷偷地去了。

千重子曾经反复读过大佛次郎①的《京都的诱惑》这篇有名的文章。

"用来做北山圆木的杉树人造林，深蓝色的枝条像层云一样连在一起，红松树干纤细明亮地布满整个山头，山里传来的树木的歌声，像音乐一样动听。"那文章的这一节浮现在千重子的脑海里。

比起祇园祭的奏乐、典礼上的嘈杂，那圆圆的连绵的山峰，那绵延的音乐，树木歌声反倒传到了千重子的心里。仿佛是穿越北山众多的彩虹，听着那音乐和歌声一样……

---

① 大佛次郎（1897—1973）：原名野尻清彦，是出生在日本神奈川县的小说家，作家。代表作有《鞍马天狗》《赤穗浪士》等。后文中出现的《京都的诱惑》是其一篇随笔。

千重子的悲伤变淡了。也许本来就不是悲伤。也许是突然见到苗子,而感到吃惊、迷惑、为难。但是作为女儿,肯定是让人落泪的命运啊。

千重子翻了个身,闭上眼,用心听着那山里的歌。

"当时苗子是那么高兴,自己是怎么了呢?"

过了一会儿,客人还有父亲、母亲一起上了二楼,到里面来了。

"请您好好休息。"父亲问候客人道。

母亲叠好客人脱下的衣服,来到这边,然后正要准备叠父亲脱下来的衣服时,千重子说:"母亲,让我来叠吧。"

"你还没睡啊?"母亲把活儿交给千重子,躺下了,然后开朗地说,"真香啊,还是年轻人好啊。"

近江的客人不知道是不是因为喝了酒,很快就打起呼噜来,隔着隔扇门都能听到。

"阿繁。"太吉郎从旁边的床上喊道,"有田先生说要把儿子给咱们呢,没错的吧?"

"做店员——公司员工吗?"

"做养子啊,千重子的……"

"你说这话,千重子还没睡着呢。"阿繁想要让丈夫闭嘴。

"……"

"我知道,就算千重子听见了,也没事儿。"

"……"

"是他家老二,不是当跑腿的来咱们家过好几次了嘛。"

"我其实不怎么喜欢有田先生。"阿繁小声但是断言道。

古都 103

千重子脑子里的山里的音乐消失了。

"对不对,千重子。"母亲翻身朝向女儿那边。千重子睁开眼,但是没有回答。沉默了好大一会儿。千重子脚尖搭在一起,一动不动地躺着。

"有田先生,大概是想要咱们这个店吧。嗯,我是这么想的。"太吉郎说道。

"咱们千重子很漂亮,是个好姑娘,他们都是知道的……因为是生意伙伴,所以咱们的买卖内容,他们也都很清楚。咱们店里也有一直不断告密的店员吧。"

"……"

"千重子再漂亮,我们也没有想过为了咱们的生意让她去结婚。对不对,阿繁。那样的话对不起神灵啊。"

"当然是那样的。"阿繁说道。

"我的秉性是不适合经营店铺的。"

"父亲,是我让您把保罗·克利的画集这些东西带去嵯峨的尼姑庵里的,请您一定原谅我。"千重子起来之后,对着父亲道歉道。

"为什么呢?那些是我的爱好啊。是我的慰藉啊。现在的话,就是活着的意义啊。"父亲轻轻地点点头,"但是画图的才能还是没有培养出来……"

"父亲您……"

"千重子,把这家批发店给卖了,在西阵也好,僻静的南禅寺或者冈崎也好,搬去一个小小的家,两人一起构思和服或者腰带的花样怎么样?能忍受住贫困吗?"

"贫困,对我来说,一点也……"

"这样啊。"父亲答道,然后就没再说话,好像很快就睡着了。千重子却没睡着。

但是翌日清晨,她很早就醒来,打扫店前的道路,擦拭格子门和长凳。

祇园祭还在继续。

十八日搭建彩车,二十三日是后祭庆典、屏风庆典,二十四日是彩车游行,在那之后是奉纳狂言,二十八日洗神轿,然后回到八坂神社,二十九日还有所有的祭典神事结束后的奉告祭。

好几辆彩车经过寺庙前的街道。

千重子因为种种原因,内心无法平静,就这样度过了持续接近一个月的祭典。

秋　色

作为还留有明治时代的"文明开化"历史风貌的一大景观,沿着崛川行驶的北野线的电车终于也要被拆除了。这是日本最古老的电车了。

千年古都也因为率先引进了几项西洋的新鲜事物而广为人知。京都人也有这么一面啊。

但是这列老旧破落的"叮当电车",到现在为止都一直行驶着,这也许正是彰显了"古都"特色的地方。车体当然很小,膝盖几乎都能碰到坐在对面的人。

但是,一旦要拆除了,人们不知道是因为留恋呢还是觉得可惜呢,把这列车用假花装饰成了"花车"。还有很多身着古老明治时代打扮的人来坐车,并且向市民们广泛宣传。这也算是一种"节日"吧。

好多天,这个老电车因为有很多没事儿也来坐车的人而天天满员。还有人打着遮阳伞,那是七月的事儿。

虽然京都的夏天,日照比东京要强烈,但是在东京已经看不到有人还撑着阳伞走在大街上了。

太吉郎在京都站前,准备乘上花车的时候,有一位中年女人,憋着不笑,故意藏在他身后。太吉郎也算得上有明治时代的风格。

坐车的时候,太吉郎注意到那个女人,有点害羞地说道:"哎,怎么了。你没有明治的风格啊。"

"接近明治了。还有,我本来就是坐北野线的。"

"哦,对,是的啊。"太吉郎说。

"您这真是有点薄情寡义啊……才记起人家。"

"带着个可爱的孩子……躲在哪里了?"

"说什么傻话啊……您最清楚了,这又不是我的孩子。"

"这个,我可不知道。这女人啊……"

"说的什么话。您说的那可是男人们才干的事儿。"

女人带的女孩子真的是肤白可爱,大约十四五岁吧?身穿夏天浴衣和服,系着细腰带。

女孩面带羞涩,好像是要躲着太吉郎似的,在女人旁边坐了下来,闭口不语。

太吉郎轻轻拉了一下女人的衣角。

"小千,坐到中间来。"女人说道。

三人过了好大一会儿都没有说话,然后女人越过女孩的头在太吉郎耳边轻声说："我现在在想，以后让这女孩去祇园做舞姬怎么样呢。"

"她是哪儿的孩子？"

"这附近的茶店的孩子。"

"哦。"

"也有人说看起来像是您和我生的孩子。"女人用若有似无的声音小声地说道。

"你胡说什么呢。"

这女人是在上七轩①开茶店的女店主。

"我们正要去北野天满宫玩啊，是被这个小姑娘拉着去的……"

虽然太吉郎明明知道老板娘是在开玩笑，还是问女孩："你今年多大了？"

"正在上初一。"

"哦。"太吉郎打量着这女孩，"如果我能重生的话，请多多关照。"

对于生在花街柳巷的孩子来说，听到太吉郎这微妙的话，是能隐隐约约知道其中的意思的。

"为什么被这孩子拉着，就得去天满宫啊。这孩子又不是天神的化身。"太吉郎嘲讽女人道。

"这孩子就是天神的化身，就是的。"

―――――――――

① 上七轩：指的是位于京都市上京区真盛町到社家屋町的花柳街。室町时代，因为使用北野天满宫重建时剩余的建材，在此地建了七间茶店，故得名"上七轩"。

"天神明明是男的啊……"

"转世成了女人了啊,"老板娘若无其事地说,"如果是男的话,不又得遭受流放发配之苦嘛。"

太吉郎差点儿笑出来:"如果是女的话呢?"

"如果是女人的话,这个,如果是女人的话,就会被中意的人疼爱吧。"

"哦。"

女孩无疑是很可爱的,扎着娃娃头,头发乌亮,而且还有很漂亮的双眼皮儿。

"她是独生女吗?"太吉郎问。

"不是,还有两个姐姐。大姐姐来年春天读完初中,就要离家开始工作了。"

"和这个孩子长得像吗?"

"长得是像,但是没有这孩子漂亮。"

"……"

现在在上七轩一个舞姬都没有。即便是要当舞姬,不读完初中的话,是不允许的。

说到上七轩,原来也不是只有七家茶馆罢了,现在好像已经发展到有二十家了,太吉郎好像从哪里听说过。

以前,倒也不是很久以前,太吉郎经常和西阵织布作坊的人,或者是生意伙伴一起在上七轩玩耍。他会偶尔想起那个时候的女人。那时候太吉郎店里的生意还很好。

"老板娘你这也是好凑热闹啊。特意跑来坐这个电车……"太吉郎说。

"人得重情义,最重要的是知道留恋。"老板娘说,"干我们这一行,不能忘了以前的老客人……"

"……"

"而且今天也是送客人来到车站。刚好回去顺路,就坐了这车……倒是佐田先生,您不是有点儿奇怪吗?一个人跑来坐这电车……"

"这个嘛,该怎么说呢。本来觉得只是看看这花车就够了的。"太吉郎侧着头说,"大概是因为怀念过去,也可以说是因为觉得现在寂寞无聊。"

"您还不到说什么寂寞的年龄呢。一块儿过来吧。只是看一下年轻姑娘也行……"

眼看着太吉郎就被老板娘带到上七轩了。

老板娘径直走向北野天满宫的神前,太吉郎也在后边跟着。老板娘在那里认真地参拜,祈祷了好久。女孩也跟着低头祈祷。老板娘折回来走到太吉郎身旁,说:"您就别对小千下手了。"

"啊?"

"小千,到家了,欢迎回来。"

"谢谢。"女孩给二人打完招呼,然后走开了。随着她慢慢走远,走路的样子开始像初中生了。

"不错吧,我看您是喜欢上那孩子了吧。"老板娘说,"再过个两三年,就能出来工作了。敬请期待……从现在开始,就会很快懂事的。会出落得很漂亮。"

太吉郎没有答话。他觉得既然已经到了这里了,索性就打算去神社宽阔的境内走走看看。但是天气很热。

"在那稍微休息一下吧,有点儿累了。"

"好,好的。我本来就是这么打算的。您也好久没来光临

古都

了。"老板娘说。

两人将要朝那古色古香的茶馆走,老板娘又重新郑重地说:"欢迎光临。真是还在想您最近怎么样,正在念叨您呢。"

她又说:"请您躺下。马上拿枕头过来。刚才您不是说有点寂寞吗。给您找一个温顺的聊天的伴儿……"

"有点儿对不住以前的姑娘啊。"

太吉郎刚要打盹儿的时候,有个年轻的艺伎走了进来。艺伎刚开始先是安静地坐了一会儿。因为是第一次见面,大概觉得是难伺候的客人吧。太吉郎一开始也就是低声说了几句,之后一直没有找话题、套近乎。艺伎可能是为了给客人助兴,所以说自己干这行之后,两年来有四十七个喜欢的了。

"这人数,刚好和赤穗义士①一样了。有四五十个人了。现在回头想起来,觉得有点可笑……可能大部分都是自己单相思吧,所以才被其他人笑话的。"

太吉郎听了之后一下子清醒起来:"现在呢?"

"现在只有您一个人。"

就在这时,老板娘也走了进来。

太吉郎一直想,即便是二十岁左右的艺伎,真能记得住跟自己没有什么深交的四十七个男人吗。

还有,这个艺伎入行第三天的时候,带一个自己不喜欢的客人去洗手间,其间被突然亲了一下。这艺伎直接咬了客人的舌头。

---

①赤穗义士:1703年1月30日,旧赤穗藩的武士47人袭击江户本所松阪町的吉良义央,为主君浅野长矩报仇。这47人被称为赤穗义士。

"出血了吗?"

"嗯,肯定出血了啊。客人勃然大怒,嚷嚷着要医药费。我也一直哭,当时真是闹得动静不小。尽管如此,也是对方先挑的头。那人叫什么名字,早就不记得了。"

"哦。"太吉郎盯着艺伎的脸,心想就这么一个身形瘦弱、还有点儿溜肩的温柔的京都美人,当时也才十八九岁,是怎么突然狠狠地咬下去的。

"把你的牙齿给我看一下。"太吉郎对着艺伎说。

"牙?我的牙吗?跟您说话的时候,不是给您看到了吗?"

"再仔细给我瞧瞧,没事的。"

"不,有点儿不好意思。"艺伎闭上了嘴。

"您这可不行啊,先生。您看她都不敢跟您说话了。"

艺伎可爱的嘴角,有一小颗的白牙。太吉郎戏弄她说:"你这该不是牙折断了,然后镶上去的吧?"

"舌头很软的啊。"艺伎不小心说漏了嘴,"您真是讨厌,真是的……"她害羞地把脸藏到了老板娘的背后。

过了一会后,太吉郎对老板娘说:"都走到这了,要不顺便也去一下中里①茶馆吧"

"哦……能去中里茶馆也很高兴啊。我能跟您一起吗?"老板娘问道,然后起身走出去了,在梳妆台前坐了一会儿。

中里的门面还是原来的样子,但是客厅重新装修过了。

又来了一名艺伎,太吉郎在中里待到了晚饭之后。

---

①中里:上七轩的一间茶馆。

古都 111

秀男也就是在太吉郎不在的这段时间，到了他的店里。因为说是找千重子的，所以千重子来到店门口。

"祇园祭的时候答应您的腰带的图样，我试着画了一下。今天过来想让您先看一下。"秀男说。

"千重子。"母亲阿繁喊着千重子，"请客人到里面来啊。"

"好的。"

在对着中庭的房间里，秀男把图样拿给千重子看。图样有两张。有一张是菊花，还配有叶子。菊花的叶子被设计成了新的形状，几乎看不出是叶子。还有一张，是枫叶。

"真好啊。"千重子看得出神了。

"您能喜欢，我太开心了……"秀男说，"那让我织哪一个呢？"

"是啊，要是菊花的话，一年四季都能系。"

"这样的话，那我就织菊花这张吧，行吗？"

"……"

千重子低头，脸上露出忧伤的样子。

"可是这两张都很好……"千重子吞吞吐吐地说，"要是杉树和红松的山的话，你能画吗？"

"杉树和红松的山？听起来有点难，不过我可以想一下。"秀男有点诧异地看着千重子的脸。

"秀男，请原谅我。"

"什么原谅？也没什么……"

"是……"千重子犹豫要不要说，"祇园祭那晚，在四条的那座桥上，你答应给做腰带的其实不是我，是另有其人。"

秀男一时说不出话来,他难以相信,一脸茫然。他正是为了千重子,才费尽心思画图样的。千重子这一番话,是彻底拒绝自己的意思吗?

但是,即便如此,秀男还是不能理解千重子此时的措辞和举止。吃惊之后,秀男自己暴躁的脾气稍微发作起来。

"我当时见到的是您的幻影吗?我当时是在跟您的幻影说话?祇园祭还出现幻影了?"但是秀男没有说是自己喜欢的人的影子。

千重子一脸紧张地说:"当时跟你说话的是我的姐妹。"

"……"

"是姐妹。"

"……"

"我也是那晚才第一次见到的姐妹。"

"……"

"关于那个姐妹,我还没跟我的父母说呢。"

"什么?"秀男很惊讶,完全不知道是怎么回事儿。

"你知道北山圆木的那个村子吧。那女孩就在那里干活。"

"什么?"秀男根本接不下去话,真是出乎意料。

"中川町,你知道的吧?"千重子接着说。

"嗯,只是坐公交车路过而已……"

"秀男,把你织的腰带也给那女孩一根吧。"

"嗯。"

"请你给她吧。"

"嗯。"秀男还是有点疑惑地点点头,"所以您才会说要红松和杉山的图案的吗?"

千重子点点头。

"好的。但是这图样会不会有点儿太接近她的生活了?"

"关于这一点的话,不就是看你怎么设计了吗?"

"……"

"她肯定会一辈子都很珍惜的吧。那女孩叫作苗子,不是山主家的女儿,干活儿很努力。比我要踏实可靠多了……"

秀男还是半信半疑:"因为是小姐的盼咐,我肯定认真织的。"

"我再说一遍,是叫苗子的女孩。"

"知道了。但是为什么会跟千重子这么像呢?"

"因为我们是姐妹啊。"

"即便是姐妹,也不能这么像……"

和苗子是双胞胎这件事,千重子还是没能跟秀男说。

因为是夏天节日的轻装,秀男在夜色下,把苗子错认成千重子,也许不一定是看花眼了。

美丽的格子门外,还有一重格子门,门口还设置着长凳,庭院深深——现在看来可能觉得已经有点过时了,但是这里的确是京都气派的和服批发商。这里的千金跟北山圆木店打长工的姑娘怎么会是姐妹俩呢?秀男还是难以置信。但是这件事也不是能进一步追究干涉的。

"腰带织好了,送到这里来可以吗?"秀男问。

"这个吗?"千重子稍加考虑之后,"你能不能直接送去给苗子呢?"

"可以的。"

"那你就直接给她送去吧。"千重子拜托秀男的时候,心里好像是有一片真情的,"虽然她住得很远……"

"嗯。说远的话,其实也没什么。"

"苗子会高兴成什么样子呢。"

"她会不会接受呢?"秀男疑问道,不过这疑问也是理所当然的。苗子大概会很吃惊吧。

"你就说是我送给她的。"

"也是,如果那样的话……我会确确实实地送到,但是她姓什么呢?家在哪?"

千重子也还不知道,所以就说"只知道她叫苗子"。

"哦。"

"我之后给你打电话,或者写信再告诉你。"

"哦,好的。"秀男说,"既然有两位千重子,我肯定把小姐的腰带认真织好了,然后带过来。"

"谢谢。"千重子低头表示感谢,"那就麻烦你了。你不会觉得很奇怪吗?"

"……"

"秀男,不是我的腰带,你就当是帮苗子织的吧。"

"好的,知道了。"

没多久就离开店里的秀男,还是感觉谜团重重,但是也不至于不能开始构思腰带图样。红松和杉树的山的图案,如果不大胆地构思的话,作为千重子的腰带,就有可能太朴素了。在秀男脑海里,还是觉得这腰带是为千重子织的。不,如果是为那个叫苗子的姑娘织的话,又要注意不能跟苗子工作的生活联系起来。这一点也跟千重子说过的。

秀男想去那晚遇见"像千重子的苗子"或者说是"像苗子的

古都 115

千重子"的四条大桥走一走。但是白天的阳光灼热火辣。倚在桥头的栏杆上,闭上眼睛,秀男想听的不是人群的喧闹声和电车的声响,而是几乎听不到的河水声。

今年千重子没看上"大"字形状篝火①。因为今年父亲很少有地带母亲出门了,所以她要留在家里看家。

父亲他们和附近关系亲密的两三家批发商一起,提前包了木屋町二条以南茶屋的纳凉床。

八月十六日的大文字篝火,是盂兰盆节的送灵火。有一种风俗是在晚上向空中扔火把,用来送走离开虚空回归冥府的精灵。据说大字篝火也就是起源于这风俗,才开始在山中点火。

东山如意岳的大文字篝火是汉字"大"的形状,其实当天有五座山都会点起篝火。金阁寺附近的大北山的左"大"字,松崎附近的山上的"妙法",西贺茂明见山的"船"形,还有上嵯峨的山上的"鸟居"形,五山的送祖灵火,当天会接连被点起。在点火的四十分钟,市内的霓虹灯、广告灯都会被关掉。

在点着送祖灵火的山的颜色和夜空的颜色之中,千重子感受到了初秋的色彩。

比大文字篝火早半个月,立秋前夜,在下鸭神社里有消夏的神事。

千重子就曾经为了看左"大"字火,和几个朋友爬上鸭川的

---

① 大文字篝火:每年8月16日京都市东山如意岳半山腰上点燃"大"字形的篝火。是日本盂兰盆节的一项传统仪式,用火送走盂兰盆节归家的祖先的灵魂。

河堤。

大文字篝火这种东西,虽然千重子从小时候开始就已经习以为常了,但是到了快成年的时候,心里会有一种"今年,又到了大文字火的时候了……"的想法。

千重子走到店外,在长凳旁边和邻居家的孩子们玩耍。小孩子们好像都没有人在意什么大文字篝火。他们觉得烟花才更好玩。

但是今年的盂兰盆节,千重子又有了新的感伤。是因为祇园祭的时候,遇到苗子,听说自己的亲生父母已经早早去世了。

"对了,明天去见一下苗子吧。"千重子想到,"刚好也得跟她好好说说秀男给织腰带的事儿……"

第二天下午,千重子穿了不起眼的衣服出门了。千重子没有在白天见过苗子。

她在菩提瀑布的那一站下了公交车。

现在的北山町,已经到了繁忙的季节了吧。男人们已经开始在给杉木圆木扒皮。杉树树皮堆得高高的,向周边掉落铺展开来。

千重子正在犹犹豫豫地一点点往前踱步的时候,苗子这时候一溜烟地跑了过来。

"小姐,你真来了啊。真的,真的,来了啊……"

千重子看到苗子还在工作的样子:"不耽误你工作吧。"

"没事,今天我请假休息了。看见你来了就……"苗子一边气喘吁吁,一边拉着千重子的袖子说,"咱们去杉山那里说话吧。不会被任何人看见的。"

古都 117

苗子开心地把围裙解下，在地上铺开来。丹波木棉的围裙，因为都要系到身子后边的，所以很宽，足够两个人并排坐下。

"请坐。"苗子说。

"谢谢。"

苗子摘下戴在头上的毛巾，一边用手指撩起头发一边说："你还真来了啊，我太高兴了，太高兴了……"她眼中充满欣喜，看着千重子。

泥土的气息，树木的气息，杉山的气息很浓重。

"这儿的话，从山下是看不到的。"苗子说。

"我很喜欢这漂亮的杉树，偶尔也会来。但是走进这杉山，还是头一回。"千重子眺望了一下四周。她们周围都是基本一样粗的杉木，成群地笔直耸立在那里。

"这些都是人栽的。"苗子说。

"是吗？"

"这些大概已经四十年了吧。马上就要被砍了，用来做柱子什么的。即便不砍，任它们长粗，长高，也不会长一千年吧。我有时会这么想。我是喜欢原生林。这个村子里的人，怎么说呢，做的好像是切花一样的生意吧……"

"……"

"在这个世上，如果没有人的话，就不会有京都这样的城市，到现在也大概还是自然林或者杂草的荒原吧。这附近的话，原本也是鹿和野猪这些动物的领地吧。人为什么会出现在这个世界上呢？太可怕了，人啊……"

"苗子，你在考虑这些事情啊？"千重子很惊讶。

"是的，偶尔会……"

"苗子，你讨厌人吗？"

"我倒是很喜欢人……"苗子答道，"可能没有比人更让我喜欢的了。如果这大地上没有人类的话，会变成什么模样？有时我在山里打了个盹之后，会突然这么想……"

"那不是苗子你心里潜藏的厌世的感觉吗？"

"我特别反感厌世什么的。每天都能开开心心地干活儿……但是，人嘛……"

"……"

两个姑娘待着的杉树林开始变得稍微暗起来。

"是雷阵雨。"苗子说。雨水积在树枝的叶子上，变成大个儿的水滴落了下来。

紧接着响起了雷声。

"好可怕，好可怕。"千重子脸色变青，握住了苗子的手。

"千重子你弯下膝盖，身子蜷起来。"苗子说着，将身子贴在了千重子上边，几乎完全把她抱住了一样。

雷声越来越激烈，电闪雷鸣，声音巨响，山谷仿佛要被震裂一般。

这声音好像已经到了两个姑娘的正头顶。

雨滴啪嗒啪嗒敲打在杉树梢上。每当闪电亮起，光一直照到地上，把两个姑娘身边的杉树树干都照亮了。霎时间，美丽而笔直的树干也变得毛骨悚然。还没等想，又是一阵雷鸣。

"苗子，雷好像马上要打下来了！"千重子说着，把身子蜷得更紧了。

"可能会吧。不过，没事的，不会降到我们头上的。"苗子有力地说道，"决不会的！"

于是，她干脆用自己的身子把千重子抱了起来。

"小姐，你的头发湿了。"苗子用手巾擦了擦千重子的头发，然后将手巾对半折好，盖在了千重子头上。

"雨滴也许多少会滴透，但是，小姐，雷是决不会在你头顶或者身边打下来的。"

千重子本来就性格坚毅，又听到苗子坚定的话声，心里多少恢复了平静。

"谢谢……真是太感谢你了。"千重子说，"为了护着我，看你浑身都湿透了。"

"都是干活时穿的衣服，没什么的。"苗子说，"其实我很开心的。"

"你腰间发光的，是什么啊？"千重子问。

"噢，你瞧我，大意了，是镰刀。我刚才一直在路边剥树皮，看见你来了，就飞奔过来，忘了把镰刀放下。"苗子这才觉察到镰刀。"太危险了。"苗子把镰刀远远地扔到一边。那是一把没安木把的小镰刀。

"回去的时候，我再捡。不过，我现在还不想回去……"

雷这时仿佛要从二人头顶掠过一样。

千重子确确实实感受到了苗子用身体把自己抱住的感觉。

虽说是夏天，山里的这阵雨，让人指尖冰凉。但是千重子从脖子到脚都被苗子抱着，苗子的体温在她身上扩展开来，一直到心里都暖暖的。

是一种难以言状的亲切的温暖。千重子倍感幸福，忍不住闭上了眼睛。

"苗子，真是太感谢了。"千重子连着说，"还在母亲肚子里的时候，也是像这样，有你护着我吧。"

"那时候的话，肯定是互相推来推去，踢来踢去的吧。"

"大概是吧。"千重子笑道，这笑声里仿佛包含了骨肉之情。

阵雨和雷鸣仿佛都过去了。

"苗子，真是太感谢了……现在好了吧。"千重子想从苗子的身下站起来，所以动了动身子。

"嗯，不过，还是再等一下吧。堆在杉树叶上的雨还在滴呢……"苗子还是抱着千重子，千重子用手去摸苗子的背。

"都湿透了，你不冷吗？"

"我都习惯了，没什么的。"苗子说，"小姐，你能来，我很高兴，身上也觉得暖洋洋的。你的衣服也湿了啊。"

"苗子，爸爸是从这附近的杉树上摔下来的吗？"千重子问。

"我也不清楚。那时我也还只是个婴孩。"

"母亲的老家呢？还有外公外婆吗？"

"那我也不知道。"苗子答道。

"你不是在母亲老家长大的吗？"

"小姐，你干吗要问这些？"被苗子这么严肃地一说，千重子也不知道该说什么了。

"小姐，你是不会有这样的家人的。"

"……"

"你能把我看作姐妹，我就已经很感激了。在祇园祭时，我多嘴，说了些多余的话。"

"没有啊，那天我很高兴。"

"我也……不过，我也不能去小姐家的店铺。"

古都　121

"我会准备好,随时等你来。我还会跟父母说……"

"别,你别说。"苗子很明确地说,"小姐,如果你像现在一样有困难的话,我就算死,也会尽力保护你的……你能理解我的心情吧?"

"……"千重子很感动,眼角变得温热。"听我说,苗子,节日那天晚上有人把你错认成了我,当时是不是很困惑?"

"嗯,你是说那个跟我说起腰带的人吗?"

"那个小伙子是西阵腰带铺的织匠,为人很踏实……他不是说要给你织条腰带吗?"

"那不是因为他把我当成你了嘛。"

"前几天,他来过,把腰带图案给我看了。所以我就告诉他,那天那个其实不是我,而是我的姐妹。"

"你说什么?"

"我还拜托他为苗子你这个姐妹织一条呢。"

"给我吗?"

"他不是已经答应给你织了吗?"

"那是因为他认错人了呀。"

"我也让他帮我织了一条,另一条是给你织的。就当作咱们姐妹的见证……"

"我?"苗子很是吃惊。

"在祇园祭的时候,你不是答应我了吗?"千重子温柔地说。

保护过千重子的苗子的身体变得有点僵硬,动弹不得。

"小姐,如果你有困难,就算替你承担也好,什么我都乐意帮你做。但是,让我替你接受礼物,我不愿意!"苗子毅然决然地说。

"那你有点儿太不领情了吧。"

"我不能做你的替身。"

"你就是我的替身。"

千重子想尽力说服苗子,接着说:"如果是我送给你,你也不要吗?"

"……"

"是我说想要送给你,所以才让他织的啊。"

"你说的好像不对吧。记得节日那晚,他先是认错了人,本来是说想要送腰带给你的啊。"苗子过了一会儿又说,"那位腰带铺的织匠好像很爱慕你呀。我毕竟也是女孩子,我能完全感受到的。"

千重子有点害羞,但是忍着说:"若是那样的话,你就不要了吗?"

"……"

"我可是说要送给我的姐妹,才让他织的,你却……"

"那我就要吧,小姐。"苗子最终还是顺从地让步了,"我一直说些有的没的,请你原谅。"

"那人要把腰带给你送到家里,你住在哪里?"

"一户姓村濑的人家。"苗子回答,"那腰带一定很高档吧。像我这样的人,能有机会系它吗?"

"苗子,将来的事情,谁也难以预料啊!"

"对,就是啊。"苗子点点头,"不过我也没想要出人头地……即使没机会系,我也会像珍宝一样好好珍惜的。"

"我们家店里不怎么卖腰带。不过,为了配秀男给你织的腰带,我也要为你挑一件和服。"

"……"

"我父亲脾气有点古怪，最近也慢慢开始不愿做生意。像我们家这种什么和服都卖的批发店，也不能总卖高级的东西；所以，最近化纤布料和毛织布料也就多起来……"

苗子抬头望着杉树枝，然后从千重子的背上离开，站了起来。

"虽然还有雨点儿，不过……小姐，刚才压得让你难受了吧。"

"没，还是多亏了你……"

"小姐，你也试着帮忙打理下你家店里的事情啊。"

"我？"千重子好像被说到了痛处，一下子站了起来。

苗子穿的衣服早已湿透，紧紧地贴在肌肤上。

苗子没有送千重子到公交站。与其说是因为全身被淋湿了，不如说是怕太显眼，让人看到。

千重子回到店里，母亲阿繁正在通道土间的里面，给店员们准备下午的点心。

"回来啦。"

"母亲，我回来了。回来得有点太晚了……父亲呢？"

"在手工做的幕帘后面呢。好像在想什么呢。"母亲盯着千重子，"你去哪儿了？衣服又湿又皱，快去换一下吧。"

"好的。"千重子上了二楼，慢慢地换衣服，坐了一会儿才下楼。母亲已经把三点钟那顿点心给店员们分发完了。

"母亲！"千重子声音有点颤抖地说，"我有话想单独跟您说……"

阿繁点头道："去二楼里面吧。"

突然，千重子变得有点不自然了。

"这里也下阵雨了吗？"

"阵雨？没下啊。你要说的可不是阵雨吧？"

"母亲，我去北山杉村了。在那里，住着我的姐妹……不知是姐姐还是妹妹，总之我们俩是双胞胎。今年的祇园祭，我们第一次见面。据说我的生身父母很早就去世了。"

这些话对阿繁来说，无疑是意外一击。她只能直勾勾地盯着千重子的脸："是北山杉村？是不是？"

"我不能瞒着母亲。虽然我们只是在祇园祭那天和今天见过两面而已……"

"也是个女孩啊，她现在怎么样啊？"

"她在杉村的一户人家里当长工，一直在干活。是个好姑娘。她不愿来家里。"

"哦。"阿繁沉默了片刻，说，"既然你已经知道自己身世了，也挺好。那千重子你的想法呢？"

"母亲，我是这家里的孩子。到目前为止也是一样，请您把我还当作您家的孩子吧！"千重子一脸认真地说。

"那是当然啦，你一直是我的孩子，都二十年了。"

"母亲……"千重子把脸伏在阿繁的膝盖上。

"其实从祇园祭以后就看你经常会一个人发呆，我还以为你有了心上人，正想问问你呢。"

"……"

"你把那姑娘带到咱家来一趟，怎么样？等店员下班回家后，或者晚上也行。"

千重子趴在母亲的膝上，轻轻地摇了摇头。

"她不会来的。她还称呼我小姐……"

古都　125

"是吗?"阿繁摩挲着千重子的头发说,"难得你还是告诉我了啊。那女孩长得很像你吗?"

丹波陶壶里的铃虫已经开始鸣叫了。

松林葱翠

听说南禅寺附近有所价格合适的房子,也刚好趁着秋高气爽,可以出去散散步,所以太吉郎叫着妻子和女儿,想去看一看。

"你打算买了吗?"阿繁问。

"看看再说吧。"太吉郎立马脸色一变,不高兴地说。

"听说虽然很便宜,但是很小。"

"……"

"就当是散散步,不也很好嘛。"

"那倒是,可……"

阿繁有点不放心。太吉郎该不会打算买了那房子之后,每天通勤来现在的店吧——跟东京的银座、日本桥一样,中京批发商街的店主也开始在其他地方购置住处,然后通勤来店里。如若是那样倒还好,最起码能证明即使丸太的生意日渐衰落,但是去购置一处小小住所的余力还是有的。

但是,太吉郎是不是打算把这个店卖掉,然后"隐居"到那小小的房子里呢?或者说趁现在还有余力的时候,早早下定决心也未尝不好。但是倘若这样的话,太吉郎在南弹寺附近的小房子靠做什么维持生计呢?太吉郎也到了五十过半的年龄了,阿繁也想让他能够随心所欲地生活。店铺现在能卖个好价钱，但是即便这样，单纯靠这笔钱的利息来生活的话，还是有点儿不放心的。如若有人能有效运作这笔资金的话，那么可能会轻松一点儿。但是阿繁现在一下子根本就想不起身边有这样的人。

母亲的这种不安，虽然未曾言表，但作为女儿的千重子心里是很明白的。千重子年轻。她看母亲的眼神中显露出安慰的意味。

抛开这些，现在的太吉郎却心情轻松，很开心。

"父亲，要是去那附近走走的话，咱们能去青莲院一趟吗？"千重子在车里请求说，"就只是在入口前面停一下就行……"

"肯定是樟树吧，你是想看樟树吧？"

"是的啊。"对于父亲准确的察言观色，千重子很吃惊，说，"就是想看樟树。"

"走，走吧。"太吉郎说，"想当年，父亲我年轻时候，也经常在那棵大樟树底下和朋友们谈天说地。只不过，那些朋友现在都已经不在京都了。"

"……"

"那附近每一个地方都有故事，让人怀念啊！"

千重子听了一会儿父亲年轻时的回忆之后，说："自从离开学校以后，我也没有在白天里去看过那棵樟树了。"

"父亲，您知道晚上观光巴士的路线吗？在游览经过的寺院里面，青莲院是其中一处，巴士一到，就会有几个和尚提着灯笼出来迎接。"

和尚打着灯笼，在前面带路，走到玄关大门口，有很长一段路程。但是，这可以说是来这里游览的最大妙处。

观光巴士的宣传册上说，青莲院的尼僧们是会为游客准备淡

古都 127

茶招待的。可是，真当游客被引到大厅后，就发现不是那么一回事。"茶虽然是现沏的，但是一下子来这么多人，他们就把很多粗糙的茶碗放在一个圆形木盘里，端上来之后，就匆匆走开了。"千重子笑着说。

"或许尼姑也混杂在一起，但是动作很快，眨眼工夫就没了……起初的美好想象是彻底破灭了，茶都是半热半凉的。"

"那也是没办法啊。要是认真地慢慢搞的话，不是很费时间吗？"父亲说。

"嗯。其实，那还算好的。那宽阔的庭园，被四面八方的灯光照亮。和尚会走到庭院中间，站在那里开始自己的大演讲。虽说只是青莲院的介绍，可是和尚口若悬河，很是一番高谈阔论。"

"……"

"进了寺院之后，会听到很通透的琴声。我跟朋友还在那说，不知道是真有人在弹呢？还是在用留声机播放呢……"

"哦。"

"然后就去看了祇园的舞伎，她们在歌舞排练场上跳它两三个段儿。啊，那个叫什么舞伎来着？"

"什么打扮啊？"

"系着'垂结'① 的腰带，但是衣裳不上档次，看起来有点寒碜。"

"这个样啊……"

---

①垂结：指的是从江户时代开始流行的一种和服腰带的系法，腰带两头留着相同长度，让其自然垂下。现在在京都地区的舞伎中间，依然保留着这种系法。

"从祇园走到岛原①的角屋去看花魁。花魁的衣裳,才是货真价实的好东西呢。侍女们穿得也……在百目蜡烛②的照耀下,举行了一个叫什么交杯换盏的仪式,不过也只是做做样子而已,然后在玄关的土间,给我们看了看花魁在街上盛装游行时穿的衣服。"

"嗯。就算只是给看看这些,就了不得了啊。"太吉郎说。

"是啊。青莲院和尚拎着灯笼相迎和参观岛原角屋这两项倒还是挺好的。"千重子答道,"这些话,我记得好像以前也讲过……"

"什么时候也带我去一趟吧,我还没有见过角屋,还有花魁呢。"母亲正说着,车子已经到青莲院前面了。

千重子为什么会突然想到要看樟树呢?是因为她之前在植物园的樟树林荫道散过步吗?还是因为她曾说过因为北山杉是人工培育的,相比之下她更喜欢自然成长的大树呢?

但是,青莲院入口处的石墙上,只是并排长着四棵樟树。四棵之中,最前面的这棵看样子好像是最老了。

千重子一行三人站在这些樟树前,凝视着,一言不发。看着看着,突然发现樟树枝条弯弯曲曲,很是奇异。而且伸展开来,相互交错,仿佛被一种让人望而生畏的力量笼罩了一样。

"差不多行了。走吧。"太吉郎朝着南禅寺的方向走去。

---

①岛原:京都市下京区的一处花街柳巷,是日本最古老的官方准许的花街,与东京的古野齐名。
②百目蜡烛:指的是每支大约重100文目的大蜡烛。文目是日本古时候的计量单位,1文目约合3.75克。

太吉郎从怀里的钱包里掏出一张纸,上面画着到待售房子的路线。他边看边说:"哎,千重子,我对樟树也不是很懂,它们不是生长在气候温暖的南方的树吗?在热海和九州一带应该很多产吧?但是这些树,虽然很老,你不觉得像是大盆栽一样的吗?"

"这不正是有京都特色吗?无论是山,是河,连人都……"千重子说。

"哦,是吗?"父亲点了点头,但是说,"芸芸众生,人也不尽相同啊。"

"……"

"不管是当代人,还是从前的历史人物……"

"正是如您所说啊。"

"按千重子你的说法,日本这个国家不也是那样吗?"

"……"千重子虽然觉得父亲把话题说得越来越大,似乎也有理可循的,但是她说,"话虽如此,可是父亲,不论是樟树的树干也好,奇异地伸展着的枝条也好,细细看去,您不觉得仿佛是有一种让人望而生畏的力量存在吗。"

"是啊。你一个年轻的小姑娘也会想这种问题吗?"父亲回头看了看樟树,然后盯着女儿说,"果然如此,跟你说的一样。和你那乌黑发亮的头发一样,都在生长……我已经变得很迟钝了,已经老糊涂啦!不过,今天让我听到了一些很是精彩的话。"

"父亲!"千重子饱含深情地喊了父亲。

从南禅寺山门往寺院境内望去,宁静宽阔,但是和平时一样,鲜有人影。

父亲看着去待售的房子的路线图,向左转弯。那房子看上去确实很小,有高高的院墙,位置很靠里。从窄小的院门走到玄关的道路两边，是成排的白花胡枝子，那时正是花团锦簇。

"这，也太美了！"太吉郎伫立门前，望着白花胡枝子出神。本来是要买才来看的，他已经没这份心情了。因为他发现隔壁的隔壁有一套大一点的，现在还在做饭馆旅店。

但是，那成排的白花胡枝子美得让人难以离去。

太吉郎有段时间没有到这附近来了。在此期间，南禅寺前临近大路的住家，现在大多已变成了饭店旅馆，他很吃惊。其中，也有的已改建成能接待大旅行团的旅店，从地方上来的学生客人们进进出出，很是热闹。

"房子看起来还好，就是不能买。"太吉郎在那种着白花胡枝子的家门前自言自语地嘟囔道。

"就现在的势头来讲，不久的将来，整个京都可能都要做旅馆了。就像高台寺一带那样……大阪、京都之间的地带已经变成了工业区。京都西部虽然还有空地，就算交通稍有不便还好，但是以后说不定会建起一些很奇怪的赶时髦的新家……"父亲脸上露出了失望的神色。

太吉郎或许是对那白花胡枝子心有不舍吧，走了七八步，又折返回去，再欣赏一番。

阿繁和千重子就在路上等他。

"花开得真好啊！应该在种法上有什么秘诀的吧。"太吉郎回到她们两人身边，"但是要是能用竹子做一下支撑就好了……下雨天，过往的人可能会被胡枝子叶弄湿，不好走石板路啊。"

太吉郎又说："这家的主人在想到今年胡枝子会开得很美的时候，大概也没有卖房子的想法吧。可是到了非卖不可的时候，不管胡枝子是倾倒，还是相互缠乱，对他来讲也都已经无所谓了吧。"

母女二人没有吱声。

"人啊,就是这样子的。"父亲脸上稍有愠色。

"父亲,您这么喜欢胡枝子呀?"千重子想缓和下气氛,特意爽朗地问道,"今年已经来不及了,明年让我来给您设计一张胡枝子小花纹底样吧。"

"胡枝子是女式花纹啊,具体说是妇女夏天和服浴衣的花样啊。"

"我要试试把它设计成和那不一样的花样。"

"咦,小花纹什么的,是打算做内衣吗?"父亲望着女儿。想用笑一带而过,"作为答礼,我给你画张樟树底样做和服或外褂。是看起来像妖怪的图样啊……"

"……"

"好像男女彻底颠倒了。"

"没有颠倒啊。"

"你敢穿一件有妖怪般樟树图案的和服走在街上吗?"

"敢啊,去什么地方都可以……"

"哦。"

父亲低头,好像开始陷入沉思。

"千重子,其实我也并不是喜欢胡枝子,不管什么花,由于赏花时间和地点不同,总会有内心被打动的时候。"

"那是啊。"千重子回答,"父亲,既然已经来到这儿,龙村就在附近,咱们顺便过去看看吧……"

"咦,那是做外国人生意的店啊……阿繁,怎么办?"

"既然千重子想去……"阿繁爽快地说。

"那就去吧。不过,龙村的腰带可没什么……"

这一带是下河原町的高级住宅区。

龙村店里从右边成排摆放着一卷卷女服绸料,千重子一走进店里,就开始热心地看起来。这不是龙村自己生产的,而是"钟纺"① 的产品。

阿繁走过来问:"千重子也打算穿洋装吗?"

"不,不,母亲。我只是想看看,外国人都喜欢些什么样的绸子。"

母亲点点头,站在女儿身后,不时用手指摸一下那些绸料。

以正仓院书画断片为主的古代断片的仿制织品,挂满了中间的房间和走廊。

这些才是龙村的织品。太吉郎多次参观过龙村织品展览,还看过原来的古代书画断片和有关目录,虽然他都记在脑子里,也都知道它们的名字,可是还是忍不住要认真欣赏一番。

"这就是为了让西洋人知道,在日本也能织出这样的织品。"一位跟太吉郎相识的店员说。

这些话,太吉郎以前来的时候也听说过,今天听了还是点头表示赞同。看到模仿中国唐朝时候的织品,他也说:"真是了不起啊。以前的人……这恐怕都是一千年前的吧。"

在这里陈列的仿古断片是非卖品……也有的被织成了妇女腰带,太吉郎很喜欢,曾买过几条送给了阿繁和千重子。

不过,这个商店看起来是做外国人生意的,没有腰带,卖的最好的织品也就只有装饰桌布而已。

此外,橱窗里还陈列着包袋、纸包、烟袋、方绸巾之类的小

---

① 钟纺:指的是钟纺株式会社,日本的纺织公司,现已解体。

古都　133

物件。

太吉郎则干脆买了两三条不像是龙村出品的领带和"揉菊"钱包。"揉菊"就是将光悦①在鹰峰所创的"大揉菊"揉纸技法的菊装花纹织在丝绸上，这种织法相对比较新颖。

"现在在东北一些地方，也还有用结实的日本和纸来做类似的东西的。"太吉郎说。

"对，对。"店员回答说，"它同光悦的联系，我们就不是很清楚了……"

在里面的橱窗上面摆着索尼的小型收音机，太吉郎他们很是吃惊。即便这些个是为了"赚取外汇"的委托商品，但是这样摆在布料店里也太……

他们三人被请到里面的客厅里，店员给他们上茶。店员还告诉他们，他们坐的这些椅子，曾经有好几位所谓的外国贵宾也坐过。

玻璃窗外，有一片很罕见的小杉树。

"这是什么杉啊？"太吉郎问。

"我也不太清楚……据说是叫什么广叶杉。"

"汉字怎么写呢？"

"因为种树的人不识字，可能也不一定是对的，貌似是写作'广阔的广，树叶的叶'。但是这种树多产于本州以南的地方。"

---

① 光悦：即本阿弥光悦（1558—1637），活跃于日本桃山时代到江户初期的艺术家，京都人，擅长泥金画、书道和茶道等。1615年获德川家康赐京都北部的鹰峰，开设艺术村。

134　古都

"树干上的颜色是?"

"那是青苔。"

小型收音机突然响了。他们随着声音望去,只见有个小伙子正在给三四个洋人女性介绍着什么。

"呀,这不是真一的哥哥嘛。"千重子说着,站了起来。

真一的哥哥龙助也向千重子这边走过来,向坐在会客厅椅子上的千重子的父母行了一个礼。

"你给那几位女士做导游吗?"千重子说。两人一走近,千重子就感到这位哥哥和性格比较随和的真一有所不同,他给人一种压迫感,让人觉得不好说话。

"也不算什么导游。之前是我的一位朋友在给她们当翻译,带她们到处走走。因为他妹妹去世了,所以我就顶替他做个三四天。"

"什么?他妹妹……"

"是啊。也就只比真一小两岁吧。是个可爱的姑娘……"

"……"

"真一的英语不是不好嘛,加上又脸皮薄,所以只有我来……其实这家店是根本不需要什么翻译的……而且这些客人来这里,也就是买小型收音机什么的。她们住在首都酒店,是美国人的太太。"

"是吗?"

"因为首都饭店离这里很近,所以她们就顺便来看看。放着龙村这么好的织品,她们要是能好好看一下就好了,可惜她们只是看小型收音机。"龙助轻声笑了笑,"当然看什么,都是悉听尊

古都

便喽。"

"我也是头一回见这里摆放着收音机。"

"不管是小型收音机还是丝绸,一美元就是一美元,不同样能赚钱嘛。"

"嗯。"

"刚才到院子里,看到池里有各种颜色的锦鲤,我还在犯难呢:如果她们详细问一些关于锦鲤的事儿,我该怎么说明才好呢。但是还好她们只是说了鲤鱼好看,好看而已,对我来讲是帮了大忙了。关于锦鲤,我基本不了解。锦鲤的各种颜色,用英语该怎么表达才准确,我也不知道啊。而且还有些带斑点的锦鲤……"

"……"

"千重子,咱们去看锦鲤吧?"

"那些太太怎么办呢?"

"交给店员们好了。刚好也差不多到下午茶的时间了,她们要回酒店了。据说她们要回去和先生会合后,然后一起去奈良。"

"我去跟父母说一下。"

"对,我也得去跟客人提前打个招呼。"龙助走到那几位女士那里,跟她们说了些什么。女士们齐刷刷地朝千重子这边看了过来。千重子一下子脸红了。

龙助马上又回到千重子这边,约上她,走到了院子里。

两人坐在池子边,看着漂亮的锦鲤在水里游弋,好久没有说话。

"千重子,跟你们店里的掌柜——现在是公司制了,不知道是专务董事还是常务董事,你可以试着跟他较量一下,让他知道你的厉害。这你应该会的吧。我也可以去帮你跟他比画比画……"

龙助的这番话，千重子想都没想到。心里突然感到很惶恐。

从龙村回来的那天夜里，千重子做了一个梦——五颜六色的锦鲤成群地向蹲在池边的千重子的脚下游过来。锦鲤挤成一堆，有的竟然跃身，把头伸出了水面。

梦里就是这么一个场景。而且都是白天真实发生的事情。白天的时候千重子就把手伸进池水里，轻轻扬了一下，锦鲤就像梦里一样迅速围了过来。千重子很是震惊，从这群锦鲤身上感受到了一种难以言表的爱恋。

在千重子身边的龙助，似乎比她更加感到吃惊。

"难道你手上有什么香味吗……或者有什么灵气吗。"龙助说道。

被问的千重子很害羞，站起来说："不就是因为锦鲤不怕人而已嘛。"

然而，龙助一直盯着千重子的侧脸看。

"看，东山就在那儿。"千重子躲开了龙助的目光。

"哦，颜色已经有点儿不一样了，你不觉得吗？已经像秋天了……"龙助答道。

在那个关于锦鲤的梦里，龙助是否在自己身边呢？千重子醒来之后也记不得了。之后她好久不能入眠。

第二天，虽然龙助劝过千重子要给店里掌柜点颜色看看，但是千重子还是犹豫要不要说。

临近店铺快要关门的时候，千重子在账房前坐下。账房古色

古都　137

古香的,四周围着低矮的格子。做掌柜的植村觉察到千重子不同寻常的样子,便问道:"小姐,怎么了?"

"给我看一下我的布料。"

"小姐的?"植村心里石头落了地似的,"小姐,您要穿咱们自己店里布料吗?这个时间的话,是要做过年的新衣吧,是要做会客和服呢,还是长袖和服呢?您说。小姐您平常不都是从冈崎或者雕万那样的染店直接买的吗?"

"我想看看自家的友禅染。不是过年的新衣。"

"哦,有是有的。只是您眼光高,不知道这些布料能不能合您的心意啊。"植村说着站起身子,叫来俩店员,耳语几句,三人搬出十几匹布料,在店里熟练地摊开来。

"这个不错。"千重子很快就定了下来,"你肯定能在五天或一周内给我做好吧?和服里子什么的话,你来选就可以了。"

植村倒吸了一口凉气,说:"您这要得急,虽然咱们是搞布料批发的,平时很少请人直接做衣服,但是我会尽量去办。"

两名店员灵活地将布匹卷好。

"这是我的尺寸表。"千重子说着,放在植村的桌上。但是并没走开。

"植村先生,我也想一点一点学习,了解一下我们家的生意,还得请您多多指教啊。"千重子温柔地说后,轻轻点了点头。

"您这是……"植村的脸顿时僵了。

千重子一脸平静地说:"明天也没问题,回头让我看看账本。"

"账本?"植村一脸苦笑地说,"小姐您这是要查账吗?"

"什么查账啊，没这么大动静，我也不会想到要做这种无法无天的事情。但是，我要是不看看账本的话，也不知道自己家的买卖状况啊。"

"哦，是吗。虽然都叫账本，但是有很多种啊。而且还有交给税务署查看的账本。"

"我们家搞'两套账'吗？"

"您这是说什么呢，小姐。要是真能做假账的话，那交给您好了。我们可是光明正大的。"

"那你就明天拿给我看吧，植村先生。"千重子淡淡地说完，从植村面前走开了。

"小姐，从小姐您出生以前，我植村就帮着打理这个店……"虽然植村接着说，千重子却连头也没回，所以植村用几乎听不见的声音嘟囔着，"这算什么事儿啊。"然后，他轻轻咂了咂舌头，"唉，腰好疼啊。"

千重子来到母亲跟前，母亲正在准备晚饭，刚才的这一幕着实让她很吃惊。

"千重子，你可真敢说啊！"

"嗯，我自己也累得够呛，母亲。"

"年轻人，平时老老实实的，发作起来也真可怕呀！把我吓得都快发抖了。"

"我这也是别人给出的点子。"

"什么？谁给你出的？"

"是真一先生的哥哥，在龙村的时候……真一家那里，他父亲还在努力做生意，店里有两个好掌柜，他说要是植村真不干了，他们可以让一个给我们。他还说自己也可以来帮忙。"

古都 139

"这是龙助说的?"

"嗯。他说反正要做生意,研究生随时退学都可以……"

"是吗?"阿繁望着千重子满脸荣光的脸。

"不过,植村是不会辞职不干的……"

"他还说,在种着白花胡枝子那家附近,如果有好房子的话,他会让他父亲帮忙买下来。"

"哦,"母亲一下子讲不出话来,"你父亲好像有点厌世啊。"

"别人还说呢,父亲就这样不也是挺好吗?"

"这也是龙助说的?"

"是啊。"

"……"

"母亲,您刚才可能也看到了,我能把咱店里的和服送给北山杉村的那位姑娘吗?就当是我求您……"

"行,行,要不再送她一件外褂吧。"

千重子没敢看母亲,她眼睛已经开始湿润了。

何谓高机呢?字面意思上讲,就是比较高的手工织布机。之所以在地面上挖一个浅浅的坑,把手工织布机安装在里面,据说是因为地里的潮气对丝有好处。原本是人坐在高机上,现在也有人把沉重的石头装进篮子里,然后吊在高机旁。

像这种手工织布机还有机械织布机,现在有的纺织厂两种都在用。

秀男家只有三台手工织布机,兄弟三人一人一台,父亲宗助偶尔也坐上来织一下。在西阵这个小规模纺织厂很常见的地方,还算是过得去。

千重子让织的腰带眼看就要织完,每织一点,秀男就愈加高兴。当然其中一部分原因是自己倾注了心血的工作即将完成,同时,更是因为他在杼梭交错之间和织布声中仿佛都感受到了千重子的存在。

不,并不是千重子,是苗子。他织的不是千重子的腰带,而是苗子的腰带。秀男织着织着,心里觉得千重子和苗子变成了一个人。

父亲宗助在秀男身旁站了一会,凝视着腰带。

"哦,是条好腰带啊。花纹也很新颖。"然后他歪歪头问,"是给谁织的?"

"是佐田先生家的千金千重子小姐的。"

"花样呢?谁设计的……"

"千重子小姐想出来的。"

"哦,千重子她自己……真的假的?咦?"父亲倒抽了一口凉气,望着还在织机上的腰带,并用手指摸了摸,"秀男,织得很到位啊。这样干就好。"

"……"

"秀男。我想我以前也跟你讲过,佐田先生对我们有恩啊。"

"听您说过了,父亲。"

"哦,我说过了。"宗助嘴上说着,还是再次重复地说道,"我是从织布工开始独自创业,好不容易才买到一台高机,而且一半钱还是借来的。所以每织好一条腰带就会送到佐田先生那儿。只有一条的话,不免地觉得很没面子,所以总是在夜里悄悄送去……"

"……"

"佐田先生一次也没有给过我脸色看。后来织机买到三台，总算还能勉勉强强……"

"……"

"尽管如此，秀男，毕竟身份有不同啊。"

"这我心里清楚，但是您为什么要说这些呢？"

"秀男，我觉得你好像很喜欢佐田家的千重子小姐……"

"你是指的这个啊。"秀男又动起停下了的手脚，继续开始织。

腰带织好之后，秀男就立即出门，送给住在杉村的苗子。

那是一个下午，北山那边天上出现了好几次彩虹。

秀男带着苗子的腰带一上路，就看到了彩虹。彩虹虽然很宽，但是颜色很淡，没有呈现出一个完整的弓形。秀男驻足，凝视之间，彩虹颜色渐渐变淡，仿佛要慢慢消失。

但是在公共汽车进入山谷以前，秀男又看到两次差不多的彩虹。三次的彩虹都还没成完整的弓形，总是有些地方颜色很淡。本来是司空见惯的彩虹，可是秀男今天觉得心里有点没着没落的，他心想："咦，也不知道这彩虹是吉兆呢，还是凶兆呢？"

天也没有阴。进入山谷后，好像又出现了类似的淡淡的彩虹，但是隔着清泷川岸边的高山，难以看清楚。

秀男在北山杉村下车后，苗子穿着工作服，用围裙擦了擦湿手，马上跑了过来。

苗子刚才正在用菩提的沙子（倒不如说更像是红褐色的黏土）认真仔细地洗刷、打磨杉树圆木。

虽然还只是十月，山水应该已经很冰凉了。把杉树圆木放在人工水沟里，让它浮在水面上。从水沟的另一端支着简单的炉子，可能有热水从那里流过来，所以有蒸汽冒出来。

"谢谢你能大老远来到这深山里。"苗子弯腰招呼道。

"苗子小姐，答应替你织的腰带终于织好，今天特意给你送过来。"

"这腰带其实是把我作为千重子的替身，你才织的吧。我再也不想当什么替身了。今天能见到你就已经很好了。"苗子说。

"这条是我答应了你的，而且图样还是千重子小姐设计的。"

苗子低着头："秀男先生，其实前天千重子吩咐店里的人把给我做的和服，甚至连草屐都给送过来了。可是这些东西，我什么时候才穿得着呢。"

"你穿上来二十二日的时代祭，怎么样？出不了门吗？"

"不，主家让我出门的。"苗子毫不犹豫地说，"咱们现在在这儿说话，可能会被人看到。"她好像想了一下，接着说："你能跟我到那边河床上的小石滩来吗？"

这次的话，不能像上次跟千重子两个人一样躲进杉山里。

"秀男先生给我织的腰带，我会把它看作是一生的珍宝。"

"不，我还要给你织呢。"

苗子说不出话来。

千重子给苗子送和服这件事，苗子寄居的人家当然已经全都知道了。所以，即使把秀男带到那家去也没问题。但是，苗子已经大概知道了千重子现在的身份和她家的店铺情况，对她来讲，从小一直挂念的心事也算放下了，已经满足了。她不愿再为一些小事给千重子添麻烦。

不过，养活苗子的村濑家在此地有自己家的杉山，而且苗子

古都　143

也卖命给他们干活，所以即使被千重子家知道了，也应该不会给他们增加麻烦。也许相比那些中等的和服批发商，杉山的山主可能还要更加富足一点。

但是，苗子打算今后要跟千重子少来往，也不能走得太近。因为千重子的爱已经深深地印在了她心里……

也正是这个原因，苗子才邀秀男到河边小石滩上去。在清泷川的小石滩上，凡能种树的地方都培育着北山杉树。

"在这么个地方，真是太失礼了，请你原谅。"苗子说。毕竟是个女孩子，她很想快点看一下腰带。

"杉山真美啊。"秀男抬头望了望山，然后打开棉布包袱，解开纸绳。

"这里是系的时候在背后结成鼓形的地方。这一段，是打算系在前面……"

"哎呀！"苗子捋了捋腰带，一边看一边说，"这么好的腰带，给我实在是浪费了。"苗子双眼欣喜得发光。

"毛头小子织的，有什么浪费不浪费的呢。有红松和杉树两种花样，因为马上过年了，所以我一直认为把红松放在结成鼓形的后面，可是千重子小姐说应该把杉树放到后面。到了这儿，我才真正明白。一听说杉树，脑子里想到的是成片的大树、老树，其实我在画底样的时候，特意画得比较简明一些，这也算是一点特色吧。你看还画了一些红松的树干，作为配色……"

当然，杉树树干也不是用原来的颜色。在形状和色调上，都是仔细推敲过，下了功夫的。

"好漂亮的腰带啊，真的很感谢……可惜恐怕我系不了这么华丽的腰带啊。"

"跟千重子小姐送给你的和服搭不搭?"

"我想肯定很搭的。"

"千重子小姐从小就看惯了京都特色的和服,所以她选的……这条腰带我还没给她看过呢。不知为什么,我总觉得有点不好意思。"

"这不是千重子小姐设计的吗?有什么不好意思的……我也该请千重子小姐看看才是。"

"那在时代祭的时候你是会穿着来的吧。"秀男说罢,把腰带折叠好,放进了和纸里。

秀男系好纸绳之后,对苗子说:"你就安心收下吧。我答应给你织的,其实也是千重子小姐委托我的。你就把我当成是一个普普通通的织工。不过,我可是诚心诚意地去织了。"

苗子把秀男递给她的包着腰带的包袱放在膝上,默不作声。

"我刚才也说了,千重子小姐从小就很懂和服,她送给你的和服,同这腰带一定很搭……"

两人面前是清浅的清泷川,依稀可以听到潺潺水声。秀男环顾了一下河两岸的杉山。然后说:"杉树的树干就像工艺品般齐刷刷地耸立着,这跟我的想象一模一样。可是没想到杉树上方的枝叶竟然像素雅的花儿一样。"

苗子的脸上显出一丝悲伤。说不定父亲就是因为在修剪树枝的时候突然想起了被抛弃的还是婴孩的千重子,很伤心,从一棵树跳向另一棵树的时候才会掉落下来的。

那时候,苗子和千重子都还是婴儿,肯定不可能知道是怎么回事儿。苗子自己也是过了好久,长大了,才从村子里的人口中得知的。

所以,苗子对于千重子——其实连千重子这个名字,她是死是活,是自己的双胞胎姐姐还是妹妹,都不晓得。她很想哪怕一次就好,如果能见上一面,就算从旁边看一眼也行。

苗子简陋得像窝棚一样的家,现在依然在北山杉村里荒废着。因为一个小姑娘不能一直只身待在这里。一直以来,这房子由在杉山劳动的一对中年夫妇和一个上小学的女儿住着。当然,也收不到像房租一样的钱,更何况也不是收得了房租的房子。

然而上小学的这位小姑娘出奇地喜欢花,因为这房子旁边又有一棵美丽的金桂,"苗子姐姐!"她偶尔跑到苗子这儿问养护方法。

苗子只是回答道:"什么也不用做,让它自己长就行了。"然而,每当苗子从这个小家前面路过的时候,她总觉得从大老远的地方,就能比别人先闻到桂花香。对苗子来讲,这更是增加了几分悲伤。

苗子把秀男织的腰带放在膝上的时候,感到膝盖似乎变得很沉重。因为各种各样的事情……

"秀男先生,既然我已经知道千重子的下落了,以后就不会跟她来往了。但是和服和腰带,会上身穿一次……你也理解我吧?"苗子满心真诚地说。

"我理解。"秀男说,"时代祭你会来的吧。我希望你系上这腰带给我看一下。不过,我是不会邀请千重子的。节日的仪仗队是从御所出发的,那我就在西蛤御门等你。就这样说定了,好吗?"

苗子脸红了,过了一会儿深深地点头表示同意。

对岸水边有一棵小树,叶子已经开始变红,倒映在河水里摇曳。秀男抬头问道:"那树叶红得这么鲜艳的是什么树啊?"

"是漆树。"苗子抬眼回答。就在这时,不知为何,手一抖,把本来盘在头上的黑发给弄散了,一头秀发顺着背就这么披散开来。

"哎呀!"

苗子红着脸,赶紧把头发理在一起,盘上去,然后用衔在嘴里的发夹插上,可是发夹散落一地,变得不够用了。

这姿势,这动作,秀男都看在眼里,觉得很美。

"你是在留长发吗?"秀男问。

"是啊。千重子也没有剪过。不过,你们男生可能看不出来,她很巧妙地盘了起来的……"苗子赶忙戴上头巾,说,"真是对不起。"

"……"

"我在这儿,只管给杉木'化妆',自己是不化妆的。"

尽管这么说,但她看起来还是像涂了淡淡的口红。秀男很希望苗子能再摘掉头巾,像刚才那样把乌黑的长发垂下,披散在背上,但是他开不了口。看着苗子慌忙戴上头巾的时候,他就这么想了。

狭窄山谷西边的山色已经开始变得有点昏暗了。

"苗子小姐,该回去了吧。"秀男起身说。

"现在差不多也是该下班的时间了……天变短了。"

山谷东边的山顶上,笔直耸立着成排的杉树。透过树干的间隙,秀男看到了金色的火烧云。

"秀男先生,谢谢,真是太感谢了。"苗子轻松地接受了腰带，也站了起来。

"要谢的话，就请你谢千重子小姐好了。"秀男说。但是能给这位杉山姑娘织腰带，一种温暖的喜悦之情，在秀男心里变得强烈起来。

"别怪我啰嗦，时代祭那天一定来啊！别忘了在御所的西门——蛤御门。"

"好的！"苗子深深地点了点头，"可是穿上到现在为止都没有穿戴过的和服和腰带，肯定会觉得不好意思的……"

十月二十二日的时代祭，在节庆众多的京都，连同上贺茂神社、下贺茂神社举办的葵祭，还有祇园祭一起被通称为三大节日。它虽是平安神宫的祭祀典礼，游行队伍却是从京都御所出发。

时代祭那天，苗子一大早开始就欣喜紧张，心情不能平静。比约定时间早半个钟头就到了，在御所西面的蛤御门后边等候秀男。对她来讲，约会等男生还是头一次。

还好赶上个好天气，晴空万里。

平安神宫是为了纪念迁都京都一千一百周年，于明治二十八年（1895年）才修建起来的。所以毋庸赘言，时代祭在京都的三大节日中是最新的。但是由于它是庆祝迁都京都的节日，所以千年来京都的风俗变迁都在游行队伍中展现出来给世人看。而且为了显示各个时代的不同服饰，还会让人扮上各个时代为人熟知的人物来。

例如，有和宫①、莲月尼②、吉野太夫③、出云阿国④、淀君⑤、常盘御前⑥、横笛⑦、巴御前⑧、静御前⑨、小野小町⑩、紫式部⑪、清少纳言⑫，还有大原女、桂女⑬。

此外还有妓女、女演员、女商贩等也在游行队伍之中。以上试着列举了女性，当然还有楠正成⑭、织田信长、丰臣秀吉等王

---

①和宫：即亲子内亲王（1846—1877），孝仁天皇的第八位公主，江户幕府第十四代将军德川家茂的夫人。
②莲月尼：即太田垣莲月（1791—1875），活跃在江户后期和明治初期的和歌诗人，京都知恩院住持太田垣光古的养女，丈夫死后削发为尼。
③吉野太夫：指的是花柳街里的花魁，历史上有多人，这里指的是这种人的装扮，并没有指明是哪一位。
④出云阿国：生活于安土桃山时代到江户初期，起初是出云大社的巫女，后来创造了阿国歌舞伎。
⑤淀君（1567—1615）：也称淀殿，名叫茶茶，丰臣秀吉的侧室。
⑥常盘御前：平安时代末期武将源义朝的妾，是源义经之母。
⑦横笛：日本古典名著《平家物语》中的女主人公，与男主人公泷口入道（斋藤时赖）的凄美爱情悲剧，广为流传。
⑧巴御前：平安时代后期木曾义仲（源义仲）的侧室，以勇武见长，作为义仲的部将屡建战功。
⑨静御前：源义经的爱妾，善歌舞，是京都白拍子（平安末期的一种歌舞）的创始人。
⑩小野小町：平安时代前期女歌人，才貌兼备。被称为六歌仙，三十六歌仙之一。
⑪紫式部：藤原为时之女，平安时代中期的女作家。是《源氏物语》《紫式部日记》《紫式部集》等古典名著的作者。
⑫清少纳言：平安时代中期的诗人、随笔家。著有《枕草子》和《清少纳言集》等。
⑬桂女：传诵特殊风俗的巫女，因为家住京都市西京区的桂，故称"桂女"。
⑭楠正成：即楠木正成（1294—1336），是镰仓时代末期、南北朝时期的河内国的武将。

朝公卿和武将。

这游行队伍好似一张京都风俗画卷,绵延不断。

据说在游行队伍里增加了女性形象,是从昭和二十五年(1950年)开始的,这让时代祭变得更加明艳华丽。

游行队伍打头的是明治维新时期的勤王队、丹波北桑田的山国队,最后边是延历时代的文官上朝场面的队伍。游行队伍一回到平安神宫,就在凤辇之前献上祝词,对神祈祷。

因为仪仗队是从御所出发,所以在御所前的广场上观看最佳。这也是秀男约苗子来御所的原因。

即便苗子站在御所门后等候秀男,但是一大堆人成群地进进出出,倒也没人注意到她。倒是有一个商店老板娘模样的中年妇人,大摇大摆地走过来:"小姐,您的腰带可真漂亮。在哪儿买的?跟您穿的很搭啊……让我看看啊。"妇人说着就要用手去摸苗子的腰带,"能让我看看您背后腰带结成鼓形的地方吗?"

苗子转过身来。"嘿,真不错!"妇人看着夸赞道,这样一来,苗子心里反倒稍稍平静下来。因为她从来没有穿过这样的和服,系过这样的腰带。

"久等了。"秀男也来了。

离节庆游行队伍出场的御所最近的坐席都被讲经团体和观光协会占去了,秀男和苗子就站在了挨着这些座位的观礼席的后边。

苗子第一次站在这么好的席位上,只顾观看仪仗队,几乎连秀男的存在和新衣服也都给忘了。

然而,她很快就回过神来,便问秀男:"秀男先生,你在看什么呢?"

"松树的翠绿。当然应该看游行队伍,但是,以松树的翠绿作背景,这游行队伍更显华丽。御所宽广的庭园里长满黑松,我很是喜欢。"

"……"

"我也用余光偷偷看着苗子小姐你呢,你没发现吗?"

"真讨厌!"苗子说着,害羞地低下了头。

深秋的姐妹

在节日众多的京都,比起大文字篝火,千重子更喜欢鞍马的火把节。由于离北山不太远,苗子也去看过。但是在这之前的火把节上,即使两人擦肩而过,可能彼此都不会注意到的。

从鞍马道一直到神社的参道,一路上每家每户都会用树枝做好记号,在屋顶提前洒上水。人们从半夜里就举着大小不一、各种各样的火把,嘴里喊着"祭礼喽,来祭礼喽"的号子,走向神社。火苗也燃烧正盛。两座神轿一出场,村里(现在已经是町)的妇女们就集体出动,一起拉着神轿的轿绳。最后将大火把献到神前,这一系列活动几乎要持续到天快亮的时候。

不过,作为一大特色的火把节,今年却停办了。据说是为了节约用度。虽然伐竹节照常举行了,火把节却不举行了。

北野天神的"芋茎节"① 今年也取消了。据说是因为今年芋

---

① 芋茎节:又叫北野瑞馈节,每年10月1日到10月4日于京都北野天满宫举行的神事,用芋头的茎秆葺在神轿顶上,然后用大米、麦子、豆子、蔬菜、花等装饰轿柱,用来庆贺丰收,表达对神灵的感激。

头收成不好，没有芋头茎秆来葺轿顶。

在京都，也会举行不少诸如鹿谷安乐寺的"祭南瓜①"，或莲华寺的"封印黄瓜②"等仪式。这些仪式都代表了古都的传统，也展现了京都人生活的一面。

近年来又恢复了在岚山三船节龙首船上的迦陵频伽③，和在上贺茂神社院内小河上举行的曲水游宴等仪式。这些都是当年王朝贵族附庸风雅的游玩活动。

曲水游宴，就是身穿古装的人坐在小溪岸边，在酒杯从小溪上漂过来之前，或吟诗，或作画，或写些什么，待酒杯漂到自己跟前时，便举起酒杯，一饮而尽，然后又让酒杯放入溪中，往下传递。整个游戏中，都有童子伺候。

这是从去年才开始的活动，千重子是去观看了的。当时参加的"王朝公卿"的最前面是和歌诗人吉井勇④（这位吉井勇早已辞世，现在不在了）。

可能是这些活动复活的时间还不久，比较新鲜，所以很多人

---

① 祭南瓜：指的是每年7月25日在鹿谷安乐寺举行的一种活动。传说吃了鹿谷的南瓜就不会中风。
② 封印黄瓜：指的是五智山莲华寺举行的法事。在黄瓜上写上自己的姓名年龄，一边祈祷，一边用黄瓜在自己身上的痛处摩擦，然后第四天早上埋到没有人踩过的净土里。借以除恶因，祛病难，以健康长寿。
③ 迦陵频伽：空想的生存在极乐世界的灵鸟，上半身为美女，下半身为鸟。因为叫声优美，所以多用其叫声来形容佛声。在这里是指岚山车折神社举行的"三船节"的龙首船上的表演项目。
④ 吉井勇（1886—1960）：日本剧作家，和歌诗人。生于东京，早稻田大学中途辍学，其以京都祇园为主题的具有独特唯美风格的和歌而著称，代表作有《祝酒》《祇园歌集》等。

并不是很熟悉。

千重子今年并没有去看岚山的迦陵频伽。她还是觉得这个仪式没有古色古香的情趣。京都其他有古色古香情趣的活动,看都看不完呢。

也许是被爱干活的母亲阿繁抚养长大而耳濡目染,也或许是自己天性使然,千重子早早就起床,细心地擦拭着格子门和其他地方。

"千重子,时代祭那天你们俩看起来很高兴啊。"

吃完早饭刚收拾好,真一就来电话了。看来这次真一又把苗子认成是千重子了。

"你也去了吗?你怎么不喊我啊……"千重子耸耸肩说。

"本来是想喊你来的,可我哥哥不让。"真一什么也不在乎地说。

千重子在犹豫,要不要告诉真一他认错人了。但是从真一的电话中,千重子可以推测出肯定是苗子穿着千重子送的和服,系着秀男织的腰带去了时代祭。

跟苗子一起的肯定是秀男。这件事对于千重子来讲,乍一想觉得很意外,但是又突然感觉有一丝暖意涌上心头。她脸上也露出了笑容。

"千重子,千重子!"真一在电话那头喊,"你怎么不吭声了?"

"真一,不是你打电话过来的嘛,你说啊。"

"是啊,是啊。"真一笑了起来,"现在掌柜在吗?"

"不在,还没来呢……"

"千重子,你该不会是感冒了吧?"

"我的声音听起来像是感冒了吗？我刚刚是在门口擦格子门呢。"

"是吗。"真一好像在摇电话话筒。

千重子这回欢快地笑了。

真一压低声音说："这个电话是我哥让我给你打的，我现在让他接……"

对真一的哥哥龙助千重子不能像对真一说话那样轻松。

"千重子小姐，你给掌柜厉害的脸色看了吗？"龙助突然问道。

"嗯。"

"那干得不错啊！"龙助又高声重复说一遍，"干得不错啊！"

"我母亲也在我身后，也能听到，我说的时候，她好像很是紧张。"

"那肯定的啊。"

"我跟他说，因为我也想学学我们家的生意，所以把所有的账簿都让我看看。"

"嗯。那就好。就算只是说说，也大不一样啊。"

"然后，还让他把保险柜里的存折、股票、债券之类的东西统统都给拿出来了。"

"这，做得真不错。千重子小姐，做得很好！"龙助顺口不加掩饰地说，"千重子小姐，真是没想到像你这样一个温顺的大小姐，竟然……"

"是龙助先生你给出的主意嘛……"

"不是我出主意，是因为附近的批发商们都在瞎传一些奇怪的话。如果千重子小姐你不能说的话，我都已经下定决心让我父亲或我自己去说。但是，这种事还是小姐你直接说最好。掌柜的态度有变化了吧?"

"嗯,多少有点儿。"

"我想也是。"龙助在电话里沉默了很久,然后说,"总之太好啦!"

龙助在电话那头仿佛又在犹豫什么,千重子是察觉到了的。

"千重子小姐,今天中午我想去你们店里,不碍事儿吧。"龙助说,"真一也一起……"

"说的哪里话,什么碍事啊。在我这里,能有什么大事啊。"千重子回答说。

"因为你是年轻的千金大小姐呀。"

"说什么呢,讨厌。"

"怎么样?"龙助笑着说,"我想趁掌柜还在的时候去。我也要去杀杀他的威风。千重子小姐你不必担心,我会看掌柜的神色行事。"

"啊?"千重子吃惊得说不出话来。

龙助家是室町一带的大批发商,生意伙伴里有各种各样的势力。龙助虽然还是正在读研究生的学生,但是身上自然而然地有他家店里的那种派头。

"又快到吃甲鱼的时节啦。我在北野的大市[①]已经订了位子,到时候请赏光。我一个毛头小子,连你父母也邀请的话,未免太冒失了,所以就请你……到时候我会带上我家的'童男'去。"

[①] 大市:位于京都市上京区下长者町,是创立于江户时代元禄年间的甲鱼名店。

古都

千重子倒吸了一口凉气,只是"哦"地应了一声。

真一扮作童男坐在祇园祭的长刀彩车上,已经是十多年前的事了。然而龙助如今偶尔还会半嘲笑地打趣真一,管他叫"童男"。也可能是因为现在真一身上至今还保留着"童男"般的可爱和温顺吧……

千重子对母亲说:"下午龙助和真一要到咱家来,刚才电话里说的。"

"是吗?"母亲阿繁好像有点吃惊的样子。

午后,千重子去了二楼,化了不显眼但是也很精致的妆。她精心地梳着长发,却怎么也理不出自己喜欢的样子。要穿的衣裳也是,挑来挑去,也不知道穿哪个,一直定不下来。

最后好歹下楼来,父亲已经出门了,不在家里。

她在里面的客厅里整理好炭火,看了看四周,又望了望狭窄的庭院。那棵老枫树上长着的青苔,还是青翠青翠的,而长在树干上的那两株紫花地丁的叶子,却已经开始变黄了。

在那座刻着耶稣像的石灯笼脚下,有一棵小小的山茶花,正开着红花。那红色看起来着实鲜艳。在千重子心里,它甚至比红玫瑰什么的都让她动容。

龙助和真一来了,跟千重子的母亲礼貌地打过招呼之后,龙助一个人走到账房掌柜面前,端正地坐了下来。

掌柜植村赶忙走出账房,故作客气地跟龙助打招呼。这招呼打了好久。龙助也随声应着,但从头到尾一直板着脸,丝毫没有变化。当然,这种冷漠,植村是能感受到的。

这个还是学生的毛头小子想干什么呢?植村心里一直犯嘀咕,但是他完全被龙助的气势给镇住了,不知如何是好。

龙助等着植村说话的间隙,冷静地说:"贵店生意兴隆,真了不得啊。"

"哦,谢谢您,托您的福。"

"我父亲他们常说,佐田先生幸亏有植村先生您,说您有多年的经验,很是了不起……"

"您这是说哪里话。我们这不同于水木先生您家那样是大字号,根本不值一提啊。"

"哪里,哪里。像我们家,只不过是什么都做而已。既是京都和服布料批发商,又是这个那个,简直就是一间杂货铺。我其实并不喜欢。像植村先生您这样扎实可靠认真管理的店铺是越来越少了啊……"

植村正要回话的时候,龙助站了起来走了。望着朝千重子和真一所在的内厅走去的龙助的背影,植村一脸苦相。他终于明白嚷嚷着要看账簿的千重子和刚才就在眼前的龙助之间,背地里肯定有什么关系。

龙助来到内厅后,千重子抬头望着他,仿佛要问什么似的。

"千重子小姐,我跟掌柜的打好预防针了。因为是我劝你的,所以我也有责任。"

"……"

千重子低着头,帮龙助泡着淡茶。

"哥哥,你看那枫树树干上的紫花地丁。"真一用手指着说,"你看有两株吧。千重子好几年前就说,她把它们看作是一对可爱的恋人……但它俩近在咫尺,却又永远不能在一起……"

"哦。"

"女孩子们,总是会想一些可爱的事情。"

"真讨厌，多不好意思啊，真一。"千重子把沏好的茶递到龙助跟前，手稍微抖了一下。

他们三人坐上龙助店里的车，奔向北野六番町的甲鱼名店大市。大市是一家有古色古香布局的百年老店，在游客中间也很有名。房间很老，天花板也很低。这里主要是卖炖甲鱼，就是甲鱼锅，吃完肉之后，加入米饭，煮成杂烩粥。

千重子感到浑身暖融融的，而且好像有点醉了。

千重子连脖子上都泛着浅浅的桃红色。这白白嫩嫩、光滑润泽、富有青春活力的脖颈，微微变红的时候，着实美丽。眼睛里露出妩媚的神色。不时地抚摸着自己的脸颊。

千重子一滴酒都没有喝过。然而，甲鱼锅的汤大约有一半是酒。

虽然车子已经在门口等着了，千重子还是担心自己脚下不稳，会打踉跄。然而，她喜不自禁，话也多起来了。

"真一，"千重子对好讲话的弟弟真一说，"时代祭那天你在御所庭园看到的那两人，其实不是我，你看错人啦。你是离得远，没看清吧。"

"不要隐瞒嘛，又没什么的。"真一笑了。

"我没隐瞒什么啊。"

千重子一开始不知道该不该说，但最后还是说："其实，那姑娘是我的姐妹。"

"什么？"真一很是诧异。

千重子在春天赏花的时候，在清水寺曾跟真一说过自己是个弃儿。这件事，肯定也传到了真一的哥哥龙助的耳朵里。即便真一没有告诉他哥哥,但两家店离得很近,不知不觉就传过去了,也许可以这样认为吧。

"真一,你在御所庭园里看到的其实是……"千重子犹豫了一下,又说,"其实我是双胞胎,你看到的是我的孪生姐妹!"

这是真一第一次听说。

"……"

三人沉默了好久。

"我们俩中,我是被丢掉的那个。"

"……"

"要是真的话,那当初能扔在我们店门前就好了……真的,要是能扔在我们店门前就好了。"龙助满怀深情地重复了两遍。

"哥哥,"真一笑了,"和现在的千重子不一样啊。那时可只是一个刚刚出生的婴儿呀。"

"就算是婴儿,不也挺好吗?"龙助说。

"那是你见过了现在的千重子,才这么说的吧?"

"不是。"

"是有了佐田先生百般宠爱、呵护养育才有了现在的千重子啊。"真一说,"那个时候,哥哥你也还是个孩子,小孩子能养大一个婴儿吗?"

"能养。"龙助倔强地回答。

"哼,这只不过是哥哥你一贯的过于自信,不服输罢了。"

"就算有可能是,我也想把婴儿时的千重子养大。咱们母亲也肯定会帮忙的。"

千重子酒醒了,额头变得苍白起来。

北野的秋季舞蹈公演将持续半个月。在结束的前一天,佐田太吉郎一个人出门了。茶馆送来的入场券当然不止一张,但是太吉郎没有心情邀请别人一同前往。连看完舞蹈公演回家的路上,和同行的几个人一起在茶屋里耍耍,也觉得麻烦了。

　　在舞蹈公演开始之前,太吉郎就阴着脸坐到了茶席上。今天当班坐在那儿沏茶的艺伎,太吉郎也没大见过。

　　在艺伎身边并排站着七八个少女,大概是帮忙端茶打下手的吧。她们都穿着浅粉色的长袖和服。

　　只有最中间的一名少女穿的是青色的。

　　"哎!"太吉郎差点儿喊出声来。虽然那姑娘今天打扮得非常美艳,但不就是那天被这花街的老板娘带着,和太吉郎一道乘"叮当电车"的那个姑娘吗?——只有她一个人穿青色和服,或许今天轮到她要做什么吧。

　　青衣少女端茶到太吉郎面前,她装作若无其事的样子,不苟言笑,一板一眼地按照茶道的礼法奉茶。

　　但是,太吉郎的心情仿佛轻松了许多。

　　这是一出名叫《虞美人草图绘》的舞蹈剧,一共有八幕。讲的是项羽和虞姬的故事,是有名的悲剧。可是,当演完了虞姬拔剑自刎,被项羽抱在怀里,听着思乡的楚歌死去,最后项羽也战死沙场这一幕之后,下一幕就转到日本,变成了熊谷直实[1]、平敦盛[2]

---

[1] 熊谷直实(1141—1208):平安时代末期到镰仓时代初期的武将,武藏国大里郡熊谷乡(今埼玉县熊谷市)的领主。
[2] 平敦盛(1169—1184):平安时代末期的武将,平经盛之子。1184年2月的一谷之战中兵败于源氏阵营的熊谷直实。这一战役被改编成日本木偶净琉璃剧等曲艺形式,广为流传。

还有玉织姬①的故事了。故事是讲熊谷直实在击败平敦盛之后，深感人世无常而落发出家，随后凭吊古战场的时候，看到平敦盛的坟墓周围开满了虞美人花，还能听到笛声。这时平敦盛的鬼魂出现，他要求熊谷把青叶笛收藏在黑谷的寺庙（即金戒光明寺）里，玉织姬的鬼魂则要求把坟冢周边的虞美人花供奉在佛前。

在这出舞蹈剧之后，还上演了另一出热闹的新舞蹈剧《北野风流》。

上七轩的舞蹈流派，和祇园的井上派②不同，是属于花柳派③。

太吉郎走出北野会馆，然后去了一家古色古香的茶馆。见他一个人呆坐在那儿，茶馆老板娘便问："叫个姑娘怎么样？"

"哦，那就叫那个咬人舌头的姑娘吧……还有，那个穿青色衣服的，端茶的姑娘呢？"

"就是一起坐'叮当电车'的那个……要是只是过来打个招呼的话，应该没问题。"

在艺伎来之前，太吉郎一直在喝酒。见艺伎一来，就故意站起来走了出去。艺伎紧随其左右，太吉郎却问："现在还要咬人吗？"

"您记性真好。好啊，要不您伸出来试试。"

"好吓人啊。"

---

① 玉织姬：相传为平敦盛的妻子。
② 井上派：指的是日本舞蹈的一个流派，也叫上方舞。江户时代宽政年间由井上里在京都创立。
③ 花柳派：指的是日本舞蹈的一个流派，嘉永二年（1849年），由西川芳次郎以花柳芳次郎之名创办。

古都

"真的，不要紧的。"

太吉郎试着把舌头伸了出来，然后被吸进了姑娘温暖、柔软的嘴里。

太吉郎轻轻地拍了拍姑娘的背，说："你真是堕落了呀。"

"这算是堕落吗？"

太吉郎想漱漱口。但是，艺伎就站在身旁，他也不好这么做。

这艺伎的恶作剧真是下狠手了。对艺伎来说，这可能只是突然一瞬间的事儿，也许没什么深意。太吉郎不讨厌这年轻的艺伎，也没觉得这有什么不干净。

太吉郎就要回客厅的时候，艺伎一把抓住他说："您等一下！"

接着，她掏出手绢，帮太吉郎擦了擦嘴唇。手绢沾上了口红。艺伎把脸凑到太吉郎面前盯着看了一下，说："好，这样就好了。"

"谢谢……"太吉郎将手轻轻地放在艺伎的肩上。

艺伎继续待在洗手间的镜子前，重新涂口红，补妆。

太吉郎回到客厅的时候，那里已经没人了。他端起已经变凉的酒，像漱口似的喝了两三杯。

尽管这样，太吉郎还是觉得自己身上似乎留有艺伎的香气，或者说是香水味。他觉得自己好像稍微变年轻了。

他觉得就算是艺伎突然的恶作剧，自己也未免有点太不近人情了。这可能是因为好久没跟年轻姑娘玩了吧。

这个二十岁上下的艺伎说不定是个非常有意思的女人。

老板娘带着一个少女进来。这少女还是穿着那身青色的长袖和服。

"因为您点名让她来,所以我就跟她说,就是过来打个招呼。您也看得出来,她还小呢。"老板娘说。

太吉郎瞧了瞧少女,说:"刚才,你在端茶……"

"是的。"这少女毕竟是在茶馆里工作的,丝毫没有羞涩地说,"我一看是您,才给您端茶过来的。"

"哦,是吗,那谢谢啦,你记得我?"

"记得啊。"

这时艺伎也回来了。老板娘对她说:"佐田先生特别喜欢小千呢。"

"咦,是吗?"艺伎看着太吉郎说,"您真是很有眼光,但是您还得等个三年。再说,明年春天小千就要到先斗町去。"

"先斗町?为什么去哪里啊?"

"她想去当舞女。她说她很憧憬舞女们跳舞的样子。"

"哦?要做舞女的话,在祇园岂不更好?"

"小千有个伯母在先斗町,大概就是因为这吧。"

太吉郎盯着这少女,心里想:这姑娘不论在什么地方,都能成为一流的舞女的吧。

西阵的和服布料纺织业工会决定自十一月十二日至十九日共八天,所有织机都要停工。这次的措施雷厉风行,前所未有。因为十二日和十九日是星期天,所以实际上是停六天。

停工原因有很多,但是总而言之,主要就是经济问题。因为过度生产,导致库存积压,已经达三十万匹之多。停工就是为了消化这些库存和改善交易条件。还有，近来资金周转困难，也是其中的一个原因。

从去年秋天到今年春天，采购西阵布料的经销商社也接连倒闭了。

据说停工八天会造成八九万匹的减产。但是考虑到后边的结果，可以说是成功了。

即便如此，看一眼西阵的纺织作坊街，尤其是小胡同里，就会发现这里基本都是些散户，他们还真的听从工会的统一管理。

那附近尽是些小房子，破旧的瓦顶，屋檐很深。虽说有两层，但是很矮。像荒地一样的小胡同里面，更是杂乱无章，昏昏暗暗之中好像能听到织布机的声音。这些织机也不全是自家的，有些可能是租赁来的。

但是，据说提交的"免除停机"申请，也只有三十多份。

秀男家织的不是和服布料，而是腰带。他们家有三台高机，就算白天也需要开着电灯，但是织布的地方已经是算比较明亮的了，后面还有空。但是那里很狭窄，只是放着一些粗糙的厨具，简直不能想象他家人都在什么地方休息、睡觉。

秀男有主见，很有工作才能，对工作也很有热情。但是，坐在高机上窄窄的板子上，一直不停地织腰带，恐怕屁股上都青了吧。

他约苗子去参观时代祭的时候，比起身着各种时代装束的游行队伍，他对队伍的背景——御所那片宽阔的松林的翠绿更感兴趣，也许是因为他得以从日常的生活中解放出来了吧。然而，苗子是注意不到的，因为就算在狭窄的山谷，她也是在比较开阔的山里干活的……

当然，苗子能系着自己织的腰带来看时代祭，对秀男来讲，是对自己的工作很大的鼓舞。

　　千重子自从跟龙助、真一兄弟俩去了大市以后，虽然谈不上很痛苦，但时不时觉得心里空落落的。细想来，好像还是因为有事一直在烦恼。

　　这时的京都已经过了十二月十三日的"事始①"，天气也变得像往年冬天一样，变幻莫测。还晴着天，却下起了阵雨，雨水在阳光下闪耀，偶尔会有雨夹雪。天一会儿晴，一会儿阴。

　　十二月十三日是"事始"，在京都，从这天起，大家开始准备过年，同时也开始互赠年末礼物。

　　到现在还能延续这种规矩的，还得是祇园这样的花街柳巷。

　　艺伎、舞女等都会吩咐男随从到平日照顾自己的茶馆、歌舞乐师家或艺伎老大姐家去分送镜饼②。

　　之后，舞女们会挨家去拜年，道声"恭祝新年"。其中含有一年来多蒙关照，才得以平安度过，来年还请多多提携的意思。

　　这天盛装打扮的艺伎、舞女比往常都要多，她们来来往往。加上有点早的岁暮活动，将祇园附近变得很绚丽多彩。

　　千重子家的店等地方并没有这样华丽。

　　千重子吃过早饭，独自上了楼。本来是上来稍微化下晨妆的，可是一直不能集中，手不听使唤。

　　因为龙助在北野甲鱼店里说的那番激动的话，一直在千重子

---

①事始：也叫御事始，指的是开始准备过年。江户时代，在江户是旧历十二月八日举行，在京都是十二月十三日举行。这一天人们会大扫除，开始准备各种过年的事情。
②镜饼：日本民间正月供奉用的圆形年糕，多为大小两块叠在一起。

古都　165

心里回响。要是千重子还是婴孩的时候能被扔到我们家门前就好了,这种话,听起来不是很沉重吗?

龙助的弟弟真一与千重子青梅竹马,直到高中一直都是朋友。而且他性情温顺,尽管知道千重子喜欢自己,也不会像龙助那样说出让千重子瞬间喘不过气的话来。他们两人在一起玩得很轻松,很亲密。

千重子梳好头,长发披在后面,然后下楼来了。

就在差不多快吃完早饭的时候,北山杉村的苗子打电话过来找千重子。

"是小姐吧?"苗子确认道,"我想见见你,其实有件事想告诉你。"

"苗子,好久不见,好想你啊……明天怎么样?"千重子回答。

"我随时都行……"

"到我店里来吧。"

"请别让我去你们店里。"

"你的事我已经告诉母亲了。父亲也是知道的。"

"还有店员在的吧。"

千重子想了一下,说:"那样的话,我去你们村找你!"

"这边很冷的。但是你能来我很高兴……"

"我刚好也想去看看杉树……"

"是吗?这里不但冷,还有可能会下阵雨呢。你要收拾准备好,穿厚点过来。不过,我们可以随便烧点篝火来烤烤。我会在路边干活,这样你来了就立马能找到我。"苗子爽朗地回答。

冬日之花

穿上西裤,套上厚毛衣,千重子以前从没有这么穿过。厚袜子也很夸张。

父亲太吉郎刚好在家,千重子跪坐在他面前,打了个招呼。太吉郎看到千重子这身少有的打扮,瞪大眼睛说:"你这是要去登山吗?"

"是……北山杉村那姑娘说有话要给我说,想见一面……"

"是吗?"太吉郎毫不犹豫地说,"千重子。"

"嗯。"

"那孩子要是遇见什么苦处、困难的话,你就把她带到咱家来……我收养她。"

千重子低着头。

"真好啊。这下有了两个女儿,加上我和孩子她妈妈,家里就热闹了。"

"父亲,谢谢。父亲,谢谢。"千重子弯腰道谢,流下的热泪沾湿了裤子。

"千重子,我从你吃奶的时候,把你养大,含在嘴里怕化了,一直都很疼你。对那姑娘我也会尽量一视同仁,好好疼她。长得像你,肯定是个好姑娘吧。把她带来吧。二十年前的话,双胞胎可能不招待见,现在的话什么事儿都没有。"父亲说。

"阿繁!阿繁!"太吉郎喊着妻子。

"父亲,我真是打心眼里感激您。不过,苗子那姑娘是决不会来咱家的。"千重子说。

"那又是为什么呢?"

"她肯定是在想一点儿也不能妨碍我的幸福吧。"

"怎么就会妨碍到你的幸福呢?"

"……"

"怎么就会妨碍到你的幸福呢?"父亲又说了一遍,略微一歪头,一脸不解。

"我今天还跟她说呢,说我父母都知道了,你就到店里来吧。"千重子带着哭腔说,"她却顾忌店员还有邻居们……"

"什么店员不店员的啊!"太吉郎最后还是大声喊了出来。

"父亲说的话,我很清楚。今天我就先去一趟。"

"嗯,好吧。"父亲点点头,"路上小心……还有,今天我说的话你大可以转告给苗子那孩子。"

"好的。"

千重子穿上雨衣,戴上头巾,选了一双橡胶雨靴。

早上中京明明还是大晴天,可不知什么时候突然阴沉下来,北山那边可能正下着阵雨。从城里也能看见那边的天色。倘若不是京都那些可爱的小小群山的遮挡,兴许能看到那天色阴阴快要下雪的样子吧。

千重子乘上了国铁的公交车。

在种植北山杉的中川北山町,有国铁和市营两种公共汽车经过。市营公共汽车开到京都市已经扩建完的北郊的山口就折回,而国铁的公共汽车的线路延伸得很远,直到福井县的小滨。

小滨位于小滨湾岸边,从若狭湾向前延伸到日本海。

也许因为是冬天,公共汽车上乘客并不多。

车上坐着同行的两人，其中一个年轻男子眼光犀利地盯着千重子。千重子觉得有点害怕，戴上了头巾。

"小姐，拜托。请你不要用那种东西把脸藏起来嘛。"那男子用跟年龄不相符的苍老沙哑的声音说。

"喂，住嘴！"旁边的男子呵斥道。

拜托千重子的那个男子戴着手铐。犯了什么罪呢？旁边的男子应该是刑警吧。大概是要翻过这深山，把他押送到什么地方去吧。

千重子也不能摘下头巾让那男子看自己的脸。

公共汽车到高雄了。

"这是到高雄了呀？"有乘客说。其实还不至于认不出来。枫叶已经尽数落光，从树梢的小树枝上能感受冬天的感觉。

在栂尾山下的停车场上，基本没有什么车。

为了迎接千重子，穿着工作服的苗子来到菩提瀑布公交站，在这里等着。

千重子这身装扮，苗子一下子差点儿没认出来："小姐，你真来了。很高兴地你能特意来到这深山里。"

"也不是什么深山嘛。"千重子还没来得及摘手套，就握住苗子的双手说，"真高兴啊，夏天后就没见过你了。夏天那次在杉山里，太感谢你了。"

"那算不了什么。"苗子说，"不过，那时要是雷真的劈在我俩身上，真不知道会怎样了呢。即使那样，我也觉得很高兴……"

"苗子，"千重子边走边说，"你肯定是有什么迫不得已的情况才给我打电话的吧。有什么事先告诉我吧。要不也沉不下心来聊天啊。"

古都　169

"……"苗子身穿工作服,头上包着一条头巾。

"到底怎么了?"千重子再次问道。

"其实,是秀男先生突然说想让我跟他结婚,所以……"苗子不知是不是被绊到了,一把抓住了千重子。

千重子抱住了跟跟跄跄的苗子。

每天都在干活的苗子,身体很结实——夏天打雷那次,千重子只是害怕,当时没注意到。

苗子虽然很快就站稳了,可能是因为被千重子抱着很开心吧,没能跟千重子说已经可以了。到最后干脆就倚在千重子身上往前走。

抱着苗子的千重子,也慢慢地靠向苗子。不过,这俩姑娘谁都没注意到这点。

千重子隔着头巾说:"苗子,那你是怎样回答秀男的?"

"回答?我怎么也不能立即回答呀。"

"……"

"一开始是把我错认是你……现在已经弄清楚了,秀男先生内心深处装着的是你啊。"

"没有这种事。"

"不,我清楚得很。即便不是认错人,我也只不过是作为你的替身跟他结婚罢了。秀男先生一定把我看作是你的幻影了吧。这是第一……"苗子说。

今年春天郁金香盛开的时候,从植物园回家的路上,在加茂川河堤边,父亲曾说把秀男招来做女婿怎么样,却被母亲指责了。听苗子一说,千重子回想起这件事。

"第二，秀男家是织腰带的，对吧。"苗子加强语气，"如果因为这件事而使你们家的店和我有了关系，不但会给你添麻烦，要是再遭到周围人的白眼的话，那我就算死也难辞其咎的。那我宁愿躲到更远的深山里去……"

"你是这样想的吗？"千重子摇了摇苗子的肩膀，"今天我也是跟父亲提前打过招呼之后才来的。我母亲也知道这事儿。"

"……"

"你猜猜我父亲说了什么。"千重子更用力地摇了一下苗子的肩膀。

"他说，你去对苗子姑娘说，要是她有什么苦恼或困难，就把她带到咱家来……虽然我是作为父亲的嫡长女上的户口，不过父亲说他会尽量对你做到一视同仁的，要不我一个人也寂寞了。"

苗子摘下戴在头上的毛巾，把脸捂了起来，说："谢谢！我打心底谢谢你！"过了好久，她才说，"我没有家人，也没有依靠，虽然很寂寞，但是为了忘掉这些，一直拼命干活。"

千重子为了缓解苗子的情绪，说："关键的是，你觉得秀男怎么样，喜欢他吗？"

"这种事，我现在马上答不出来。"苗子一边哭，一边看着千重子。

"把那个给我。"千重子用苗子的毛巾帮苗子擦眼角还有和脸颊，说，"哭哭啼啼的，能这么进村子吗？"

"没关系的。我这个人性格倔强，能比别人多干一倍的活，就是爱哭。"

当千重子给苗子擦脸的时候，苗子把脸埋千重子胸口，反倒

古都 171

更加激烈地抽噎起来。

"你这样我也很难办啊,苗子。我也很伤心啊,快别这样了。"千重子轻轻拍了拍苗子的后背,"你要是再这样哭的话,我可就回去啦。"

"不要,不要!"苗子吓了一跳,从千重子手里拿回自己的毛巾,用力擦了一下脸。

因为是冬天,看不出哭过。但是,她的白眼珠还是稍微红了。苗子把头巾戴得深深的。

两个人谁都不说话,走了好久。

北山杉的树枝,一直到树梢都被修剪整理过。树梢上还残留着的圆形的叶子,在千重子看来,这好像是这冬天里朴素的绿花一样。

千重子认为现在没事儿了,就对苗子说:"秀男自己画的腰带图案也好,而且织得也很到位,他很认真的。"

"是啊,这我知道。"苗子回答,"秀男约我去参观时代祭的时候,比起看穿着各个时代盛装的游行队伍,他好像一直在看队伍后边的御所松树的苍翠和东山色彩的变化。"

"因为对秀男来说,时代祭的游行队伍不算什么稀罕的……"

"不,好像不是因为这个。"苗子用力回答道。

"游行队伍过去之后,他突然说要我一定去他家一趟。"

"家?秀男家吗?"

"对。"

千重子多少有点吃惊。

"他还有两个弟弟。还带我去他家后院的空地,说等以后两人在一起了,要在这盖一间小屋,尽量就织自己喜欢的东西就行了。"

"这不挺好吗?"

"好吗?秀男是把我看作是小姐你的幻影,才说想跟我结婚的。作为女孩子,这点我很清楚。"苗子又重复了一遍。

千重子不知如何回答是好,只好迷惑地往前走。

在狭长山谷旁边,是另外一个小山谷,洗刷杉树圆木的女工们围坐成一圈在那里休息。她们为了烤火来暖手暖脚,点着篝火,烟雾缭绕,腾空而起。

苗子来到了自己的家门前。与其说是家,也就算是个小窝棚吧。稻草葺的屋顶因年久失修,已经变得高低不平,歪歪斜斜。只因为是山里的房子,有个小院落,院里有不知道怎么长出来的南天竹,上面还结着红色的果实。这七八棵南天竹的茎秆也是横七竖八的。

然而,就是这残破的房子,也许也是千重子的家。

从房子旁边走过的时候,苗子的泪痕已经早就干了。到底要不要给千重子说这是我们的家呢?千重子是在母亲的老家出生的,所以大概没在这个家里住过。在苗子还是婴儿的时候,先是父亲去世,后来母亲也没了。究竟自己是否在这个家里住过,她自己也记不清楚了。所以连她也记不清自己是否在这个家里住过了。

幸好千重子并没注意到这房子,她抬头看着杉山和并排摆好的圆木,就径直走过去了。苗子也没有提及这房子。

笔直的杉木树梢上,还多少残留着圆形的杉叶,千重子把它想象成是"冬日之花"。而它们也确确实实是冬日之花。

在大部分人家的房檐和二楼,都成排摆放、晾晒着剥过皮、洗净打磨过的杉圆木。白圆木的根部被一丝不苟地整理好,并排摆在那里。仅仅是这样,就足够美了。也许甚至可以说比任何墙壁都美。

杉山上,树根旁的野草已经枯萎,那笔直且粗细一致的树干,着实很美。透过树干间斑驳的缝隙,有些地方还可以窥见天空。

"还是冬天美啊。"千重子说。

"可能是吧,我一直看,都看惯了所以也不太清楚。不过,冬天的话,杉叶多少会变得像芒草一样的颜色。"

"那不就是像花吗?"

"花?是花吗?"苗子貌似很意外,抬头向杉山望去。

走了一会儿,有一间很古雅的房子,可能是这附近大山主家的吧。略矮的院墙,下半截贴着木板,漆成红丹色;上半截是白墙,墙头还葺着小屋顶。

千重子停下脚步说:"这家不错啊。"

"小姐,我是寄居在这家的,进去看看,怎样?"

"……"

"没事儿的。我在这儿都快住了十年了。"苗子说。

与其说作为千重子的替身,不如说是作为千重子的幻影,秀男才想和苗子结婚的。苗子对着千重子一直重复着这些话,都说了两三次了。

如果说是"替身",那当然能理解。但是"幻影"究竟是什么呢?尤其是作为结婚对象的话……

"苗子,你总说幻影、幻影的,幻影究竟是什么呢?"千重子严厉地说。

"……"

"幻影不就是用手触摸不到的、无形的东西吗？"千重子继续说着，突然红了脸。不仅是脸，恐怕哪儿都像自己的苗子，就要归男人所有了。

"……"

"尽管如此，无形的幻影不就是这样吗？"苗子答话说，"幻影，或许显现在男人的心里，或许在脑海里，或许会出现在别的什么地方，这些我都无从知晓的吧。"

"……"

"就算我变成六十岁老太婆的时候，作为在秀男心中的幻影的你应该还是像现在一样年轻吧。"

这些话着实超乎了千重子的意料之外。

"你连这样的事情都想到了吗？"

"对美好的幻影，总没有厌倦的时候吧。"

"那也不见得。"千重子最终还是说出来了。

"幻影是踢不得，踩不得的。因为那幻影就是让自己为之颠倒了。"

"哦。"千重子认为苗子也心存妒忌，但她说，"那么幻影究竟在哪儿呢？"

"就在这儿……"苗子摇着千重子上身，说。

"我不是什么幻影。是你的孪生姐妹而已。"

"……"

"按你说的，莫非你是跟我的灵魂是姐妹不成？"

"不是啦。当然是面前的你啦。只不过，正是因为秀男，才……"

"你想太多了。"千重子说着，稍微低下头，往前走了一会儿后，接着说，"为了彼此都能理解，咱们三个人还是找机会在一起把话说开，怎么样？"

"谈话——有时话是真心的，有时候也并非如此……"

"苗子，你疑心这么重啊？"

"倒也不是疑心。但毕竟我也有一颗少女心啊！"

"大概因为北山阵雨从周山那边下了起来，山上的杉树也……"千重子抬眼看了一下天。

"赶快回去吧，看样子要下雨夹雪了。"

"我想有可能会下雨，所以有备而来的。"千重子摘下一只手的手套，把手让苗子看，"这样的手，不像是大小姐的吧？"

苗子很是吃惊，连忙用自己的双手握住了千重子的那只手。

阵雨可能在千重子不知不觉间，下了起来。可能连住在这村里的苗子也没有注意到。这不是小雨，也不是牛毛细雨。

千重子听苗子一说，抬头环视了一下四周的山。群山冷冰冰的，云雾朦胧的。长在山脚的杉树林，反而显得愈发清晰显目了。

不久，小小的群山被笼罩在雾霭中，渐渐难以分辨。和春天的雾霭相比，天空的模样是截然不同的。反倒让人觉得现在更加像京都。

再看看脚下，地面上已经有点湿了。

不久，群山被浅灰色笼罩，然后弥漫着雾霭。

眼看着雾霭越来越浓，顺着山谷蔓延而来，其中还夹杂着一些白色的东西。下雨夹雪了。

"快回去吧！"苗子看见了白色的东西，所以这么跟千重子说。这算不上是雪，是雨夹雪，白色的东西，时有时无的。

山谷间变得昏暗，也突然间变得冷了起来。

千重子也是京都人，所以对于北山的雷阵雨并不觉得稀奇。

"趁着还没变成冰冷的幻影……"苗子说。

"又是幻影？"千重子笑了，"我带着雨具来的……冬天京都的天气变化无常，雨应该马上就会停的吧。"

苗子抬眼看了看天空，说："今天就回去吧！"她用力握住千重子那只摘了手套让她看的手。

"苗子，你真的考虑过要结婚吗？"千重子说。

"只是稍微想过一点儿……"苗子回答道，然后将千重子摘下的那只手套，满怀深情地给她戴上。

就在这时，千重子说："到我们家店里一趟好吗？"

"……"

"来吧！"

"……"

"等店员都回家以后，行吧？"

"晚上吗？"苗子很吃惊。

"来我家过夜。你的事我父母都知道的。"

苗子眼里露出了喜悦的神色，但是她又在犹豫。

"我很想跟你一块睡觉，哪怕就一晚也行。"

苗子把脸转向路边，为了不让千重子看到自己落起泪来。但是，千重子怎么会看不到呢。

千重子回到了室町的店里。那附近只是阴着天，并没有下雨。

"千重子，你回来得刚好，赶在了下雨前。"母亲阿繁说，"你父亲也在里面等你呢。"

父亲太吉郎还没等听完千重子回家给他打完招呼,就赶着问道:"怎么样啊?千重子,那孩子怎么样了?"

"啊?"

千重子一时间不知道怎么回答才好。想要言简意赅、清清楚楚地说明白,是很难的。

"怎么样了?"父亲再次问道。

"嗯……"

千重子自身对苗子的话,感觉是理解了,但是有些地方又好像不理解——秀男实际上是想和千重子结婚。由于身份悬殊,只好作罢,所以才说想跟千重子一模一样的苗子结婚。这一点,怀揣少女心的苗子很敏锐地觉察到了,然后就对千重子讲了一套奇怪的"幻影论"。难道秀男是渴望得到千重子,求之不得,才退而求其次选择苗子的吗?千重子心想,这可能不是自己自以为是。

但是,事情也许也不尽是如此。

千重子无法正面看着父亲的脸,她羞得几乎连脖子都变红了。

"不是那位苗子姑娘很想见你吗?"父亲说。

"是的。"千重子鼓起勇气抬起头来,"好像大友先生家的秀男向她求婚了。"

千重子的声音也有点儿发抖。

"什么?"

父亲看了一眼女儿的脸色,沉默了一会儿。他仿佛看出了什么,但是没有说出口。

"是吗,和秀男?大友先生家的秀男的话,挺好的啊。缘分这东西还真是很微妙啊。这也大概有你的原因吧?"

"父亲,不过我觉得她不会和秀男结婚的。"

"哦？为什么呢？"

"……"

"为什么呢？我倒觉得不错啊……"

"父亲，倒不是不好。您还记得吗，在植物园的时候，您说让秀男和我在一起怎么样。这件事她全都知道的。"

"哦？那怎么办呢？"

"还有，她好像觉得作为腰带织厂的秀男家，同咱家的店多少会有生意上的往来。"

这些话让父亲觉得很有感触，他沉默了。

"父亲，哪怕一夜也好，让她到咱家来过夜吧。算我求求您了。"

"当然好啊。你说的什么话啊……我不是都说过就算收养她也可以的吗？"

"她是决不会来咱们家的。只是肯住一晚上……"

父亲用怜爱的目光看着千重子。

这时，传来了母亲拉挡雨板的声音。

"父亲，我去帮一下母亲。"千重子边说边站了起来。

外边下着雷阵雨，但是雨打在瓦房顶上，几乎没有声响。父亲也纹丝不动地坐着。

太吉郎受邀于水木龙助、真一两兄弟的父亲，要去圆山公园的左阿弥饭馆吃晚饭。冬季天短，从高处的座位上俯瞰过去，市街上都已亮起了灯。天空一片灰色，没有晚霞。除了街上的灯光之外，整个也是灰色的。这就是京都冬天的色彩。

龙助的父亲经营着室町的大批发店，靠着他，店里才得以生意兴隆。作为店主的他平时性格刚毅踏实，但是今天好像有什么难言之隐，说话瞻前顾后，靠一些无聊的传言来打发时间。

"其实……"他借着酒劲儿才得以打开话茬。平常优柔寡断，动不动就厌世悲秋的太吉郎，对水木要说的话已经猜个差不多了。

"其实是……"水木又吞吞吐吐地说，"是我们家鲁莽的龙助，也许您已经从令千金那里也听说了吧？"

"是啊，我虽不才，却很理解龙助的好意。"

"是吗？"水木觉得轻松起来，"这家伙很像我年轻的时候，一旦说出口要干什么事儿，不管谁怎么拦着，根本不听的。真是拿他没办法……"

"我倒很感激。"

"是吗？您这么说的话，我也就可以松一口气了。"水木向下抚摸了一下胸口，"还请您多多包涵啊。"说着，他恭恭敬敬地鞠了个躬。

太吉郎店里的生意是在走下坡路，即便如此，同行，而且是区区一个年轻人来店里帮忙，也算是一种屈辱。但要是说是去见习的话，从两家商店的规模看来，应该反过来才对。

"对我们来说虽然很是感激，但……"太吉郎说，"您家如果没有龙助的话，恐怕也很为难吧……"

"哪里哪里。龙助也只是在边上见过而已，他还不是很懂呢。作为父亲来说这话是有点那什么，不过这孩子办事的确踏实……"

"是啊，他到我店里来，突然一脸严肃地坐在掌柜面前，让我大吃一惊。"

"他就是这么个家伙。"水木说后，又接着默默地喝酒。

"佐田先生。"

"嗯？"

"您要是能让龙助去您店里帮忙，即便不是每天也行，他弟弟真一才能慢慢中用，这样也帮了我的大忙了。真一这孩子性情温顺，到现在还动不动被龙助开玩笑地喊'童男'，他最讨厌这个啦……因为小时候被选作童男，坐过祇园祭节的彩车吧。"

"他长得漂亮，和我家千重子从小就是好朋友……"

"您家千重子小姐……"水木又不知说什么才好。

"那个，您家千重子小姐……"水木重复道，然后用简直像是生气的口气说，"您怎么生这么一个漂亮的好女儿？"

"这不是我们做父母的本事，那孩子天生就这样。"太吉郎很直接地答道。

"我想您已经知道了，您的店跟我家也差不多，龙助嚷嚷着要去帮忙，其实就是为了能待在千重子小姐身边，哪怕就半个小时或一个小时也好。"

太吉郎点点头。水木擦了擦跟龙助很像的额头："犬子不才，但是很能干活。我决无意强求。不过，说不定有一天千重子小姐会觉得我家龙助也不错，要是那样的话，我就厚着脸请你把他收养为上门女婿。我这边就解除跟他的继承关系……"水木说着，向太吉郎低下头。

"解除继承关系？"太吉郎大为震惊，"你要把大批发商的继承权……"

"继承店铺这种事也并不是人生的幸福啊。我看着最近的龙助，是这么想的。"

"您的想法很是让人感激。不过，这种事还是交给两个年轻人自己吧，看他们彼此心意有什么变化吧。"太吉郎避开水木强烈的话锋说，"千重子是个弃儿啊！"

古都　　181

"弃儿又有什么关系呢？"水木说，"我说这些话，您就藏在肚子里。那么是不是可以让龙助去您店里帮忙呢？"

"好的。"

"谢谢，谢谢。"水木身上也觉得轻快多了，连喝酒的样子也不一样了。

第二天一大早，龙助就来到太吉郎的店里。他到了之后，立马就把掌柜和店员召集到一起，清点货物——香云绸、白绸子、刺绣绉绸、京都绉绸、绫子、特等绉绸、捻线绸、结婚礼服、长袖和服、中袖和服、窄袖和服、锦子、缎子、高级印染绸子、出访礼服、腰带、黑绢、和服的零星配件等等。

龙助只是在一旁看着，什么话也没说。掌柜从上次开始，就觉得跟龙助不好相处，连头也没抬起来。

龙助谢绝大家的挽留，还是在晚饭前回家了。

到了晚上，有人咚咚地敲着格子门，是苗子来了。敲门声也只有千重子听见了。

"哎呀，苗子，从傍晚就开始冷了起来，你还能来，真是太好了。"

"……"

"星星都出来了。"

"千重子小姐，我该怎样给你父母打招呼才好呢？"

"我早就提前跟他们说好了，你只要说你是苗子就行啦。"千重子搂住苗子的肩膀向里走，她边走边问，"吃晚饭了吗？"

"我在那边吃过寿司才来的，不必麻烦了。"

苗子见到千重子父母，很是拘谨。父母二人看到竟然有这么像的人，吃惊到几乎说不出话来。

"千重子，你们俩去后面二楼，慢慢聊吧。"母亲阿繁很体贴地说。

千重子一只手拉着苗子，走过狭窄的走廊，来到了后面的二楼，点上了暖炉。

"苗子，过来一下。"千重子把苗子叫到穿衣镜前，两人凝视着镜中两张脸。

"多像啊！"千重子顿时觉得浑身充满了暖意。她们左右互换位置，又看了看，"简直就是一模一样了呀！"

"本来就是双胞胎嘛。"苗子说。

"要是人们都生双胞胎的话，会怎么样呢？"

"那样的话，大家总是会认错人，不是很难办吗？"苗子后退了一步，眼睛湿润了，"人的命运真是难以预料啊。"

千重子也走到苗子身边，使劲晃着苗子的双肩，说："苗子，你就不能在我家一直待下去吗？我父母也这么说……我一个人的话太寂寞了……虽然我不知道住在杉山会有多自在。"

苗子站不稳似的跟跄了一下，跪坐了下来。然后，她摇摇头。她摇头的时候，眼泪几乎就要落在膝盖上。

"小姐，现在你我之间的生活不同，教养也不一样。我不能在室町这里生活。我只要能来你们店里一次，只要一次也就够了。也是想让你看看你送给我的和服……再说，小姐你还特意来过杉山两次。"

"……"

"小姐，我父母抛弃孩子的时候，选的是你。可是我也不知道为什么。"

"这种事，我早就忘得一干二净了。"千重子无所拘束地说，

古都　183

"现在我早就不认为有过这样的父母了。"

"我有时会想咱父母不知道受没受报应……那时我也只是个婴儿。请你原谅啊。"

"这事儿,你有什么责任和罪过呢?"

"虽然没有,但之前我也说过,我一点儿也不愿意妨碍小姐的幸福。"苗子压低嗓音,"我干脆直接消失好了。"

"不要,干吗那样?"千重子加强了语气,"感觉很不公平……苗子,你觉得自己不幸福吗?"

"不是,只是觉得孤单。"

"也许就是幸福短暂,而寂寞长久吧。"千重子说,"咱们躺下再好好聊聊吧。"千重子从壁橱里拿出卧具来。

苗子一边帮忙一边说:"幸福,也就是现在这样吧!"

苗子在认真听着什么,千重子见状就问:"雷阵雨?雨夹雪?还是夹着雨夹雪的雷阵雨?"然后也停下来了。

"不知是不是,不是小雪吗?"

"雪?"

"因为听不到雨声啊。虽然也算不上是雪,但确实是细细的小小的雪。"

"嗯。"

"山村里有时也会下这样的小雪。在干活的我们都还没注意到的时候,杉树的叶子上面像花一样变白,冬天枯萎的林木,常常连小小的枝丫都成了白色的,很是漂亮。"苗子说。

"……"

"有时小雪很快会停,有时会变成雨夹雪,有时也会变成雷阵雨……"

"打开挡雨板看一下怎么样？一看就知道了。"千重子刚想站起来过去，就被苗子一把抱住，"还是算了吧，天又冷，我的梦也会幻灭的。"

"幻、幻，你总是说这些。"

"幻……"

苗子美丽的脸颊上露出了微笑，但是微笑中又带着一丝淡淡的哀愁。

千重子要铺床铺，苗子急忙说："千重子小姐，请让我给你铺一次床好吗？"

但是，千重子默默地钻进并排铺着的苗子的被窝里。

"啊！苗子，你身上真暖和！"

"毕竟是干的活不一样，住的地方也……"

然后，苗子抱紧千重子。

"像这样的夜晚，也是会很冷啊。"苗子似乎一点也不觉得冷，"细雪纷纷扬扬，停了再下，下了再停……今夜……"

"……"

父亲太吉郎和母亲阿繁好像上楼去了隔壁房间。由于上了年纪，他们用电热毯去暖床铺。

苗子把嘴凑到千重子耳边，悄悄地说："千重子小姐的床铺已经暖和了，我到旁边的床上去。"

在那之后，母亲把隔扇拉开一条小缝，看了看两个姑娘的卧室。

第二天清晨，苗子起得很早，把千重子摇醒："小姐，这可能就是我一生的幸福吧。趁着没被人看见，我该回去了。"

古都　185

正像昨晚苗子所说的那样，细雪在半夜里下下停停，现在还纷纷扬扬飘着雪呢。真是一个寒冷的早晨。

千重子起来："苗子，你没带雨具吧？等一下。"千重子说着，把自己最好的天鹅绒大衣、折叠伞和高齿木屐都给苗子备齐了。

"这是我送给你的。你要再来啊。"

苗子摇摇头。千重子攀着红格子门，久久地目送苗子远去。苗子却始终没有回头。少许细雪飘落了在千重子的刘海上，很快就消失了。这时，整个城市还在沉睡着。

舞姫

皇居①的护城河

　　东京的日落之时是下午四点半左右,现在已经是十一月中旬了……

　　出租车②发出令人厌恶的声音后停下,后边喷出一道黑烟。车后边堆着装炭的稻草包和装柴的袋子,后边还挂着一个扭曲的旧水桶。

　　后边的汽车鸣笛,波子回头看:"好怕,好怕啊。"她说着,缩起肩,挨近竹原。

　　然后她想要挡住脸一样,把手举到了胸前。

　　竹原见波子的手指在发抖,很是吃惊。

　　"什么?怕什么啊?"

　　"会被发现的。差点就被发现了啊。"

　　"啊……"

　　竹原想原来如此,然后望着波子。

　　车子从日比谷公园后边行驶到皇居前广场前一个交叉路口的时候,停在了正中间。本来这条路车来车往的很繁忙,加上又是下班时间,所以两人车子后边停着两三辆车,并不断有车子从两侧行驶而过。

---

①皇居:日本天皇住所。明治维新时,日本首都由京都迁移至江户,江户易名为东京,前江户城则被改为天皇的居所。从1888年至1948年皇居的正式名称是"宫城",1948年之后改称"皇居"。

②出租车:此处的出租车是以木炭为燃料的汽车。

堵在后边的车子一倒车，车灯的光照射到了二人的车里。波子胸前的宝石闪烁着光芒。

波子身着黑西装，左胸前别着一枚胸针。胸针是细长的葡萄串形状，藤是银的，叶是暗蓝色宝石，然后上面缀着几粒钻石做的葡萄。

她还戴着项链，搭配了珍珠耳环。

但是珍珠耳环被头发挡着，隐约才能看到。脖子里戴的珍珠也因白衬衣的蕾丝花边的遮掩下，没那么显眼。蕾丝花边看起来像是白色，其实可能是淡淡的珍珠色。

蕾丝花边一直延伸到胸口以下，材质柔软高档，在她这个年龄，更是增加了几分雅致。

不高不低的小立领也有一样的蕾丝花边，从两耳下方开始还有褶儿，越到前面褶儿越圆越深，犹如细波一样地荡漾在她细长的脖颈周围。

黄昏的微光里，波子胸前的宝石在闪烁，仿佛在向竹原诉说着什么。

"你说会被发现，在这种地方能被谁发现呢？"

"肯定是矢木啊……然后还有高男……高男和他爸一条心，肯定在监视着我呢。"

"你丈夫不是在京都吗？"

"不知道啊。说不定什么时候就回来了呢。"

波子摇着头说："竹原先生，都是你让我坐这种车。你从很久以前就一直做这种事情。"

车子拖着讨厌的声音，还是动起来了。

"啊，总算动起来了。"波子小声嘟囔着。

交警也看到了这车冒着烟停在了岔路口正中间，但是没有过来问责，可能是因为停的时间很短吧。

仿佛刚才那股害怕的劲儿还留在脸上似的，波子用左手摸着自己的脸颊。

"你责备我让你坐这种车，可……"竹原开口说，"那是因为你像要拨开人群逃走似的从公会堂出来，然后慌慌张张、心神不宁的样子。"

"有吗？我自己没注意到，也许真的就是那样吧。"

波子低下了头。

"今天也是，我出门的时候，突然想要戴两个戒指试试。"

"戒指？"

"对。因为是我丈夫的财产……如果碰见我丈夫的话，他就能看到自己的宝石在他不在的时候还被戴着，他会高兴的……"

就在波子这么说的时候，车子又发出讨厌的声音，停了下来。

这次司机下车了。

竹原看着波子的戒指说："你是想到会被矢木发现，才戴的宝石啊。"

"对，也不是这么故意……只是突然想起来的。"

"吓我一跳。"

可是波子好像没有听到竹原的话似的，"真讨厌，这车……肯定没什么好事儿。好怕啊。"

"这么多烟啊。"竹原也望着后边的车窗，"好像要打开炉盖点火。"

"这破车真是糟透了。下车走着去不行吗？"

"要不先下车吧？"竹原推开了很难开的车门。

这里是通往皇居前广场的护城河边上。

竹原走到司机跟前，回头看着波子。

"你着急回家吗？"

"不，不要紧。"

司机手拿一根长长的旧铁棍，直往炉膛里捅，然后咔嚓咔嚓地搅着。可能是为了多进风，火能旺一点儿。

波子为了避开别人的目光，低头看着护城河里的水。竹原一走近，她便说："今晚我家可能只有品子一个人。我要是回去晚了，那孩子就会含着泪问我怎么了，去哪里了。不过她只是担心我才这么说的，不像高男那样，是在监视我。"

"是吗？但是刚才宝石的事情，着实让我很吃惊。这宝石本来就是你的，你们家的生活也向来如此，一切都是靠你才维持到现在的啊。"

"是这样的，虽然我没有什么力量……"

"真是难以置信啊。"竹原望着波子那有气无力的样子，"我真是理解不了你丈夫是什么心情。"

"矢木家的家风如此啊。从结婚那时开始，一天都没有变过，就是这种老规矩。矢木是什么人，你不是很久之前就知道的吗？"波子接着说，"可能从结婚前就这样。从我婆婆那一辈就开始……公公很早就死了，婆婆凭自己一人之力让矢木上学。"

"可这是两码事儿啊。还有，你是自己带钱嫁到他们家，所以战前你们才能过得很轻松。现在情况不同了啊。这一点矢木心里应该比谁都清楚。"

舞姬　191

"这个我也知道。但是，每个人啊，都背负着自己的悲哀。这是矢木说的。如果悲伤太重的话，其他的事情就会明明知道而不能搞明白，也会有很多不得已的事情。这一点我俩之间互相都认同的。"

"真是蠢啊。我是不知道矢木能有什么悲伤……"

"他说：日本战败后自己内心的美好都破灭了。还说自己是旧日本的亡灵……"

"哼，凭这亡灵的几句牢骚，就想对波子你持家的辛苦视而不见吗？"

"何止是视而不见啊。如果东西少了，矢木就会惴惴不安，待不住。所以才会监视我的做法。我花一些零碎小钱也要一一抱怨。想到如果有一天什么都没有了，矢木是不是打算要自杀，我就很害怕。"

竹原也感觉后背发凉。

"所以你才会戴两个戒指出门啊……矢木可能不只是个亡灵，说不定波子你也被什么亡灵给上了身呢。但是看着自己父亲的这种卑怯的态度，父子连心的高男是怎么看的？他已经不是小孩子了吧。"

"嗯，好像也是很苦恼。关于这一点，他还是同情我的。看着我工作，虽然他也会说要退学去工作。但是那孩子一直以来把父亲作为大学者一样崇拜，是绝对尊敬的。如果有一天他开始怀疑父亲的话，会变成什么样子呢？好可怕。但是在这种地方说这种话，还是……"

"是啊，等什么时候我再慢慢听你讲。但是，看见你现在这么怕矢木，我实在是不忍心。"

"对不起,我已经没事儿了。偶尔会发恐怖症。像癫痫、癔病一样歇斯底里……"

"是吗?"竹原有点儿怀疑地说。

"真的。像刚才那样车突然停下的时候,我就像发病了一样受不了。现在已经没事儿了。"

波子抬起头来:"好美的晚霞啊。"

那天空的色彩,也映照在了项链的珍珠上。

上午晴天皓日,下午薄云淡淡,接连两三天都是这样的天气。

真的是薄薄的云彩,在夕阳西下的空中,云彩和晚霞交融在了一起。但是晚霞里有一丝微妙的色彩,是不是因为有云的缘故啊。

天空低垂,晚霞如烟,将白天的热气完全包裹,泛着红光。可秋夜之寒已开始传来。晚霞的暗红色也恰有这种感觉。

暗红色的天空,有的地方是深红,有的地方是淡红,有些地方还带有浅浅的紫色和蓝色。还有其他颜色,但是和晚霞相交融,看起来像是一直低垂在天边,但有些颜色瞬间变化,很快就消失不见了。

皇居森林的树梢上,还留着一线窄窄的蓝色天空,好似一条丝带。

那一线蓝色中丝毫不见晚霞颜色。在黑沉沉的森林和红彤彤的晚霞中间,画出一条鲜明的分界线。这一线蓝色看起来很遥远,静谧而清澈,还带着伤感。

"好美的晚霞啊。"竹原也说道,不过只是重复了波子的话罢了。

竹原担心波子，觉得晚霞也不过如此而已。

波子持续看着天空。

"从现在一直到冬天，晚霞会很多的。这是能令人回忆起孩童时代的晚霞，不是吗？"

"对……"

"冬天这么冷，还在门口看晚霞，会冻感冒的，我小时候经常被家人这样训斥。啊……我曾想自己爱看晚霞是不是被矢木给感染了。但是仔细想想，我从小时候就这样子了。"波子转向竹原，"但终究还是有些很奇妙的地方。刚才进日比谷公会堂之前，看到了四五棵银杏树，而公园出口处也有四五棵银杏树吧？同样大小的树并排立在那里，变黄的程度却不一样。而且有的树落叶多，有的树落叶少。树是不是也跟人一样，都有各自的命运啊……"

竹原没有答话。

"就在我思考着银杏树的命运而出神的时候，车子咔嗒咔嗒地就停了下来。我很吃惊，就害怕了起来。"波子说着，看着车子。

"好像暂时也修不好啊。就算等，站在车边上的话，别人会看见的，咱们去对面吧。"

竹原跟司机说了一声，边付钱边转头看，只见波子已经穿过马路了。背影看起来很轻快很年轻。

对面护城河尽头的正面是麦克阿瑟司令部，就在刚才还感觉屋顶上飘着美国国旗和联合国旗呢，这会儿不见了。是不是刚好是降旗的时间啊。

司令部上方东边的天上，并没有晚霞，只有薄云高高地飘散在那里。

波子感情易有波动，这个竹原是知道的。但是看到波子麻利敏捷的背影，竹原不禁想是不是她自己所说的"恐怖症发病"已经消失了呢。

竹原也走到马路对面，轻轻地说："能在车流中这样轻松自如地横穿过来，真不愧是跳舞的，刚才用的也是跳舞时的节奏吧。"

"是吗？你这是在取笑我吗？"然后波子有点犹豫地问道，"我也能笑话你一下吗？"

"笑话我？"

波子点了点头，然后就低下头来。

司令部白色的墙壁，从正面倒映在护城河中。窗子的灯光也倒映在水中。

但是建筑物的白影渐渐变淡，不一会儿，水面上仿佛只剩下了灯影。

"竹原，你幸福吗？"波子轻声说。

竹原转过身来，没有答话，波子一下子脸红了。

"现在你已经不这么说了吗？以前你还这么问过我好几次呢。"

"对啊，那都是二十年前了吧。"

"你都二十年没有问过我了，这回换我来问你。"

"然后呢，这就是你说的笑话我？"竹原说着笑了，"现在问也知道啊。"

"以前不知道吗？"

"这个嘛，当时正因为知道才故意问的。人们不会去问一个幸福的人幸不幸福吧。"竹原说着，朝皇居的方向走了起来。

舞姬　195

"我是觉得你结婚就是个错误,所以才会在结婚前和结婚后都问你的。"

波子点了点头。

"那是什么时候来着?西班牙舞蹈家来的时候,是你结婚后的第五年吗?我记得在日比谷公会堂偶尔碰见了你。你就坐在二层前面的招待席,和你一起跳芭蕾的朋友在,你丈夫也在。我坐在后边,藏了起来。但是你看见我之后,就大模大样,毫无顾忌地走上来,一下坐在了我旁边,而且就再也没动。我说这样对你丈夫和朋友都不好,让你回去。可你却说要坐我旁边,你会乖乖地不说话……就这样你坐在我旁边,两个小时一动不动,一直到结束为止。"

"是的。"

"我大吃一惊。矢木很在意,一直忐忑不安地抬头往我这里看。而你却不下去。我那时候真不知道该怎么办。"

波子放慢脚步,突然站住了。

竹原见皇居前广场入口处有一个告示牌,上写着:"此公园是大家的公园,请保持整洁。"

"这里也算是公园吗?这里也成公园了吗?"

竹原读着厚生省国立公园部的这个告示牌,说道。

波子看着公园的远处。

"我们家高男和品子在战争期间,还从学校来过这里,他们在这搬土,割草。一说起要去宫城前面,矢木便会给孩子们用冷水清洗身子。"

"那时候的矢木,肯定会这么做的。那个时候的宫城,现在已经不叫宫城了,改称皇居了。"

皇居上方的晚霞颜色已大部变淡,灰色慢慢扩展开来,反倒是东方的天空上还残留着白天的亮光。

但是给皇居的森林镶边的那一线蓝色还没有消失,只不过略带铅灰色,显得颜色更深了。

森林中有三四棵松树,穿破那一线蓝色的天空,在晚霞的余韵中,描绘着松树独有的黑色姿态。

波子一边走,一边说:"天黑得真早啊。从日比谷公园出来的时候,国会议事堂的塔还映着桃色的光呢。"

国会议事堂,已经被晚霞笼罩,顶部的红灯忽明忽暗。

右手边的空军司令部和总司令部的屋顶也是一样,红灯忽明忽暗的。

越过护城河堤上的松树,可以看见总司令部窗前的亮光在闪烁。松树下幽会的男女的身影昏暗,能看到有那么几对。

波子有点犹豫,停下脚步。竹原也看到了幽会男女那萧索的影子。

"太冷清了,咱们绕道对面的路上去吧。"

波子说着,两人转身折了回去。

因为看到幽会的人影,使他们发觉自己也像是在幽会一样地散步。

虽然是因为竹原送波子去东京站的途中车子抛锚了,他们才在这里散步的,但却是波子打电话约竹原来日比谷公会堂听音乐会的,所以这无疑从一开始就是幽会。

但是两人都已经年过四十。

谈及往事,自然就谈到了爱情。波子谈自己的境遇,听起来也像是爱的倾诉。多少岁月在两人间流逝。这些岁月既是两人的联系，又是两人间的隔阂。

"你说不知道怎么办，指的是不知道什么啊？"波子又提起刚才的话茬。

"啊，那个时候啊……我那个时候还年轻，对于你的心理，真的不知道怎么判断。把矢木抛到一边，一直坐在我旁边，我觉得是一件特别胆大包天的事情。这么决绝的事情，你为什么会做呢？不过想来，以前你就有时会表现出激烈的感情，让人很吃惊。我想那次也是一样的吧。我猜肯定是……"

"刚才你自己说发病了，但是那个时候和刚才如果都是发病所致的话，是截然不同的。那个时候你好像无视了自己的丈夫，今天你却如此恐惧应该还在京都的他……"竹原说。

"如果那个时候我偷偷带你离开公会堂，两个人逃掉的话，会不会就好了？刚好我那时也没结婚。"

"但是那个时候我都有孩子了啊。"

"但是，比起这些，我心里只想着你的幸福，也许是我错了。因为那时候的我还年轻，坚信女人一旦结婚了，幸福就只有从婚姻找寻……"

"现在也是一样啊。"

"虽说如此，但也不是。"竹原先是轻声说道，然后又加强语气，"但是那个时候，你离开矢木坐到我旁边，也是因为你的婚姻是幸福和平的，所以才能这么做的吧。因为你信任矢木，有安全感，所以你这种肆意奔放才会被容忍的吧。我是这么认为的。看到我，可能你只是突然觉得很怀念。来到我旁边，你可能也不觉得对不起矢木。即便是那样，你一直坐着也是很奇怪的。你当时不说话，我又觉得不能看你，所以一直往旁边看。所以说我那时候不知道该怎么办。"

波子沉默了。

"矢木的外表也让我不知如何是好。那样一个性格温顺的美男子，看着他，谁又能想象到他妻子不幸福呢。如果不幸福的话，也会被认为是他妻子不好。现在也是吧。那是前年，还是大前年啊，我借住在你们家的厢房时，有一次好像是没钱交电费了，我把自己的工资袋给你，你啪嗒啪嗒掉下眼泪，说工资袋还没有开封……你说结婚以来，还没见过丈夫的工资袋……我当时很吃惊。但是我首先想到的是，这是不是你一直以来的做法不对所导致的？矢木看起来是这么的优秀。何况你俩并排走过去，不是还有人回头去看吗？就算我知道你们结婚的出发点是错误的，但是之所以会问你幸福吗，是因为我在怀疑我的眼睛。你不回答我，我觉得也是理所当然的。"

"我问你，你不也没有回答我吗？"

"我？"

"嗯。我刚才问过你的啊。"

"我们只是平平凡凡。"

"平凡的婚姻，存在吗？你在撒谎吧。每个人的婚姻都是非凡的。"

"可是我不是矢木那样非凡的人……"竹原想要岔开话题一样地说道。

"不是的。我看到我学校的朋友大抵都是一样的。并不是因为那个人非凡，婚姻就非凡。两个平凡的人走到一起，婚姻也会变得非凡。"

"您说得对。"

"'您说得对'，你又这么说了。这什么时候成了你的口头禅了……就跟老年人故意岔开话题一样，不觉得讨厌吗？"波子把眉毛温柔地抬了一下，然后瞅了一下竹原的脸。

"总是让你听我说我家里的情况。"波子决定自己主动去岔开话题。

虽然她心里很焦躁，想进一步问一下，但是最后还是没能引出竹原家庭的话题。

"那车还没动，还冒着烟呢。"波子笑了。

日比谷公园上空，月亮出来了。大概是初三或者初四的月亮吧。弓形月牙，不偏不斜，直直地挂在云间。

两人走到护城河边。

望着水中倒映的灯，两个人停下了脚步。

司令部窗里的灯，从正面投下长长的灯影，摇曳在水里。

右岸边的柳树，左手边稍高的石崖，还有上面的松树，都在灯影的旁边投下微暗的影子。

"今年中秋圆月是九月二十五日还是二十六日来着？"波子问道，"这里的照片，刊登在了报纸上。就是司令部上空的圆月……还有这灯影。只有成列的窗子倒映在水上，上面还有一道光影，好像是明月的影子。"

"你在报纸上的照片里能看到这么细微的地方吗？"

"嗯。照片像明信片一样，但是留在我的印象里。还照上了石崖和松树，相机应该架在那里的柳树中间吧。"

竹原感受到了秋夜的凉意，像催促波子一样，边走边嘟囔着："你跟孩子们也说那样的话吗？这样只会让他们变得脆弱。"

"脆弱……我就那么脆弱吗？"

"品子一登上舞台，是表现得很坚强，但接下来要是变得像你的话，就难办了。"

跨过护城河之后，他们向左拐了。日比谷方向走来了一队巡警，只能看到他们皮带上的金属扣在闪着光。

波子让开路，贴近竹原，差点挽住他的手臂。

"所以，希望你能帮下品子，守护她。"

"先不提品子，你呢？"

"我不是已经很多事情都在仰仗你吗？从在日本桥能有排练场开始，一直都是多亏了你……而且现在你能帮我保护品子的话，就相当于保护我啊。"

波子避开巡警的队列，靠着岸边的柳树走。

垂柳细小的叶子基本还没有凋落。

但是电车线路两旁的法桐树，这半边还有泛黄的树叶，但是对面虽然是同样的法桐，叶子却已经掉光，成了一株秃树。是因为在公园的树的阴影里才这样的啊。但是仔细看，这边的街道树，有的叶子基本掉光，有的还有青叶，两种夹杂在一起。

竹原想起波子说的"树是不是也跟人一样，都有各自的命运啊……"这句话。

"如果没有战争的话，说不定品子现在能在英国或者法国的芭蕾学校里跳舞呢。我也可以跟她一起去。"波子说道，"那孩子浪费了大好的学习时间啊。已经无法挽回了。"

舞姬

"品子还年轻呢，现在才是开始……但是你也想过这种逃脱办法啊。"

"逃脱？"

"从婚姻中逃脱……离开矢木，逃到国外去……"

"哦，这个嘛……我只考虑品子的事，为了女儿才活着的……现在也是一样……"

"躲进跟孩子的关系里，也是母亲的逃脱方法啊。"

"是吗？但是，我觉得我的感觉更加激烈，差点要疯掉。因为品子变成芭蕾舞者是我未实现的梦想……品子就是我。我们常常搞不清楚，究竟是我成了品子的牺牲品，还是我牺牲了品子。一想到这些，就发现自己能力有限，不行啊。"波子说着，不由得低下头。

"瞧，有鲤鱼，白鲤鱼。"波子喊着，然后望着护城河，拨开了垂到脸庞和肩头的柳枝。

两人走到了日比谷的交叉路口，护城河也在这里拐角。

拐角处的河水里，有一条白鲤鱼，一动不动。不浮也不沉，就待在水里。不知是不是拐角的缘故，有垃圾堆在这里，只有那里能看到浅浅的河底。河底也有沉下的落叶。但是跟鲤鱼一样，也有在水中一动不动的法桐落叶。波子拍掉的柳叶，散落在水面上。河水呈浅黄色没有流动。

借着司令部窗灯的光，竹原也在盯着鲤鱼看，然后退到后边，盯着波子背影看。

波子的黑色裙子下摆处收紧，细细的，将腰部到脚的曲线显现出来。

从青春时代开始，竹原在看波子跳舞时就见过，这曲线让他心跳不已。这美妙的女人的线条，现在也没有变。

但是，那般身姿美妙的波子，竟然在盯着看晚上护城河里的鲤鱼。竹原觉得这算怎么回事，心里受不了了。

"波子，这东西，你准备看到什么时候？"他声色严厉地喊道。

"别看了。你不能看那种东西。"

"为什么啊？"

波子转过身来，从柳树下回到了人行道上。

"那种小鲤鱼，就算有一条，也不会有人去看的。你却一直看……"

"就算没人发现，没人知道，这鲤鱼就在这里啊。"

"你就是这种性格的人，会想着去看孤零零的鱼。"

"可能是吧。但是这么宽的护城河里，这鱼偏偏在经过的人多的拐角的边缘，就那样一动不动，你不觉得很不可思议吗？经过的人，没有人会注意，之后有人说关于这鱼的事情时，恐怕别人都认为是在说谎吧。"

"那是因为能看到的人有问题啊……也许是鱼儿想被你看到，才特意游过来。孤独之身间的同病相怜吧。"

"嗯。鲤鱼对面的护城河正中间有一个写着'请爱护鱼儿'的告示牌。"

"哦，那不错啊。上面没有写'请爱护波子'吗？"竹原笑了，然后像是在找告示牌一样望着护城河里的水。

"那儿！你不会连告示牌也看不到吧？"

一辆美军巴士开到了两人旁边，车上坐着男男女女的美国人。

舞姬　203

人行道两边旁，美国新型的汽车排成一列，然后接连开动了起来。

"在这种地方看着可怜的鱼儿，你这样可不行啊。"竹原又说起来。

"你这种性格早就该改掉的。"

"对啊，为了品子也要改。"

"这也是为了你自己……"

波子沉默了一会，冷静下来后说："也不光是为了品子，我决定卖掉我家的厢房。因为是租给你住过的厢房，所以想提前给你说一声……"

"是吗？要不我来买吧。这样的话，如果，我是说如果，将来你要卖正房的时候，可能比较好办。"

"真的？这个主意，是你突然间想到的吗？"

"对不起。"竹原好像道歉一样，"我超前说了一些失礼的话……"

"没事。正如你所说，反正正房早晚都是要卖的。"

"如果真是那样的话，买正房的人肯定会在意厢房里住着什么样的人。虽说是厢房，但都在一个院子里，连声音都能听到的，所以到后来正房也不好卖了。如果我买了厢房的话，你卖正房的时候，我也可以把它转让给买家……"

"这个……"

"但是与其卖厢房，不如把四谷见附那块被烧毁的废地给卖了。现在那里只剩下断壁残垣，到处都长满杂草了吧。"

"嗯。但是将来我想在那里为品子建一个舞蹈研究所呢……"

竹原本想说根本没有希望能建起来，但还是说："也不是就得选在那里啊，真到了能建的时候，肯定能找到更好的地方的。"

"话虽如此，那块地承载了我和品子的舞蹈梦想。从我还年轻，品子还小的时候开始，那里就有舞蹈的精灵在。我时常能看到很多跳舞的精灵。不能把那块地交给别人啊。"

"是吗？这样的话，干脆这次把北镰仓的整个院子都卖了，然后在四谷见附建一个新家，兼做研究所怎么样？这个还有可能。以我现在的工作状态，也许还可以尽点微薄之力。"

"我丈夫到底还是不会同意的。"

"那就靠你的决心了。如果你不下定决心的话，哪有这么容易就能建起研究所。我认为现在就是机会啊。靠着变卖家财勉强度日的话，到最后什么都捞不着。如果趁现在建一个还不错的研究所的话，刚好有很多人发愁找不到练习场，加上还可以借给其他舞蹈家使用，对品子不是也有好处吗？"

"我丈夫肯定不答应的呀。"波子无力地回答，"即便我跟矢木说，他也一直像往常一样'哦'一声，一副在深思的样子。以前还以为他是一个心思很重的人，这次就是'哦，是吗？'地一边给人一种煞有其事的感觉，自己一边又在暗下盘算。"

"不会吧……"

"我觉得肯定是的。"

竹原转向波子，波子也和他对视。

"但是我觉得矢木有点儿不可思议。我找他商量事情的时候，他总是立马就下结论，也没有左右为难，举棋不定过。"

"是吗？那要么只是对你没有盘算什么，要么就是我是一个俗人多想了吧。"波子的目光一直没有从竹原脸上离开。

舞姬　205

"但是,你买了我们家的厢房之后,打算怎么办呢?"

"用来干什么呢?我还没想过呢。"

然后竹原有点开玩笑似的说:"我可是被矢木从厢房里给委婉地赶出来的,我要是买下来的话,我就会住进去,准备报复他。但是他是不会卖给我的吧。"

"矢木这人的话,敲一敲算盘,说不定出乎意料地就真的卖给你了呢。"

"矢木不是没有打过算盘吗?负责打算盘的始终不都是波子你吗?"

"这倒是。"

"就像你说的,矢木真有可能卖给我。因为他可是即便在睡梦中,脸上也不会露出嫉妒的神色的绅士啊……如果说不卖给我的话,会被认为是在吃醋,他会不乐意的吧。但是你们之间到底有没有嫉妒心呢?两人互相之间都不会流露出任何类似的苗头,在旁人开来,真是觉得有点瘆人。让人觉得好似暴风雨前的平静一样……"

波子虽然没有说话,但是内心里冰冷的火焰燃烧了起来。

"我虽说也不是因为另有企图才要买你家的厢房的,但是偶尔出现在那里,让矢木看着别扭,不也很有趣吗?我想揭下他君子的假面具……但是在他嫉妒之前,他会先折磨你啊。我这样住在你们旁边的话,内心也不会平静的。"

"不管你在哪里,我的痛苦是没有变化的。"

"因为我而痛苦?"

"那也是有的。还有其他原因。建舞蹈研究所的话,对品子是有好处的,但对于高男呢,又怎么样呢?高男是个模仿性强的孩子,现在慢慢地模仿自己的父亲。但是从他的角度讲,也是情有可原的。我要是只是偏爱姐姐的话,他很容易就会生活在姐姐的影子里……"

"是啊,不得不注意啊。"

"还有,作为经纪人的沼田也纠缠不休地离间我们四个人。甚至挑拨我和品子之间的关系……他似乎想要让我们分开,然后将我变成玩具,并且霸占品子一样。"

在这边河岸的柳丛中间,又出现一块写着"请爱护鱼儿"的告示牌。在司令部正前面,不知是否因为窗前灯光明亮,从这里的护城河里面能稍微看清对岸的松影和这边柳树的倒影。

窗子灯光隐隐约约,一直照射到对岸的石崖角落里。在石崖之上,能看到幽会男人抽烟时闪烁的亮光。

"好可怕。那个,那个车里,矢木是不是就坐在里面啊?"波子突然缩了一下肩膀。

母亲的女儿与父亲的儿子

矢木元男带着儿子高男走出了上野的博物馆。

在石头做的玄关正中间,父亲停止了脚步。因欣赏古代美术而疲劳的双眼映着公园里的树木,他不由得伫立在那里。古代美术依然留在脑海里,但是眼前自然的景色似乎让他觉得耳目一新。

父亲嘴角扬起,眺望着公园里的景色。高男在旁边,盯着自己的父亲。

父子二人很是相像，但相比之下，儿子个子矮一些，身形较瘦。

二人时隔二十日不见，儿子用觉得父亲很伟岸的眼光盯着父亲看。

二人是在雕刻陈列馆碰到的。

矢木从二楼走下，刚走进雕刻室的时候，看到高男就站在兴福寺的沙羯罗佛像前面。

一直到矢木走到跟前，高男才转身发现父亲，脸上有点尴尬的神情。

"欢迎您回来。"

"哦，回来了。"矢木点点头，"怎么回事儿啊？没想到在这种地方碰见啊。"

"我是来接您的。"

"接我？你怎么知道我在这儿啊"

"您信上说要和博物馆的人搭乘夜班火车回来，我想您可能不直接回家，而是先到博物馆来。早上我还是在家等着呢……"

"哦。谢谢啊。信是什么时候到的？"

"今天早上……"

"刚好赶上了？"

"嗯。但是因为今天刚好是姐姐排练的日子，那时候妈妈和姐姐已经出门了。所以两人都不知道您今天要回来。"

"是吗？"

两人好像避免对视一样，一齐看着沙羯罗佛像。

"我一直在想虽然知道您大概是要去博物馆，但是具体在哪里能找到您呢。"高男说，"最终我决定在沙羯罗或者须菩提佛像前面等您。这主意不错吧。"

"嗯,是个好主意。"

"父亲您每次来博物馆的时候,离开前都会在兴福寺的须菩提和沙羯罗佛像前面站上一会儿的吧?"

"是啊。脑袋里会一下子清醒起来。心里的那些阴云和杂念也会被洗涤掉。而且感觉各种疲劳和僵硬都没了,有种说不上来的温暖的感觉涌上心头。"

"在我看来,有着孩童面孔的沙羯罗眉头靠在一起的感觉,跟姐姐和妈妈有点相像,不是吗?"

父亲摇了摇头。

父亲摇摇头,很是不以为然,但是突然间神情又放松了。

"是这样吗?首先你会觉得妈妈和品子像天平时代的佛像,是了不起的。你跟她们俩多讲讲话的话,她们也会变得亲切一点。但是沙羯罗可不是女人。女人怎么会有这样的面孔呢?沙羯罗是少年,东洋神圣的少年,威风凛凛地站立着,让人觉得天平时代的奈良真的会有这样的少年。须菩提也是一样的。"

"嗯。"高男点点头说,"但是我在等您的时候,在沙羯罗和须菩提前面站久了,会觉得这两尊佛看起来很哀伤啊……"

"是吗?这两尊都是干漆佛像,可能雕刻师在用干漆这种素材的时候,带上了抒情色彩吧。所以天真的少年像也表现出了日本式的哀愁。"

"姐姐经常颤动着的上眼睑有时也会皱起,表现出和这佛像一样的伤感眼神。"

"是吗?但是,让眉头靠在一起也是佛像的一种雕塑方法啊。

舞姬　209

和沙羯罗一伙儿的八部众的阿修罗像,和须菩提一伙儿的释迦十大弟子像中的几个也都是眉头靠在一起的。虽然这个沙羯罗造成了一个很可爱的童子模样,但他其实是八龙王之一,实际上是龙。他负责护持佛法,拥有惊人的法力,是水里的大王。这佛像里面也有那种法力的。你看,缠在肩膀上的神蛇在他头上方扬着镰刀形的脖子吧?但是按人形做出来的,看起来和蔼可亲,所以看起来也像某人一样。佛像看起来如此写实,是永远的理想的象征。在可爱的天真烂漫之中还有清澈的伟大,浸染人心的沉静之中还有深邃的律动。咱们家的两位女士与之相比,很遗憾的是在智慧深度上是大不相同的。"

两人从沙羯罗佛像前走到了须菩提前面。

须菩提像更像是若无其事地以自然的姿态竖立在那里。

沙羯罗高五尺一寸五分,须菩提高四尺八寸五分,都是立像。

须菩提身着袈裟,右手持着左袖口,脚穿金刚木屐,恭谨安详地站在岩座之上,也带着几许寂寥。人间到处可见的纯洁安详的佛头和童颜之上,有一种永恒的东西。

矢木默不作声,从须菩提的前面走开了。

然后他走出了玄关。

突出的玄关大石柱好似将博物馆和上野公园框起来的相框一样。

父亲站在玄关正中间的花岗岩地板上,高男认为父亲在日本人中是少有的看起来不寒酸的人。

"这次很走运,因为考古学会和美术史学会刚好连着开,所以两个会我都出席了。"说着,父亲慢慢地捋了一下自己的长发,戴上了帽子。

矢木说是在京都参加了考古学会和美术史学会，其实也只不过是参观了两个学会举办的个人作品集的展览而已。

矢木既不是专业的考古学者，也不是美术史学者。

他也曾把考古学的参考品当作古代美术品来欣赏，但是他大学里学的是国学学科，应该是日本文学史吧。

战争期间，他写了一本叫作《吉野朝的文学》的书，然后作为学位论文提交给当时举办讲座的私立大学。

在书中他写了关于南朝人战败后流浪到吉野的山林之间，恪守、传承、憧憬着王朝传统的文学和史实调查。在写到关于南朝天皇们的《源氏物语》研究的时候，矢木边写边流泪。

矢木也到访过北畠亲房的遗迹，也试着追随《李花集》里宗良亲王的流浪之旅的路线，一直步行到信浓。

据矢木所言，圣德太子的飞鸟时代、足利义政的东山时代等不用多说，连圣武天皇的天平时代、藤原道长的王朝时代也不是和平的时代。人类战争的时代长河里，美的浪花才得以绽放。

矢木之所以能看到藤原时代的黑暗，是在读了原胜郎博士的《日本中世史》之后。

而且现在矢木还在写《美女佛》的研究，也是受矢代幸雄博士的著作《美术的特质》等书中的美学所启发。矢木也想把《美女佛》命名为《东洋的美神》，但是那样又与矢代博士太相似了。比起用"神"，矢木更想用"佛"一词。

因为"神"这个词，矢木在日本战败之后，吃了苦头，心里也伴着内疚的情绪。《吉野朝的文学》之所以如今成了一本哀伤于战败的书，当然也是因为在日本的美学传统里，一直将皇室看

舞姬　211

作神的存在。

矢木所写的《美女佛》主要是观音。但是除了观音,也会任意加入了弥勒、药师、普贤、吉祥天女等这些有女性美的佛祖,试图从这些佛像和佛画之中汲取日本人的精神内核和美。

因为矢木既不是佛学学者也不是美术史学学者,所以写得应该很浅显,《美女佛》也许会变成奇怪的文学论吧。要是写成一本文学论的话,矢木觉得自己能写。

如若是作为国学学者的话,矢木也许涉猎面很广。

矢木是贫困书生出身,刚和波子结婚的时候,他对女学生们喜欢的中宫寺的观音像都一无所知,也没有去过有弥勒像的京都广隆寺。他在没看过与谢芜村的画的时候,学习了芜村的俳句。虽说是国学学科毕业,也没有比女大学生的波子有多少日本文化的教养。

"名古屋的德川家在出展《源氏物语绘卷》,你可以去看看啊。"波子曾这么说,并叫出她家的老女佣拿路费出来。这老女佣当时在负责帮她家管钱。

矢木的惭愧和懊恼之心,真是彻骨之深。

博物馆里还有南画(日本文人画)的名作展览。

当然其中也有与谢芜村的画作。矢木以前只研究过他的俳句,并不知道他的画。

"你看了二楼的南画吗?"矢木对高男说。

"只是从那里快步走过而已。因为不知道父亲您什么时候来佛像前,所以一直挂念着,没能仔细看其他东西……"

"是吗?真可惜啊。我接下来要去见个人,应该已经没时间了。"

父亲从口袋里拿出怀表。

这是伦敦史密斯公司的古典银表,稍微按一下旁边的金属按钮,便在矢木的口袋里敲了三点的钟声。然后又两声两声地连着敲了两次。敲两声是十五分钟的意思。从声响上可以判断现在大约是下午三点半。

"要是能给宫城道雄这样的盲人使用的话,肯定很方便。"矢木总是这么说。这是走夜路或者晚上放在枕边也能报时的怀表。

矢木还有一块带闹铃的怀表。高男听父亲说过:在庆祝某人著作出版的宴会上,某人在发表长篇大论的席间致辞的时候,矢木口袋里的怀表突然丁零零丁零零地响起来,实在太有趣了。

现在高男听到父亲胸口口袋里那怀表像八音盒般的报时声,觉得很高兴能见到父亲。"我还以为您会从这里回家呢,还要去其他地方吗?"

"嗯,昨晚在火车里睡得很好。不过,你也可以一块过来。我写了点儿关于平安时代文学和佛学美术的东西,有教科书出版商说想把它编进教科书里。反正就商量着要除去里面专业性的东西,然后编成通俗易懂的辞藻华丽的文体。此外,还要再指定插图。"

矢木走下玄关的石阶,眺望着飘落的鹅掌楸树叶。

庭园里就只有这么一株漂亮的鹅掌楸,长着像橡树一样的大叶子,靠在石玄关边上。满是深黄色树叶的大树犹如一位老国王一样安静地站立在那里,看着扩展开来的院子。

"即便我文章里那些精华的部分被删减,但是能让学生们预先感受到藤原时代的美术的话,我认为对他们阅读藤原时代的文学也是有帮助的。"矢木接着说,"与谢芜村的画怎么样?高男你也应该是没看过他的画,只是在国语课上学过他的俳句而已吧……"

"是的。但是我觉得华山好。"

"是渡边华山吗?是啊。不管怎么说,南画方面,池大雅是个大天才。但是现在的年轻人认为……在当时那个年代,华山富有好奇心,在南画里融入西洋风格,还做出了新的努力……"

矢木走出博物馆正门的时候说:"啊,还要见沼田,就是品子的那个经纪人……"

他们乘坐中央线到四谷见附。

他们要横穿马路,朝着圣伊格纳修斯教堂走去。在等着车辆开过去的时候,高男抖动着眉毛说:"我太讨厌那个经纪人了。他要是敢对妈妈和姐姐做什么不好的事情的话,我就跟他决斗……"

"什么决斗?太过激了吧。"矢木温和地微笑着。

可是这到底是当今年轻人流行的话,还是高男性格的体现呢?父亲盯着儿子的脸心想。

"我说的是真的。对那种人,要是不拼上命的话,是没有什么用的。"

"如果对方是那种无聊的人的话,做这种事情就没有意思了。搭上自己的命,不值得。沼田那家伙很胖,肉也厚,任凭你那瘦弱胳膊挥舞小刀,终究是插不透的。"父亲说着,笑了。

高男做了一个瞄准手枪的手势。

"不行我就用这个。"

"高男,你有手枪吗?"

"我虽然没有,但那东西随时都可以从朋友那里借到。"

儿子若无其事的回答让父亲不禁打了个寒战。

喜欢模仿父亲,性格温和的高男,在内心深处是不是隐藏着母亲性格里面的火,不时会病态一样地燃烧起来啊?

"父亲,咱们过去吧。"高男严肃地说。

他们就在从新宿方向开过来的出租车前面跑着穿了过去。

女学生两人一组、四人一伙地穿着制服,低着头走进了圣伊格纳修斯教堂。有可能是马路对面双叶学园的女学生在回家的路上顺便来祈祷。

二人走在外护城河的河堤后边,矢木看了一眼教堂的墙壁。

"新教会的墙壁上也映着老松树的树影啊。矢木平静地说,这里是作为沙勿略①左膀右臂的助手来过的教堂。四百年前圣方济各·沙勿略去京都的时候,也在路旁的松树树荫下走过吧?当时京都正是战场,足利义辉将军到处逃窜。沙勿略尽力想要拜谒天皇,当然没被允许。他在京都只停留了十一日,然后就回平户去了。"

倒映着松影的墙壁,在夕阳的照耀下,染上了一层薄薄的桃红色。

旁边上智大学的红砖墙壁上,也洒满了阳光。

他们一走进幸田屋旅店,就被带到了最里面的房间。

"怎么样,是不是感觉很平静?这里在改为旅馆之前,原本

---

① 圣方济特·沙勿略:即圣方济各·沙勿略,葡萄牙派至亚洲的天主教传教士。他是耶稣会创始人之一,首先将天主教传播到亚洲的马六甲和日本,是最早来东方传教的耶稣会士。

是钢铁暴发户的宅邸,而这间房子是茶室。那个获诺贝尔奖的汤川秀树博士曾经也在这里住过。不管是乘飞机从美国到达这里,还是乘飞机去美国之前都是住这里……游泳运动员古桥广之进他们在往返美国的时候,也在这里集训过。"

"这不就是母亲经常来的地方吗?"高男说。

汤川博士和古桥选手是战败国日本的光荣、希望。就是这么有名的人在往返美国时都住过的房间。矢木觉得能被带到这样的房间,对于年轻的学生来说,肯定会感到高兴的吧。但是高男貌似并没有那种感觉。

矢木又补充道:"在到这里之前,路过一间很宽敞的房间了吧?当时把两间房子打通,当作汤川博士的会客厅。虽然尽量不让那些蜂拥而至的人来到这起居室,可有些报社的摄影组不知从哪里溜了进来,藏在庭院中,想要捕捉一些与众不同的镜头。也正因为这个,汤川先生根本没有时间可以放松。为了不让摄影组的人进来,这里的两位女佣站在庭院的两端,夜间也值班盯着,据说被蚊子咬惨了。因为当时是夏天。"

矢木把目光移向院子里。

院子里到处都栽着竹子,有篱竹、罗汉竹、紫竹和方竹。在边上一隅,可以看见有稻荷神的红鸟居牌坊。

这里也叫作竹之厅,用烟熏竹做的天花板。

"汤川博士刚到的时候,旅馆的老板娘生病了,尽管还躺在床上,但还是用心地安排,因为先生久违地重返日本,所以要点上好香。还说要是牵牛花能盛开就好了,要是蝉也能鸣叫就好了。"

"啊……"

"要是蝉也能鸣叫的话,这个很有趣啊。"

"嗯。"

但是同样的话,高男之前已经从母亲那里听过。因为父亲似乎是从母亲那里现学现卖的,所以儿子也很难装出很有兴致的表情。

高男环视着房间,说道:"这里真不错。母亲现在也经常来吧。真是奢侈啊。"

父亲背靠着吉野圆木的柱子,镇定自若地坐在那里,点了点头。

"蝉好像真的鸣叫了啊。当时汤川博士还写了一首和歌:'初至东京旅馆,先闻怀旧蝉鸣,于庭院林木之间。'他很久之前就有写和歌的爱好。"矢木接着前面的话往下说,岔开了高男的话题。

接下来的晚饭钱也会记在波子的账上。最近在这样的事情上,高男也有点责备父亲的意思。

矢木轻轻地说:"你妈妈和这里的老板娘交好,就像是朋友间的交情吧。为了让品子能登台演出,也算有所帮助吧。"

教科书出版社的主编来了。

比起自己的文章,矢木先把藤原时代的佛教美术的照片拿了出来。

"这些照片都是我拍的,可以说里面也是蕴含了我的看法。"

矢木选出了高野山的《圣众来迎图》、净琉璃寺的吉祥天女、博物馆的普贤菩萨、教王护国寺的水天、中尊寺的人肌观音、观心寺的如意轮观音等照片,在桌子上排开,正要准备说明。

舞姬

但是他又说："对了，要不先喝杯淡茶吧。在京都都养成习惯了。"

矢木拿着河内观心寺秘佛、如意轮观音的照片。

"所谓佛就是……清少纳言在《枕草子》里这么写道，如意轮让人心生烦恼，然后又以手托腮。为世人所不知，羞于哀怨……写得很好，这在我的文章中也同样引用了……"

矢木这样跟主编、高男模棱两可、言语隐约地说。然后他又对高男很明确地说："刚刚在博物馆看到的沙羯罗和须菩提，奈良佛像的那种纯洁得像人类一样的写实手法，到了藤原时代变得如此美艳。这种有人类肌肤温度的写实手法，很有现代色彩。但是并没有丧失神秘感。虽然是女性美最好的象征，但是拜这样的佛，会让人感觉藤原时代的密教是女性崇拜吧。虽然奈良药师寺的吉祥天女画与这幅京都净琉璃寺的吉祥天女像相似，但是两幅一对比的话，还是能感受到奈良时代和藤原时代的不同。"

说完，矢木拉过折叠包，拿出净琉璃寺吉祥天女和观心寺如意轮观音的彩色照片。他跟主编推荐道，因为色彩还鲜艳地保留着，所以可以彩印出来，用作国语课教科书的卷首插图。

"是啊。和先生您的名文刚好可以相得益彰，熠熠生辉，很是不错啊。"

"哪里哪里，我那幼稚拙劣的文章，能不能被采用还没定呢……用不用我的文章，另当别论，但是日本的国语教科书里至少应该有一张佛像的卷首插图。就算不像西洋教科书里一定有圣母玛利亚的插图一样也可以……"

"当然我们是想出版先生您的大作，所以今天才厚颜前来叨扰的。但是这个佛像的话,因为太出名了,现在的学生大抵都在哪里见过照片的,不是吗?"主编有点犹豫地说,"书中您文章的那一页用的插图,我们谨遵您吩咐,但……"

"我文章那一页再说,但是希望有佛像的卷首插图啊。不领略日本美的传统,何谈国语呢?"

"从此种意义上而言,先生您的论文中一定用上……"

"也称不上是论文了……"

矢木又从折叠包抽出杂志的剪报,然后递给主编。

"我在回来的夜班火车上自己修了一下。剔去了不必要的东西之后,刚好可以用到教科书里,请你回头一定看一下。"矢木说后,喝了一口淡茶。

女服务员禀报说沼田来了,但是矢木只是把茶碗反过来看,低着头。

"您请!"

沼田穿着藏青色的双排扣上衣,很是整洁,但是小肚子凸了出来,好像连鞠躬都勒得难受。

"啊,先生。欢迎回来。令千金,又登台了,可喜可贺啊。"

"啊,谢谢。波子和品子平时多承蒙照顾……"

沼田口中的"可喜可贺",是对于登上舞台的人在后台说话的一种方式。

沼田这次的"可喜可贺"指的是品子在哪里的演出呢?因为矢木不知道自己在京都的时候自己女儿在哪里跳了什么舞,所以他只是拿起自己身前的茶碗,一边转一边看。

"这个茶碗也像一个大美人啊。对于接下来的寒冷时节来说,

舞姬

这暖暖的美女般的志野的茶碗，真是好东西啊。"

"您说的正是波子夫人啊，先生。"沼田连笑也没笑，"可是，先生您这次去京都肯定又淘到什么珍贵的名品了吧？"

"没。我对于淘旧货这种兴趣，很是讨厌。而且对于古董也没有什么兴趣。"

"确实啊，应该是那些名品等着先生您……对，就像是在一堆破烂儿中间名品闪着光，等着被先生您看到啊。"

"哎，也没这种事儿吧。"

"的确，像品子小姐这样，是十年二十年也出不了的珍品。今日我将令千金称作是珍品。珍品也终于要闪耀出光芒了。《妇女杂志》新年号马上要发行了，您请看一下。我一直推荐令千金的照片做杂志的卷首插图，最后终于成功了。她将是一九五一年备受期待的新人。刚好芭蕾最近也变得越来越流行……"

"谢谢。但是，如果太过火，被当作商品的话就……"

"这一点的话，不用您多说，有她母亲一直跟着呢……"沼田不容分说地回答道。

"仅仅因为名字是品子，所以容易被说成是珍品。真想让您能早点看到新年号的照片啊。"

"是吗？说起卷首插图，我们刚好正在谈关于卷首插图的事情。"

然后矢木把沼田介绍给教科书出版社的北见。

女服务员过来，推荐大家晚饭之前先去泡澡。

沼田和北见因为有点像感冒，所以就回绝了。

"那我就先失礼了，去洗洗夜班火车上带来的灰尘。高男，你要去吗？"

高男跟着父亲去了澡堂。

看到体重计，父亲说："高男，你现在有几贯①啊。是不是又瘦了点儿？"

高男赤裸着身子站到了台秤上。

"十三贯（48.75千克），刚好……"

"父亲，您呢？"

"好嘞……"矢木说着，和高男交换位置。

"有十五贯三百（57.375千克）。最近几年，都是十五贯两百（57千克）或者十五贯三百，没怎么变过。"

在台秤前面，父子二人的白色躯体在近距离相对后，儿子突然变得有点害羞，带着一副看似伤感的神色走开了。

因为是在长州浴桶②里，两人下去的时候，就有了肌肤接触。

高男先出去淋浴那里，边坐着洗着脚边说："父亲，这个一直缠着母亲的沼田，这次又要纠缠姐姐吗？"

父亲头枕在浴桶边上，闭着眼。

没有得到父亲的回答，所以高男抬头看着。父亲长长的黑发已经从头顶中间开始变得稀薄。父亲额头已经光秃，而且快要从头顶秃下来，高男看在了眼里。

"父亲为什么要见沼田呢？还在从京都回来刚到东京的这个时候……"

---

①贯：日本旧时的重量单位，一贯相当于3.75千克。
②长州浴桶：又叫"五卫门浴桶"，是有灶浴桶的一种，底部或者整个浴桶都是铸铁制成，直接装在炉灶上。其中有木板，可以做盖，也可以使其浮在桶中，人踏在上面泡澡。以被处煮刑的盗贼五右卫门命名。

舞姬　221

本来高男想埋怨父亲回家之前就见沼田，还想说这沼田一直不把父亲当回事儿。

"今天能来接父亲您，能在博物馆相见，真的很开心。但是您还叫了沼田，真是很失望啊。"

"啊……"

"从小我就觉得母亲会被沼田抢走，所以很讨厌他。连做梦都梦到要么被沼田追赶，要么被杀害，现在都忘不了……"

"嗯。"

"姐姐因为是和母亲一起跳芭蕾，所以也被沼田给缠上了。"

"其实也不是如此。你的想法太过激了。"

"不是的。父亲您不是也很清楚吗？为了讨好母亲，沼田有多尽力去讨好姐姐……姐姐之所以会喜欢香山，不也是沼田他一手设的局吗？"

"香山？"

矢木在浴桶里转过身来。

"香山现在在做什么，你知道吗？"

"不知道。不知道是不是不跳芭蕾了，一直看不到他的名字。从他隐退到伊豆之后，不就没有什么消息吗？"

"是吗？我也想问问沼田那个香山的事情。"

"香山的事情的话，您问姐姐不就行了？问母亲也可以……"

"哦……"

高男又进到浴桶里。

"父亲，您不去冲洗一下吗？"

"啊，懒得冲。"

矢木为了给高男腾空儿，把身子靠向一边。

"今天在学校怎么样?"

"只上了两个小时的课。但是大学像我这么上也没问题吗?"

"虽说是大学,但是新制大学的话,学生也只是高中生的年龄啊。"

"那您就让我去工作吧。"

"什么?还在浴桶里呢,别起劲儿了。"

矢木笑着,从浴桶里站了起来,擦着身子。

"高男,你有时候对人要求太多。比如,对于沼田有需要要求的东西,也有不能要求的东西。"

"是吗?对于母亲和姐姐也是这样吗?"

"你说什么呢?"矢木压住了高男的话。

二人回到竹之厅,沼田坐在那里抬头看着矢木,说"我和被先生您称为美人的茶碗做伴了。先生,那边的教堂,叫什么圣伊格纳修斯教堂的,我路过时顺便进去瞅了一眼里面,从天主教堂出来,竟然喝了淡茶。"

"是吗?但是天主教和茶从很久以前就有缘了,比如织部灯笼不也叫作基督灯笼吗?"矢木说着坐了下来,"吉田织部根据个人喜好,在石灯笼柱子上雕了一个好似抱着基督的圣母像。据说还有作为基督教徒的大名高山右近制作的茶勺。上面镌刻着'花十'的名字,而读作花十字架。"

"花十字架?真不错啊。"

"高山右近这样的人,喜欢端坐在茶室里,向基督祷告。茶道的清净和协调使右近成为一个高雅的人,同时引导他爱神,发现神的美。外国的传教士也这样写过。在耶稣教刚传入日本时,大名以及堺市的商人之间很流行喝茶，所以传教士也被邀请到茶会，他们一起在茶会上下跪向神祈祷。在传教士向自己国内发回的传教报告中，详细地记录了茶道的情形，甚至连茶具的价格都有所记载……"

"原来如此。最近天主教和茶又流行起来。先生您居住的北镰仓就是关东地区的茶都啊。波子夫人也这样说过。"

"是的。去年跟着沙勿略的得力助手来的那个叫什么的大司教，他们也被邀请到京都的茶会。看到茶的制作方法和弥撒的规矩有很多相似之处，他们很是震惊。"

"是啊……日本舞蹈家的吾妻德穗也变成了天主教徒，这回要跳踏绘①，怎么样？先生也去看一下吧。"

"啊，在长崎？"

"应该是长崎。"

"踏绘是反映了当时殉教的人的舞蹈，但是如今一颗原子弹把浦上的天主教堂夷为平地。据说在长崎有八万死者，其中三万是天主教徒……"

矢木说着，看着教科书出版社的北见。

北见沉默不语。

"那里的圣伊格纳修斯教堂，不知怎么排的，据说是东洋第一呢。但是我还是喜欢长崎的浦上天主堂。最古老，被称为国宝的教堂……彩色玻璃也很漂亮。天主堂离浦上有点距离，所以躲

---

① 此处的"踏绘"指的是全名为"长崎踏绘"的舞蹈。踏绘是指江户幕府时期日本禁止传教，所以为了验证民众是不是基督教徒，就会让其踩踏基督或者圣母玛利亚的画像。

过了原子弹的破坏，但是我去看的时候，房顶还是毁坏了。"

开始上菜了，矢木把桌子一边的佛像照片收回到包里。

"但是先生还是喜欢佛吧？从前先生让波子夫人跳的《佛手》太棒了。舞蹈里融合了佛手的各种姿态。"沼田看着矢木的脸色说道。

"我想请波子夫人重返舞台，先生……"

"我刚刚想起《佛手》的舞蹈，那就是个好的例子。令千金品子小姐不到波子夫人的年龄的话，这种宗教色彩浓厚的舞蹈还是不太合适。"沼田接着说。

矢木冷淡地嘟哝着说："和日本舞不同，西洋舞跳的就是青春。"

"青春？青春这东西，看人的解释。波子夫人的青春是已经消逝，还是至今尚存，这一点恐怕先生您最清楚吧？"沼田话语中有几分讽刺的意味。

"又或者说，波子夫人的青春是葬送还是激发，不全看先生您吗？波子夫人内心的年轻，我是清楚的，身体的话，在日本桥的练习场也看到了……"

矢木把脸转向一边，给北见斟酒。

沼田也把酒杯送到嘴边。

"让波子夫人仅仅教孩子们练习，真是可惜了。如果能重返舞台的话，学生肯定也会多起来。对于令千金也是有好处的。母女联袂的话，宣传效果好，也便于向演出商宣传。我也跟波子夫人讲过这样的话，要拍两人跳舞时的照片的时候，她却推辞了。"

"也算是有自知之明吧。"

舞姬　225

沼田又接着说："是不自知啊，能登上舞台的人，大家都……"

这时听到了圣伊格纳修斯教堂的钟声。

"其实，今天很难得被先生叫来，我还以为是波子夫人重返舞台的事情呢，所以就兴冲冲地来了。"

"哦，是吗……"

"除此之外，我也想不出先生您还有什么事情要吩咐我了。"沼田瞪大的眼睛诧异地眯了起来。

"您就让她去跳吧，先生。"

"波子也跟你这么说了吗？"

"我一直使劲鼓动她呢。"

"真是找麻烦啊你。但是四十岁的女人就是跳，到下次战争为止，也没有多少时间的。"

矢木含糊其辞地回答后又跟北见开始说其他的话题。

晚餐的菜单是：下酒菜有甲鱼冻、干鱼子、柿子棒槌卷，生鱼片有五条鰤和扇贝，汤是加了粟子面筋和银杏的白酱汤，烤菜是酱腌鲴鱼，煮的有蒸鹌鹑，焯蔬菜有根芋和黑松蘑，最后还有鲷鱼的鱼肉火锅。

沼田打招呼要回去，矢木看了一下表。

"这是先生的那块表吧。走得不准吧？"

"我的手表从来连一分钟都没有差过。"

矢木试着打开放在那里的收音机。

"以上播的是《对面的邻居》栏目，这个月的作者是北条诚。"

矢木把表拿给沼田看。

226　舞姬

"跟七点的广播报时一点儿不差。"

"接下来为您播报新闻。"沼田听完这个广播就把收音机关掉了。

"朝鲜啊……先生,斯大林不是说自己是亚洲人吗,还说不能忘了东方。"

四人共乘一车,从幸田屋出来,北见在四谷见附车站前下了车。

车子从四谷见附开到了国会议事堂的时候,矢木对沼田说:"你刚才说要波子重返舞台,那么香山怎么样?能不能复出呢?"

"香山?让那个废人吗?"

沼田摇摇头。因为他很胖,所以只是缓慢地,稍动了一下脑袋而已。

"说是废人,太残酷了吧。他现在怎么样呢?"

"就是个废人喽,作为舞蹈家来说……听说在伊豆乡下做观光巴士的司机呢。不过这也只是风闻,我也不知道的。对于那样的遁世之人,我是不会去接触的。"沼田转身过去,接着说,"令千金应该已经和他没有来往了吧。"

"没了……"

"但是,也不一定呀。"高男刻薄地插话说。

沼田很冷淡地说:"那家伙真是让人头疼。你也好好劝劝你姐姐吧。"

"我姐姐也有自己的自由吧。"

"对于在舞台上表演的人来说,没有什么自由可言。尤其对于年轻人来讲,接下来很重要……"

舞姬

"让我姐姐那样接近香山的，不也是你吗？"

沼田没有回答。

沿着皇居的护城河，车子朝着日比谷驶去。

矢木好像记起来什么事情似的，说道："对了，对了。在京都的旅馆里，看到写真杂志登着竹原公司的照相机广告，那广告用的是品子的照片，这也是多亏了你帮忙吧？"

"不，那不是旧照片吗？不是竹原还在您家厢房里住的时候拍摄的照片吗？"

"是吗？"

"竹原那里的相机和双筒望远镜最近很火，好像生意不错。作为宣传广告的模特，能不能多起用品子小姐啊？"

"那样做就有点儿过了。"

"这次不是应该试着要做得过一点儿吗。如果波子夫人能跟竹原说一下的话……"

"波子已经和竹原没有什么来往了吧？"

"是吗？"

沼田突然把话断了。

车子在日比谷公园后边的拐角处左拐，驶过了皇居的护城河。

是波子和竹原坐的车抛锚的地方。也就是在这里，波子还担心应该还在京都的矢木。不过已经是五六天前的事情了。

沼田在东京站下车走了。矢木坐上横须贺线，一直到品川附近都没说话，后来就睡着了。到了北镰仓，高男把他摇醒。

圆觉寺前的杉林上空已经升起了月亮。

在月光的照耀下，他们沿着铁路线旁边的小路走着。

"父亲，您看起来累了啊。"

"嗯。"

高男把父亲的包换到左手，然后身子靠向父亲。

站台栅栏长长的影子落在小路上。走过这影子之后，又能看到民宅的篱笆墙的影子反方向落在铁路线上。小路变窄了。

"每次走到这里，就有种到家了的感觉啊。"

矢木稍微站立了一下。

北镰仓的夜晚，仿佛是山村里的幽谷似的。

"你母亲怎么样？是不是又说要卖什么？"

"这个？我不知道。"

"我今天回来，她不知道吧？"

"嗯。父亲的来信，是今天早上送到的。写的我的名字，我早上装进口袋就出门了……要是在幸田屋的时候让您先打个电话就好了。"高男的声音变得有点不安。父亲也点头说道："嘿，算了。"

两人走进了小路右边的隧道。山脊好像一只大手一样伸展过来，人们把它凿通，成了一条近路。

在隧道里高男说："父亲，有人建议在东大图书馆前建阵亡学生的纪念像，但是大学方面一直不允许呢。我还想见到您之后，跟您说这个事呢。雕像已经完成，本来打算十二月八日举行揭幕式呢……"

"哦，之前好像也听说了。"

"我跟您说过。组织者还收集阵亡学生的手记，出版了《遥远的山河》和《听，海神的声音》，后来被拍成了电影。或许为了表达'不能再重复那海神的声音'的意思，那雕像也才被命名

舞姬　229

成'海神的声音'的吧。与'No More Hiroshima（不让广岛的悲剧重演）'有相通之处，都是和平的象征。其中包含了悲伤和愤怒……"

"那校方的意见呢？"

"好像是禁止了。据说大学方面在日本阵亡学生纪念会上，没有接受寄赠的纪念像。因为这座纪念像的对象不仅是东大学生，对象还有一般学生和其他民众。按照一直以来东大的规定，在校园里竖纪念像的话，仅限于那些在学术和教育领域有过巨大功勋的人。但实际上可能是因为这纪念像的意义太沉重，所以才拒绝吧。因为是随时局变化，象征意义会有所变化的纪念像，所以如果再有学生出征上战场的话，大学里面有这样反战的阵亡学生纪念像就会很难办啊。"

"是啊。"

"但是，我觉得阵亡学生的墓碑立在作为他们灵魂家乡的校园是再适合不过了。像这样的纪念碑据说在牛津大学、哈佛大学也有的……"

"嗯，阵亡学生的墓碑已经立在了高男你心里了。"

隧道出口处，从山上掉下水滴，然后传来了华丽的舞蹈乐曲。

"她们还在练习呢。她们每晚都练吗？"

"嗯。我先回去告诉她们一声。"说完，高男就朝着练习场跑去。

"我回来了。父亲也回来了。"

"父亲？"

波子穿着训练服，在要披上大衣的时候，脸色变得苍白，差点要倒了。

"母亲,母亲。"品子一把抱住母亲,撑着她。

"您怎么了?母亲……"

品子搂抱似的把母亲扶到墙边的椅子上。

波子闭着眼,头毫无精神地靠在旁边女儿胸前。

品子用大衣把母亲裹起来的时候,左手摸了摸她额头。

"好凉啊。"

品子穿着黑色紧身衣,脚上穿着芭蕾舞鞋。训练服也是黑色的,腿全都露了出来。短短的下摆上有喇叭形的花边。

波子穿的是白色的紧身衣。

"高男,把唱片机关掉……"品子说。

"就是高男给吓的。"

高男也盯着母亲的脸色看,说:"我可没有啊。没事吧……?"

高男看着姐姐品子,那蹙起眉头的眼睑让他不禁想起兴福寺沙羯罗的眉头。果真是很像。

品子一下子把头发抓起来,用丝带扎住。姐姐和母亲都没有涂白粉,因为练习的时候会出汗。

品子满脸通红,蔷薇色的面颊也因为吃惊变成了白色,闪烁着分外清澈的光芒。

波子睁开了眼。

"已经好了,谢谢。"

她想要坐起来的时候,品子抱住她说:"再安静休息一下吧……我给您拿杯葡萄酒吧。"

"不用了。给我杯水吧。"

"好的。高男,去倒杯水来。"

波子用手掌揉着额头和眼睑,坐正起来。

"我一直转着跳,刚好要做出阿拉贝斯①的时候,高男忽然冲了进来……突然有点头晕,是轻微的贫血。"

"已经没事了吗?"品子把母亲的手贴在自己胸前,"连我也是紧张得七上八下的。"

"品子,你去迎接下你父亲吧。"

"好的。"

品子看了下母亲的脸色,然后麻利地在自己的训练服上套了条西裤,穿上了毛衣,接着她解开丝带,用手指把头发披散开来。

矢木从高男先跑开之后,就开始慢慢地走着。

穿过隧道,能看到细高的松树林立在山脊之上,刚刚还在圆觉寺前杉林上的月亮爬到了这里松树的上头。

高男说要和沼田决斗,同时又因为阵亡学生纪念像而起劲儿,他身上一下有这两种性格,到底是统一的,还是分裂的?父亲有点担忧,脚步沉重。

矢木现在的家,是波子以前老家的别墅,没有大门。入口处有小棵的山茶花正开着花。

芭蕾舞的练习场就在正房和厢房正中间,是开辟了后山的岩壁造出来的,位置稍高,仿佛凌驾在整个院落之上。正房和厢房都亮着灯。

"我家的电好像不花钱似的。"矢木嘟囔着。

---

① 阿拉贝斯(Arabesque,独脚站立,一手前伸,另一脚一手向后伸)是芭蕾舞最标志性的舞姿与动作之一,在各类舞剧中出现频率极高。

睡醒与觉醒

矢木从京都回来后的第二天早上，早饭时波子只给丈夫上了一只清煮伊势龙虾。见矢木没有动筷子，波子说："您不吃虾吗？"

"哦……算了吧，嫌麻烦。"

"嫌麻烦？"

波子一脸惊讶。

"我们昨晚吃过了，虽然是剩下的，对不起……"

"哦。我嫌剥壳麻烦。"矢木说着低头瞅了一眼伊势龙虾。

波子轻轻地笑了一下："品子，帮你父亲把虾壳给剥了。"

"好的。"

品子把自己的筷子倒过来，把虾肉给挑了出来。

"真熟练啊。"矢木看着女儿的手势说，"剥伊势龙虾的壳，用牙咯嘣咯嘣咬碎也挺痛快的，不过……"

"让人帮忙剥壳的话，就没有味道了吧？给，剥好了。"品子说着抬起头来。

矢木的牙口倒不是坏到了连伊势龙虾的壳都咬不动的地步。而且即便不用牙直接不成体统地咬，也可以用筷子挑虾肉，但这都被矢木说嫌麻烦。这让波子感到有点惊讶。

这难道是年龄的关系？恐怕不是吧。

早餐还有烤海苔，矢木在京都时别人送的高野豆腐和豆腐皮，不吃煮伊势龙虾也可以的，但是矢木好像就是嫌麻烦。

可能是因为久别之后回家，感觉能松一口气，所以有点懒惰了吧。矢木看起来好像是有点无精打采的样子。

还有波子想起可能是因为昨晚太累了，不觉得脸上发热，低下了头。

但是那种羞涩也仅仅持续了一小会儿，低下头的时候内心深处已经冰凉了。

波子昨晚睡得很好，早上起来的时候头脑特别清醒，身体也觉得很轻快。

好像已经到了时冷时热的时节了。这天早上却是近日少见的好似小阳春的天气。

因为芭蕾舞的练习也算运动，所以波子很有食欲。但是这天的早饭，味道好像与平常不同。

波子一意识到这一点，顿时觉得味道全无了。

"今天很稀罕啊，穿和服。"矢木什么都不知道地说道。

"在京都还是穿和服的多吧？"

"应该是吧。"

"父亲，今年秋天在东京好像也开始流行起和服来。"品子说着，看着母亲的和服。

波子对于自己不由自主地穿上和服这件事很是惊讶，是为了给丈夫看的吗？

"两三天前来家里的和服店的人说，战争开始的时候，香云纱和绞缬染花布反而变得很畅销起来……"

"香云纱和绞缬染花布，也就是奢侈品喽。"

"全扎染的话，要五六万一件呢。"

"哦？你的要是能留到现在再卖的话就好了。卖得太早了吧。"

"旧衣服已经不行了。价格掉得厉害。已经不值一提了……"波子低着头说道。

"是吗？因为新的也随时可以买到吧。等到了不好买的时候，和服店的人就会说这些旧和服制作精良，或者说是名贵品，抓住女人们的虚荣心趁机做生意。"

"是啊。但是上次战争的时候，香云纱和绞缬染花布就流行起来，这次战争又开始畅销起来……"

"难道是因为香云纱和绞缬染花布才有的战争不成？之前是因为战争带来了经济上的景气，这次不是因为战争时间长而没有时间穿的缘故吗？如果说奢侈品和服是战争的前兆的话，那么它刚好显现出女人的浅薄，简直就像是漫画一样。"

"男士的衣着打扮不也是变化很大吗？"

"是啊。但是没有什么好的帽子在卖啊。倒是穿夏威夷衬衣的人变得多起来了。"矢木端着茶杯说。

"对了，我喜欢的那顶捷克产的帽子，因为你没提前确认好，随随便便就拿去洗衣店给水洗了，天鹅绒也全都坏掉了。"

"因为那时候战争刚刚结束……"

"现在想买也没有卖了。"

"母亲。"品子在喊波子。

"文子，也就是我学校的朋友，您还记得吧……她来信说想要借圣诞节派对上穿的晚礼服。"

"圣诞节，下手准备得也真早啊。"

"真是有趣。她说她梦到我了……梦到我有很多西服。说什么品子的西服衣橱里挂满了淡紫色和淡红色的衬衣，足足有三十

舞姬　235

件……蕾丝边的装饰很漂亮。还说另外一个衣橱里挂满了裙子，都是白色的，还有条绒的。"

"裙子也有三十条？"

"信上写的是大约有二十条，都是新的。她说都做这样的梦了，想必我也有很多件晚礼服，所以想借一套。说是我托梦给她的……"

"但是晚礼服也没出现在梦里啊。"

"嗯。都是衬衣和裙子。因为她看到我经常穿着各种衣服在舞台上跳舞，所以就容易认为我自己也有很多衣服吧。"

"可能是吧。"

"但在后台都是裸着的，我这么回信给她了。"

波子没说话，点了点头。她到刚才还很清爽呢，突然一下子觉得脑袋昏昏沉沉的，变得无精打采起来。也许是昨天迎接旅途归家的丈夫给累到了吧。

波子有点儿失望起来。

矢木这次外出时间较长，波子也不知怎么的，一直没事找事地收拾东西，就是不睡觉。

"波子，波子。"矢木叫道，"你在洗什么呢？要洗到什么时候啊？都快一点了。"

"嗯，我把你这次出去穿的脏衣服先洗一下。"

"明天洗也行啊。"

"从包里拿出来再团起来的话，我不喜欢这样……早上会被女佣看到……"

波子光着身子帮矢木洗着内衣，觉得自己这副样子像是罪人一样。

洗澡水已经半热不凉了。波子好像故意洗温水澡一样，从下巴开始身体瑟瑟发抖。

她穿上睡衣看着镜子，还在发抖。

"怎么了？怎么泡完澡变得这么凉……"矢木很吃惊地说。

近日来波子一直压抑着自己，矢木也装作不知道，其实他心里明白。

波子感觉丈夫好像在调查自己，但是这样的话，似乎让自己的罪恶感有所缓解，同时又感觉自己好像被抛弃。她就这样自己徘徊在这种虚无之中的时候，又被晃醒。然后一闭上眼就觉得有一个金色的光环在旋转，还有一团鲜红的火焰燃烧起来。

很久以前，波子把脸贴在丈夫胸口说过："哎，我看到有个金环在不停地旋转。眼睛里啪的一下变成了鲜红色。我觉得差点要死掉了。这样下去的话，没事儿的吗？"

"我该不是疯了吧？"

"你没疯。"

"是吗？好可怕。你怎么样？和我一样吗？"然后她像是依偎着丈夫问，"哎，告诉我啊……"

矢木冷静地回答之后，波子说："真的吗？那样的话就好了……太高兴了。"

波子哭了。

"但是男人好像不像女人那样明显啊。"

"是吗？是我不好，对不起。"

那时候的这段对话，波子现在回想起来，会觉得年轻时的自己很可怜，她流下了泪水。

现在有时候也会看到金环和红色，但并不是经常。而且也不

舞姬

是那么质朴。

如今已经不是幸福的金环了。悔恨和屈辱侵蚀着她的胸口。

"这是最后一次了，绝对……"

波子自言自语，为自己找理由。

但是，细想起来，二十几年间，波子好像一次也没有公开地拒绝过丈夫。当然也没有公开地主动要求过什么。这是多么奇怪的事情啊。

男女之间的差异，夫妻之间的差异，多么令人恐惧的差异啊。

女人的矜持，女人的腼腆，女人的温顺，难道这些都是受日本陋习拘束，而无法抗拒的吗？

波子昨晚突然醒来，摸到丈夫枕边的表，按了一下。

表报时三点，然后又丁零零丁零零地响了三次，大概是三点四十分到五十分之间。

高男说这表的声音好像是八音盒，但是矢木说："这让我想起北京人力车的铃铛。我经常坐的车子上的铃铛也有这样的声音。北京的人力车因为车把很长，所以车把顶端的铃铛在跑动时发出的声音，大老远就能听到。"

这块表是波子父亲的遗物。

父亲的表声一响，母亲就会很是怀念。矢木硬是缠着把这表给要过来了。

就像今晚一样，萧瑟秋风的声音把人吵醒，孤单老去的母亲如果按响了这块表，她会多么思念丈夫和枕头边这温柔的表声，波子这样想道。

就像这表声能让高男感受他的父亲一样，波子同样能感受到自己的父亲。

这是一块老怀表,比高男出生时要早很多,在波子还小的时候就有了。这表声能勾起高男儿时的回忆,作为母亲的波子的幼时回忆也同样被唤醒了。

波子又伸手去摸了一下表,这次把它放在枕头上按响了。

"丁零零,丁零,丁零,丁零……"

表响过之后,能听到后山松林间的瑟瑟寒风。

家前面高高的杉林也好像有呼呼的风声。

波子背对着矢木,双手合十。虽然在黑暗之中,但她还是把手藏在被子里,双手合十。

"真是不堪啊。"

和竹原在皇居前的时候会害怕身在远处的丈夫,昨晚突然听到丈夫回来还贫血差点晕倒,但是这会儿自己暗自的抵抗被巧妙地打破了。

刚才波子双手合十就是这个原因,但又不全是这个原因,还因为对于竹原的嫉妒也在心头回荡。

就在刚才将要入睡前,波子还在嫉妒竹原,自己都很吃惊。

对于长时间外出后回来的丈夫,波子没有怀疑,也没有什么嫉妒。就当作没什么问题。但是迎接丈夫回家的她有感觉到悔恨。在那悔恨之中,波子不会因丈夫感到嫉妒,反倒出乎意料地因竹原感到嫉妒。这嫉妒很是新鲜,甚至其中还有几分让人觉得胸闷的快感。

这次又是半夜醒来,那嫉妒又涌上了心头,波子双手合十,嘟哝着说:"连面都没见过的人……"她说的是竹原的妻子。

在不被人看到的地方双手合十,这是波子在跳《佛手》之后

舞姬 239

养成的习惯。

《佛手》由合掌开始,又以合掌结束。在舞蹈中间也有合掌,将各种佛手的形状以及手臂动作的组合用合掌来融合表现。

"……你们之间到底有没有嫉妒?彼此之间都没有任何表现,在旁人看来,多少觉得有点可怕。"被竹原这么说,波子虽然沉默着没有作答,但是心里被嫉妒占据,在颤抖着。不是因自己丈夫的嫉妒,而是因竹原的嫉妒。没能进一步引出竹原家庭的话题,波子觉得很是焦躁不安。

但是连迎接丈夫回来那晚半夜醒来的时候还要嫉妒竹原的妻子,这是波子意料之外的。如若丈夫把波子这女人摇醒的话,因其他男人而有的那种嫉妒是不是也会醒来呢。

"不是罪人,我不是罪人。"波子双手合十,嘴里嘟囔着说。

然而,觉得自己是罪人的这种想法,是对于自己丈夫的呢?还是对于竹原呢?波子自己也不是很清楚。

波子对着远方合掌,她是对着竹原道歉呢,不由自主地心也朝向了那边。"晚安。你现在怎么睡呢?在什么样的房间里?我没有见过,也不知道。"

然后波子又睡着了。她能睡得这么深沉,都是拜丈夫所赐。

今天早上一醒来,觉得身上很轻快,也是这个原因。

波子起得比平常晚,早饭也吃晚了。

"父亲,您今天是上午的课吧?该出门了吧?"高男好像催促父亲一样地说道。

"嗯。你先走吧。"

"是吗?我倒是休息也没有关系的。"

"不行啊。"高男将要走,被矢木叫住。

"高男。昨天晚上说的那个阵亡学生的纪念碑的事情。学校不是在担心有什么思想性的背景吧。"

品子也为了帮女佣,去了厨房。

波子对着读报纸的矢木说:"您要喝咖啡吗?"

"好啊,早上一般是在饭前才想喝咖啡。"

"今天是在东京练习的日子,所以我们也要出门……"

"我们的!排练日!这我都知道的。"矢木有点讽刺地接着说,"哎,我就在家慢悠悠地晒晒暖好了,好久没有这样了。"

在主房和厢房之间的练习场本来是要建来做矢木的书房的。

为了既能做读书室又能做日光室,在厚厚的窗帘的南边,是满是玻璃的窗子。

收拾起那里的书架,刚好可以用来做芭蕾的练习场。

矢木不知是不是年龄的原因,开始觉得读书写字还是日式房间好,也没有反对把这里变成女儿的练习场。

但是刚才矢木说的晒暖指的是在原来的书房。

波子觉得有点坐不住,又不能轻易离去的时候,矢木放下报纸,说:"波子。你见过竹原了吧?"

"见了。"波子用好像是跌倒时发出的声音回答道。

"是吗?"矢木平静地,若无其事地问:"竹原还好吗?"

"他身体很好。"

波子看着矢木的脸,眼睛一刻也没有离开。她担心自己的眼睛里面有泪珠像要渗出来似的,真想眨·眨眼睛。

"应该很好吧。听说竹原的双筒望远镜和照相机生意不错。"

"是吗?"

波子声音有点嘶哑,所以重新说:"我倒是没有听说那些话。"

"他不会跟你谈论生意上的事情的。以前不也这样吗?"

"嗯。"

波子点点头,把目光转向了一边。

透过纸隔断上镶的玻璃,能看到庭院。杉木林的树影落在庭院里。是杉树树梢的影子。

从后山飞来三只竹鸡,一会儿跑进那树影里,一会儿又在晒太阳,在院子里到处走。

波子内心的忐忑平静之后,心窝变得僵硬起来。

但是,波子觉得丈夫脸上有种温暖的可怜表情。她望着庭院里的野鸟,说道:"将来或许不得不卖掉厢房。因为竹原也曾在厢房里住了一段时间,所以就想提前给他说一声……"

"哦,是吗?"然后矢木就沉默不语了。

矢木的这句"哦,是吗?"给人一种好像在深思的样子,其实这时候又在盘算着什么。波子想起她对竹原说过的话。

当然现在的这句"哦,是吗?"是奇怪,但是波子感觉很难受。在竹原面前说了丈夫那么多坏话,她觉得自己很羞耻、可恶。

"但是你做得还真是太郑重其事了。"矢木笑了。

"虽说是让竹原住过厢房,但是要卖厢房的时候还要征得他的同意,这未免太过于注意礼节,有点奇怪了吧。"

"也不是征求他的同意。"

"哦,那是波子你觉得对不住竹原喽?"

波子内心感觉被针扎了一般。

"好了好了，厢房的事情，我不想说了。就当作是以后的作业吧。"矢木倒像是安抚波子一样地接着说，"再不出门的话，练习就要迟到了。"

波子在电车里也是一直发呆。

"母亲，你看可口可乐的车……"

被品子一说，波子看了一下电车外边，一辆红色车身的厢式车在行驶着。

在保土谷车站附近，满是枯草的小山丘上有警察预备队的招募广告。

矢木每次往返东京都是坐横须贺线的三等座。

因此，波子也坐三等座，有时候会坐二等座。她既有三等座的定期车票，也有二等座的多次票。

品子的练习很是激烈，因为登台演出很重要，所以为了不让她累着，母亲和她一起的话，大抵会坐二等座。

波子平常在进入二等座车厢前，总会有意无意地看看三等车厢的拥挤。但今天直到品子说"可口可乐车"为止，波子都没有注意到自己是在二等座车厢里。

品子平日里话不多，在电车里的时候，基本不会主动搭话。

波子也忘记了旁边的品子的存在，左思右想，想自己的境遇，想别人的境遇。

波子毕业于被称为贵族学校的女校，有很多朋友都嫁入了名家豪门。那样的家庭因为战败，家业衰落得很严重。又因为一直没有尝试过拖家带口生活的难处，人到中年，愈加因为旧道德的动摇而苦恼不堪。

就像波子和矢木的情况一样，波子有很多朋友不指望丈夫，靠娘家给钱生活。那些夫妻大多都丧失了安定的生活。

"结婚的话，每个人都是非凡的……就算是两个平凡的人凑在一起，结婚也会变成非凡的。"波子对竹原说的这些话，正是看了这些朋友的例子之后，才饱含真实感受地说出来。

保护夫妻生活的古老的墙根和地基已经崩塌，所以平凡的壳子就被打破，原来的非凡显露出来。

与其说是自己的不幸教会了人去放弃，还不如说是看到了他人的不幸之后人才学会了放弃。虽说如此，波子学到的不止是放弃。在惊奇于别人的事情的同时，对自己的事情也开始睁眼清醒起来。

有一个朋友，正是因为爱上了别的男人，跟那个男人分手之后才第一次体会到和丈夫结婚的快乐。还有另一个朋友，因为自己二十几岁的恋人，面对自己的丈夫时也变得年轻了。但一旦和那年轻的男人疏远，就开始对丈夫变得冷淡，反而被丈夫怀疑。后来又和年轻男人言归于好，对于丈夫倾注的爱的泉水，是从别处的泉眼汲取的。这两位朋友的丈夫都没有发现妻子的秘密。

波子的朋友们即便聚在一起，在战争之前也没有这样说过心里话。

电车驶出横滨站之后，波子说："今天早上你父亲没有动筷子吃伊势龙虾，是不是因为是剩下的啊？"

"不是啊。"

"我刚想起一件事儿。那是在我们刚结婚后不久，给客人上的点心，后来你父亲要捏一块来吃。我见状就不自觉严厉地说：剩下的东西别吃了。当时你父亲一脸奇怪的表情。但是现在回想起来，把点心分发到分餐盘里，客人剩下后就会觉得脏，但是装在大盘子里，就算是剩下的，感觉也会不一样。多么可笑啊。我们的习惯和礼仪中有太多这样的事情了。"

"嗯。可是虾的话不一样。父亲对您不是有点儿撒娇的意思吗？"

波子和品子在新桥站分开后，换乘地铁，前往在日本桥的练习场。

从前年开始，品子加入大泉芭蕾舞团，也去这里的研究所上课。

波子也在教芭蕾，但是为了品子，她还是忍痛让女儿离开自己。

品子经常顺便去日本桥的练习场。在北镰仓家里的练习场，她偶尔也会代替母亲授课。

但是波子很少去自己女儿待的研究所。大泉芭蕾团公演的时候，她也尽量不在后台露面。

波子的练习场在一个小楼的地下室里面。

矢木之所以会让人帮忙剥伊势龙虾的壳是想撒娇吧。品子如是说，波子也边思考着竟然还有这样的看法，边走去了地下室。

透过门上的玻璃，波子看到助手日立友子正在用抹布擦拭着地板，便停住了脚步。

友子穿着黑色大衣在那里干活。大衣领是旧式的开领，下摆不是喇叭形，很短。因为她个子比品子矮一些，所以就把旧衣服给她，波子担心下摆的尺寸会不会不合适。样式也有点过时了。

"辛苦了。这么早啊。"说着，波子走了进去，"天冷，把炉子生起来啊。"

舞姬

"早上好，一动起来的话，还觉得热呢。"

友子好像才意识到似的把外套脱了。

毛衣是旧毛线重新织的，裙子也是品子穿过的。

友子的舞蹈，无论是姿态还是动作都比品子还要灵活美丽，让她做波子的助手真是有点可惜。波子劝她一起参加大泉芭蕾团，品子也发出了邀请。但是友子说只想一直在波子的身边，不光为了报恩，好像为波子尽力是自己的幸福一样。

品子要登台演出的时候，友子就会紧随其后，勤快地帮着化妆、穿衣服。

友子比品子大三岁，今年二十四。

友子本来是单眼皮，但是有时候会变成很疲惫一样的双眼皮。

在煤气火炉前面，友子接过波子脱掉的外套，今天她变成了双眼皮。波子猜想她是不是边哭边擦的地板呢。

"友子，你是不是有什么伤心事啊？"

"嗯。回头再告诉您，不是今天……"

"是吗？在你合适的时间吧……但是尽量早点比较好。"

友子点点头，去对面换了训练服回来。

波子也换上了训练服。

两人手握着把杆，开始做普里埃（屈膝下蹲），友子的样子和平时不同。

早上开始下着冰冷的雨，今天是波子在家练习的日子。上午波子为了友子，把品子的旧衣服重新缝补了。

家住镰仓、大船、逗子一带的少女们，放学回家路上会来练习。只有二十五人，不够分组，年龄也是从小学生到高中生参差不齐。加上来的时间都不一致，波子很难教。虽然觉得好像是白费劲，但是学生人数有可能会增长，也可以补贴一下家用。

但是，有练习的那天，晚饭就会很迟。

"我回来了。"

品子走上练习场，取掉了戴在头上的白毛线薄围巾。

"好冷啊。据说东京从昨晚开始就下了雨夹雪。早上房顶和院里的石头上都变成白色的了……我是跟友子一起回来的。"

"是吗？"

"友子还特意来研究所了。"

"老师，晚上好……今天特别想见您，所以……"友子站在入口处，跟波子说，同时跟学生们打招呼，"晚上好。"

"晚上好。"少女们也回答道。大家都认识友子。

见品子进来，有个少女两眼炯炯有神地望着她。

"友子，你去跟品子一起泡个澡，暖和暖和。我还有一会儿就好了。"

说罢，波子转身面向少女们。这时候友子走到身后说："老师，让我也跟您一起练习吧。"

"是吗？那我让你替我一下吧……我去看一下你的饭。"

沿着在天然岩石上凿开的石阶走下，品子轻声说："母亲，友子好像有什么事儿。她说今天您不在东京，她一个人很是寂寞，待不住啊。"

"从一周前好像就有什么事儿。今天就是为了说这件事儿才来的吧。"

"是什么事儿呢……"

"不问不知道啊。"

"我的大衣能不能再给友子一件?"

"好的。你给她吧。"

波子走下两三个台阶后说:"妈妈不能再照顾她了。虽然她们家也只有两个人……"

"她和她母亲?友子的母亲也在工作吧?"

"嗯。"

"把两人都接过来,咱们照顾她们,怎么样?"

"哪有那么简单啊。"

"是吗……在回家的电车里,友子也是一脸悲伤地看着我。虽然我用围巾蒙了起来,但是围巾针脚稀疏。我能感受到她从毛线的缝隙中间盯着我看。但是我佯装不知,让她看。"

"品子,你就是这样一个人。"

"她一直盯着我的手看。"

"是吗?是不是因为她一直觉得你的手很漂亮啊。"

"不是的。是一脸悲伤地盯着看啊。"

"正是因为自己很悲伤,所以才会盯着自己认为美丽的东西看吧。待会儿你问问她。"

"这种事,我怎么问……"

品子站住了。

两人来到庭院里。雨也变小了。

"那是什么画来着?日本的美人画,画得脸很大。工笔画的毛发很漂亮,上面的睫毛画得很长,都快要够着黑眼珠了……"品子停顿了一下,"我是看到了友子的眼睛才想起来的。"

"是吗？但是友子的眼睫毛也没有那么浓啊。"

"但是朝下看的时候……上面睫毛的影子投到了下面的眼睑上。"

听到练习的舞步声，波子抬头看去。

"品子，你也去陪她吧。"

"好的。"

品子身姿轻盈，爬着被雨水打湿的石阶上去了。

晚饭前，品子邀请友子去洗澡。友子脱下大衣的时候，品子便从后边往友子肩上披上了另一件大衣。

"你穿上试试。"

友子还穿着训练服呢。

"你要是能穿的话，你就穿吧。"

友子很惊讶，缩了一下肩膀。

"哎呀，不行。这样不行。"

"为什么呢？"

"我不能要。"

"我已经跟我母亲说过了啊。"

品子迅速脱掉衣服，走进浴缸。

友子后来才来，一边用手抓着浴缸的边缘，一边说："矢木先生已经泡过了吗？"

"父亲吗？已经泡过了吧。"

"你母亲呢？"

"还在厨房呢。"

"我先泡不好吧。我还是只冲洗一下好了。"

"没关系的，这点小事儿。太冷了。"

舞姬

"我不怕冷……我都习惯了用凉水擦汗水。"

"跳完舞之后……"大概是品子在水里沉得太深了，她晃了一下湿透的发梢，用手捋了一下，"我家的浴室太窄了吧。被烧毁的东京研究所的浴室很宽敞，很不错啊。还记得在冲澡的地方，小时候我经常和你一起光着身子学跳舞呢。还记得吗？"

"我记得。"

友子用同样的话回答道，然后猛地蜷缩起身子，像想要急忙躲起来一样泡进热水里。

然后她用双手遮住了脸。

"我要是建自己的家的话，肯定会修一个大浴室。很宽敞……现在可能也会在那里学跳舞。"

"从那个时候开始，我就皮肤黑黑的，羡慕着你呢。"

"你不黑啊。要说的话，也是那种有品位的肤色吧……"

"哎呀……"

友子有点害羞，不自觉间抓住品子的手盯着看。品子有点吃惊。

"怎么了？"

"没什么。"友子一边说，一边把品子一只手放在自己左手掌上，用右手抓着品子的指尖盯着看。然后她又把品子的手翻过来，看了看手掌心，轻轻地抚摸一下之后就放开了。

"真是宝物啊。优雅的灵魂之手啊。"

"哎呀，说什么呢。"

品子把手藏在了洗澡水里面。

友子从洗澡水中把左手拿出来，把小手指靠近嘴唇边缘，

"就这样吧?"

"哎?"

友子已经把自己的手沉进了洗澡水里,说:"就是在电车里的时候……"

"啊,这样吗?"品子举起右手,先是疑惑了一下,然后用食指和中指的指尖轻轻地摸了一下嘴唇的右下方,"是这样吗？中宫寺的观音菩萨？广隆寺的观音菩萨？"

"不对,不是右手,是左手。"友子说。但是品子将无名指的指尖按在大拇指的指腹上,做出了弥勒佛或者观音的手势。

然后表情也不自觉地被佛家的思想所引导,微微低头,安静地闭上了眼。

友子很惊讶,差点"啊"地叫出声,但是又吞了回去。

过了很小一会儿,品子就睁开了眼。

"不是右边吗？不是右边的话有点奇怪啊。"品子看着友子说,"广隆寺的另外一座观音,手指处和中宫寺的相似。是皇室珍藏的金铜佛像,头很大。这如意轮观音的手指是伸直的,像这样。"

品子一边说,一边很随意地把指尖贴在了自己右下巴的下边。

"我是模仿母亲的舞蹈,才记住的。"

"那不是佛的姿态,是品子你自己习惯的手势而已啊。左手这样……"友子说着,像刚才一样把左手的小手指贴到了自己嘴角。

"啊,这样啊……"

品子也照样做了一下,"佛祖是右手,所以人就用左手是

舞姬 251

吧。"她笑了一下，出了浴缸。

友子留在浴缸里，说："是啊。人在思考东西的时候，多是左手托腮啊……在回来的电车里，品子你这么做的时候，手背是白的，手心泛着樱花粉色，嘴唇变得格外醒目。"

"你说什么呢。"

"真的啊。嘴唇像是含苞待放的花蕾一样，很是突出。"

品子低着头，洗着脚。

"我一直就这样啊。就连这个也是不经意间模仿了母亲的舞蹈动作而已。"

"品子，你能再做一下广隆寺佛祖的手势吗？"

"这样吗？"

品子挺起胸，闭上眼睛，用食指和无名指画了一个圆，然后放到脸颊附近。

"品子你跳一下《佛手》吧。然后让我来跳拜佛的飞鸟少女……"

"不行啊。"

品子摇摇头，取消了本来模仿佛祖的姿态。

"那个观音胸口是平的。没有乳房啊，不是个男人吗？没有拯救女人的愿望。"

"嗯？"

"在浴室里模仿佛祖的姿态，有点太不应该了。这样的心态的话，是跳不了《佛手》的。"

"嗯，也是。"

友子好像大梦初醒一样，从浴缸里走出来。

"我是在很认真地拜托你的啊。"

"我也是认真地在说啊。"

"话虽如此,我希望你能为我跳舞。"

"嗯。那要等我有了点佛心之后。要是我有心想跳日本古典舞的话,可能有天会……"

"可能有天是不行的……也不知道明天会不会死去。"

"谁明天会死啊?"

"人啊……"

"这样啊。那就无可奈何了。如果真是明天会死的话,今晚就在浴缸里模仿佛祖的样子,来当作跳过《佛手》吧。"

"是啊。那就别只是模仿,如果真的想要跳的话,更好。这样就算明天死去……"

"明天又不会死。"

"死只不过是打个比方。说明天,也只是……"

"你这大半夜的,像暴风雨似的……"品子话说了一半,就缄口不言,看着友子。

眼前是友子鲜活的赤裸着的身子。友子和品子相比,虽然说有点黑,但是在品子看来,友子的肤色根据身体部位不同,有微妙的变化和色彩浓淡。比如,脖子是小麦色,胸部隆起,从底部到顶端,颜色逐渐变白,一直到了心窝的位置,又有点发暗。

"没有意愿拯救女人,这句话品子你是认真说的吗?"友子小声说道。

"这个吗?也不是玩笑。"

"咱们两个人来跳《佛手》吧。让我也跳……你母亲的《佛手》虽然是独舞,但是我觉得也可以追加一个拜佛的飞鸟少女。

让作曲的人多添几笔……"

"要是能有拜佛的舞蹈的话,佛舞就好跳了吧。也容易蒙混过关。"

"我不是说要蒙混过关……我来跳参拜品子的部分,不知道这部分是会破坏还是会更加衬托你的那部分。我不太有信心,但是礼佛的飞鸟少女的那部分舞蹈,咱们两个人努力编排一下吧。在你母亲的指导下……"

品子多少有点儿被友子的气势压倒。

"就算是舞蹈,被你参拜,我也会觉得害羞的,很是……"

"我就想跳参拜品子你的舞蹈。就当作是咱们青春友情的留念。"

"留念?"

"对。当作是我青春的留念……就是现在,一闭上眼,品子你的眼睑就是佛祖的眼睑啊。那样就可以的。"友子快速地重新说道。

但是品子意识到,友子可能马上就要离开母亲和自己。

晚饭后,友子在厨房帮忙,这时候波子走了过来,小声说:"她父亲听了新闻后,好像变得很是郁闷。你这里完事儿了,就去品子待的厢房里去吧。她父亲可能又犯了以前的那个'战争恐惧症'……"

"他说可能只能活到下次战争的时候啦。"

品子她们没有了声响,收音机里七点的新闻也播完了。

"还问你们在厨房瞎闹什么呢。他心情不好。"

品子和友子看着彼此,"发起战争的又不是我们……"

超过二十万的中国军队，越过边境，进入朝鲜。联合国军也开始大撤退。十一月二十八日，麦克阿瑟司令官发表声明说："我们现在正面临新的战争。原本快速解决朝鲜战乱的愿望最终完全被打破。"在四五天前，联合国军已经逼近国境线，准备发动最后的总攻。形势瞬间逆转。美国总统在十一月三十日的记者招待会上称："政府为了应对朝鲜的新危机，如有必要，正考虑对中国军队使用原子弹。"英国首相也声称要前往美国与总统会谈。

波子大概晚了二十分钟，来到品子待的厢房。

"虽然雨停了，但是外边好冷啊。友子，你今晚住这里的吧。"

"嗯。"品子代她回答道。"就是这么打算，我们才一起回来的。"

"是吗？"

波子靠近火炉坐下之后，看到了放在那里的大衣。

"品子，你让友子试穿了这个吗？"

"嗯。但是她不穿。友子说战争后我自己也只做了三件大衣，拿走其中的两件不太好。这计算还真是准确……"

"不是计算。"友子打断了品子的话。

"接下来还有下雪天，如果你没有替换的衣服的话，就不好办了吧。品子你是不能穿着脏衣服走进舞台后台的……"

"没事的。其实今天早上我还试着改了一下品子的旧衣服呢……"

波子喘了口气，接着说。

"但是只凭这些旧大衣、旧衣服的话，解决不了你的问题吧。

友子你的那些伤心事儿……今晚就说给我们听听吧。"

"好的。"

"有我能帮上忙的，什么事情我都愿意做。虽然一直以来什么事情都是你帮我做，而不是我帮你。有你在身边为我尽力的这些年，是我一生中宝贵的时间。这段时间短暂，也不是能永远持续下去的，所以我想必须好好待你。一旦你结婚了，这样的时间也就结束了。"

"但是友子你的烦恼并不是结婚吧。"

友子点点头。

"我从孩提时代开始，就过于习惯别人对我的好意和热心。我也很清楚一直以来自己总是心安理得地接受你对我的尽心尽力。你能早点结婚，离开我也可以……我有时候也会这样想。"波子看着友子说。

"你的结婚、成功、生活这好像是为了我而牺牲了一样。但是你还是一心一意地为我献身。"

"哪有什么牺牲……能这样依靠着老师您是我生存的意义。虽然一直都是承蒙老师和品子照顾，但是如果能帮老师您做一点类似于献身的事情，我觉得是我的幸福。献身才是我的幸福。对于没有信仰的我来说……"

"是吗？对于没有信仰的我？"

波子重复了友子的话，自己也好似在思考什么一样，"你这么一说……"

品子嘟囔着说："战争结束的时候，我十六岁，友子你十九岁吧。按虚岁计算的话……"

"虽然你说没有信仰,但是你对于我算是全力奉献了……"

波子这么说后,友子摇头说:"我其实有事情瞒着老师您。"

"隐瞒?什么啊?你生活得不容易?"

友子又摇摇头。

波子反复问,友子也没有回答。

"如果你觉得不方便跟我说的话,跟品子说也行。"波子留下话,没多大会儿就又回到上房去了。

摆好床铺,关掉枕边的灯之后,友子跟品子说她想要离开波子,自己出去工作。

"我也猜到了。母亲也说不能好好地照顾你,觉得对不住呢。"品子说着,转过身来。

"但是,既然是这件事的话……"

"不,不是我们的事情。不是为了我跟我母亲。"

友子开始支支吾吾起来。

"是孩子的病,没办法啊。孩子的命是换不来的。"

"孩子?"

友子应该没有孩子。

"你说孩子,是谁家的孩子?"

友子坦白说是自己喜欢的人的孩子。那个人有两个孩子,都因为得了肺病,进了医院。

"那人的妻子呢?"

"他妻子身体也很虚弱。"

"是有妻子的人?"品子突然犀利地问道,然后又压低声音说,"还有孩子?"

"嗯。"

"为了他的孩子,你要出去工作?"

黑暗中友子没有作答,所以品子喊道:"友子。"

"这也是友子你说的献身吗?真是搞不明白。我不知道那人是什么心情。为了给自己孩子看病,竟然让友子你去工作赚钱吗?"

品子声音有点颤抖:"你喜欢那样的人吗?"

"我倒也没有被人强迫着去工作。我自愿的。"

"那也一样啊。这人真是过分啊。"

"不是的,品子……孩子之所以会得病,不是因为我喜欢那个人,才给他带来的灾难或者命运吗?发生那人身上的事儿就是我的事儿。"

"可是……那个人的妻子和孩子,也要靠你来赚医药费,这样也没关系吗?"

"他妻子和孩子都不知道我的事情。"

品子像是喉咙一下子塞住了一样。

"是吗?"她低音量说,"孩子们几岁了?"

"大的女孩子有十二三岁。"

从那孩子的年龄,品子推测了一下那个父亲的年龄。友子的相好可能都四十了吧?

品子睁开眼,沉默着,在黑暗中听到友子枕头的动静。

"我想生的话,倒是能生。我肯定能生个健康的孩子……"

在品子听来,这话很是愚蠢。她觉得友子不干净,也觉得很讨厌。

"这是我的自言自语,对不起。"

友子感受到了品子的想法。

"跟你说这个真是很羞愧啊。但是不跟你说这么多的话,你可能觉得我在撒谎。"

"从开始就是谎言啊。友子你说要为对方的孩子尽力,这不是谎言吗?即便听了你刚才的话……就是谎言啊。"

"不是谎言啊。即便不是我的孩子,但是那个人的孩子啊。还有,这是事关人命的啊。那个人珍视的东西也是我珍视的东西。那个人辛苦就是我辛苦。虽然这不是那么高尚的真实,但是是我得以依靠的真实啊。仅凭品子用来责备我的道德,还有我自怨自艾的理性,那孩子的病还不是好不了。"

"可是你想想看,即便孩子病好了,到最后如果知道是友子你拿的钱,他妻子和孩子会是怎样的心情呢?会不会跟你言谢呢?"

"考虑这些事情的时候,结核病菌不会等人啊。即便那孩子后来会恨我,但是也得是能活下来啊。现在那个人因为孩子的病而变得很拼命,我也想拼命帮助他。"

"那个人自己拼命工作不就好了?"

"他就是一个普通的职员,怎么能赚到大钱呢?"

"那友子你又怎么能赚到呢?"

友子虽然很难开口,但还是坦白说要去浅草的小戏棚里工作。

品子从那口吻中感到她可能要去跳脱衣舞。

爱上了一个有妇之夫,为了那人的孩子治病的医药费,友子要去跳脱衣舞。品子真是震惊不已。

好像在噩梦当中,品子不知道怎样判断善恶。这也是女人为爱而献身，而牺牲吗？友子要去浅草的小戏棚去展示自己的裸体，这好像是既定事实了。

从小两人互相鼓励，连那次战争中都在偷偷坚持跳的古典芭蕾，现在对于友子，竟然要在这种地方派上用场。

即便愤怒制止，抑或哭闹，一根筋的友子肯定会抛开一切，自己认准了就会一条道走到黑。这一点，品子早就知道的。

"虽然现在说自由、自由，将自己的自由奉献给我爱的人，也是一种自由。我有这种自由，也在这么做。我也有所谓的信仰自由啊。"品子曾听友子这么说过。

品子也曾想过她爱的人是不是指自己母亲波子，但是这时，友子爱的应该是那个有家室的男人吧。

今晚在浴室，友子之所以会跟平时不一样，羞于让品子看到自己的身子，是不是因为她马上要去跳脱衣舞了啊。

友子的裸体浮现在了品子的脑海里。友子是不是还曾怀过孩子啊？

第二天早上，友子醒来的时候，品子已经不在床上了。

友子害怕自己睡过头了，所以急忙拉开了窗子上的挡雨板。

友子睡的地方在松树和杉树环绕之间。在竹丛对面，西边小山稀疏的松林中间，能依稀看到富士山。从东京废墟来到这里的友子，深深吸了一口气，突然觉得有点头晕，于是手扶着玻璃门，蹲了下来。

像是垂樱一样的枝条在面前垂下来，在树枝下，开着小株的山茶花，是深红色的有斑点的花。

波子从正房里趿拉着木屐走过来，站在庭院里说："早。"

"老师，早上好。太安静了，我睡过头了。"

"是吗？没睡好吧。"

"品子呢？"

"早上天还黑的时候，突然跑到我被窝里，我都被她吵醒了。"

友子抬头看着波子。

竹叶的影子打在波子脸上和胸前。

"友子，给你这个……把它放你手袋里……你拿去卖就行。"波子攥在手里给她，友子又不肯要。

"这是什么啊？"

"戒指。被人看到不好，赶紧收起来。今早我都听品子说了。这个厢房我也想卖掉。你也稍微等一下。"

手里被塞进装戒指的小盒子，友子热泪盈眶，突然俯下身来。

冬湖

她们听到了《天鹅湖》的舞曲。

这是芭蕾舞剧的第二幕，是天鹅们的群舞。

在天鹅公主和王子奇格弗里德的双人舞之后，是四只天鹅接着跳，再接下来是两只跳……

伏在走廊的友子突然挺起身来。

"是品子吗？是品子啊。"

被音乐所吸引，友子脸颊上又流下了新的泪水。

"老师，现在是品子一个人在跳吗？我昨天跟她说了很多不开心的事情,她是不是为了排解郁闷才跳舞的啊?"

"是不是在跳四小天鹅的群舞啊?古典四人舞……"波子说着,抬头看着位于岩石上的练习场。

后山的松树对面,飘着一片白云,晨光穿透云彩边缘一直到云彩中间。

友子脑海里浮现出古典舞的舞台。

山间湖畔的一个月夜,一群天鹅游到岸边,变成了美丽姑娘的模样,然后翩翩起舞。

被恶魔罗斯巴特施了魔法,变成天鹅模样的姑娘们,只有在晚上才能在湖畔短暂地变回人形。

天鹅公主和王子间爱的誓言是在第二幕。据说从未恋爱过的两个年轻人如果相爱的话,爱的力量可以打破魔法的诅咒。

《天鹅湖》的舞曲还在继续,友子也在等着。但是只放了第二幕的天鹅舞,练习场就变得安静了。

"已经结束了……"友子仿佛要接着追逐梦境似的,"真想让她再多跳一点儿啊。老师,听到音乐,在这里我都能看到品子跳舞的模样了。"

"是吗?友子,品子的事情,你什么都知道啊……"

"嗯。"

友子点点头。"但是……"她欲言又止,这时候热闹欢快的节日音乐响起来了。

"哎呀,这不是《彼得鲁什卡》吗?"

圣彼得堡一个城镇的广场上,在一个魔术团的小剧场前面,参加谢肉节的人们都在跳着舞。这是由斯托科夫斯基指挥,费城交响乐团演奏,胜利公司(JVC)出的唱片。

友子眼睛湿润,但是炯炯有神,闪着光芒。

"啊,我也想跳。老师,我去跟品子一起跳舞。"

友子站了起来。

"作为与芭蕾的告别……《彼得鲁什卡》这种节日氛围的舞蹈正好。"

波子回到正房,和矢木两个人一起吃早餐。

高男很早就去上学了。

《彼得鲁什卡》第四场的舞曲重复播放。

"今天一大早就这么热闹,狂欢节的动静这么大啊。"矢木说。

"简直就是'伟大的噪音'啊。"

《彼得鲁什卡》是一幕四场的芭蕾舞剧,第一场和第四场都是同样的布景,设定在谢肉节的小镇广场。第四场接近日落时分,拥挤不堪的人群,吵吵闹闹的,愈发地沸腾起来。

组曲的唱片在第四场节日的热闹场景时,也从三面录制。手风琴和铜管、木管乐器的声音相互碰撞,交织,高涨,描绘出繁杂的狂热场面。接下来就是看孩子的姑娘的舞蹈、牵着熊的农民的舞蹈、吉卜赛人的舞蹈、马夫和车夫的舞蹈,还有化装者集体游行的舞蹈。所谓"伟大的噪音"其实是某人听见《彼得鲁什卡》舞曲之后的言论。

"品子在跳什么角色呢?"波子说。狂欢节上的人们都是即兴起舞,所以舞蹈也是很热闹,让人眼花缭乱。

不久,雪花飘落,小镇华灯初上,热烈狂野的欢乐到达高潮。就在这时,木偶小丑彼得鲁什卡失恋于舞女木偶,在这狂欢节的人群中间，被自己的情敌摩尔木偶砍杀。然后在魔术团小剧场的屋檐前，彼得鲁什卡的亡灵出现，这部悲剧也落幕了。

但是品子她们再次重复狂欢节舞曲的音乐，乐声在客厅一直回响。

"早饭前倒是挺热闹的。但是品子她们肯定没有想过瓦斯拉夫·尼任斯基的悲剧啊。"

矢木嘟囔着，朝练习场的方向看去。

波子也朝着同一方向看去："尼任斯基？"

"对。尼任斯基会发疯，不是因为战争吗？他在头脑开始不正常的时候，就会像说梦话一样顺口说出'俄国''战争'这些话。尼任斯基是和平论者，是托尔斯泰主义者。"

"今年春天，他最后还是在伦敦的医院去世了。"

"虽然疯了，但是从第一次世界大战一直到第二次世界大战结束，他还活了三十多年呢。"

矢木之所以会这么说，可能因为彼得鲁什卡是尼任斯基最受欢迎的一个拿手角色吧。

今日矢木在以《平家物语》和《太平记》等古典战争文学为主，写一本叫作《日本战争文学中体现的和平思想》的研究专著。

因为品子她们的《彼得鲁什卡》，他在上午下笔写之前，今天一天脑子都乱掉了。

音乐停了之后，也不见品子和友子到正房来，波子就去看了一下，只见训练场里只有品子一人在那里发愣。

"友子呢？"

"回去了。"

"也不吃早饭就回去了?"

"她说让我把这个还给您……"

品子手里握着那个装着戒指的小盒子。

品子并没有将那个装着戒指的小盒子递给波子,波子也没有接的意思。

"我还一直挽留她说我和母亲今天也会出门,可以一起走呢。但是友子一旦说出口要回去的话,劝也没有用。"品子站着说道,然后走向窗边。

"真是让人吃惊的人啊。"

波子坐在椅子上,看了一会儿品子的背影。

"一直那样会冷的。换了衣服来吃饭吧。"

"好的。"

品子在训练服上披了件大衣。

"友子还说不好意思跟父亲见面。"

"有可能啊。看她昨晚哭过,又一夜没睡的样子……"

"我一开始也没睡着,后来觉得很乏力,就死沉沉地睡去了。"

品子从床边转身过来。

"但是,她是穿着大衣回去的。她还说把母亲给她改过的羊毛的晚礼服也拿走呢……"

"是吗?那就太好了。"

"友子说她现在虽然要离开母亲自己去工作,但是肯定还会回到母亲身边。"

"是吗?"

"母亲。您就眼看着友子那样吗?不打算为她做点什么?"

品子盯着波子,走了过来。

"不分手是肯定不行的。我来让友子跟他分手。"

"我要是早点察觉到就好了。在很久之前,我就觉得那人的感觉不一样了。但是她一心为我好,一直没有变过。只能说友子很巧妙地隐藏起来了。"

"因为她相好的那个人不行,所以也不好跟您说。那种人,我来让友子跟他分手。"品子坚决地重复说道,"但是想瞒住您,很容易啊。"

"品子你是不是也有事情瞒着我?"

"母亲,您知道的吧?父亲的……"

"你父亲的,什么?"

"是父亲存款的事儿啦……"

"存款?你父亲的?"

"为了不让咱们家里人知道,父亲还把存折放在银行里。"

一脸愕然的波子,脸色瞬间苍白。

但是,就在下一个瞬间,难以名状的羞耻的血液翻腾高涨,波子脸颊一下子僵硬了。

那种羞耻也传染给了品子。品子也脸红起来,反倒像是难以按捺地说:"是高男先知道的。高男偷了出来,我才知道的。"

"偷?"

"高男偷偷地把父亲的存款给取出来了。"

波子放在膝盖上的手颤抖起来。

据品子所言，就连仰慕父亲的高男也觉得，父亲让母亲维持一家的生计，无视母亲的辛苦，自己却偷偷存钱这件事不能容忍。所以他才把父亲的钱给取出来的。

事后父亲一看存折，就会知道是自家人干的。父亲也会认为这是无言的批判或者警告吧。

"连存折都寄放在银行了，竟然存款还是被取走了。父亲发现后会是什么样的心情呢。"品子站着说，"我也觉得父亲很过分，和友子的那个相好的差不多。"

"是高男偷的吗？"波子总算能用自己颤抖的声音小声说道。

波子感到入骨般的羞耻，都不能看自己的女儿的脸。她有一种莫名的冰冷的恐惧感，像是打冷战一样。

矢木除了在某所大学任教之外，还在其他的两三所学校兼职。因为一下子多出了很多新制大学，有时候他还会去地方上的学校短期讲课。除了这些工资，他还有一些稿费和出书的版权费进账。

矢木没有告诉波子自己的收入。波子也没有硬要知道。从刚结婚那会就形成的规矩，波子也很难更改。既有波子的原因，矢木也有不是。

波子不是不觉得自己的丈夫卑怯、狡猾。但是她做梦也没想到丈夫竟然会瞒着家人，自己偷偷存钱。存钱也就罢了，还把存折寄放在银行。如果是要养家的男人的话，还可以理解，但是矢木完全不是。

波子知道矢木要缴纳所得税的。但是他不会从自己家缴，而是把纳税地写成学校宿舍或者别的地方。波子以为他这样做也许是为了方便，就没有太留意。但是现在不得不怀疑这是不是矢木

舞姬　267

为了对波子隐瞒收入而小心警惕呢。

波子觉得毛骨悚然。

"我所有的一切,哪怕都失去也没关系。我什么都不觉得可惜。"波子说着。她用手按着额头站了起来,从唱片架旁边的书架上抽出一本书。

"好了,咱们走吧。"

"索性,还不如友子那样好。我们失去所有,让父亲来养咱们。这样我和高男就得自己工作了。"品子挽起母亲的胳膊,走下了石阶。

去东京的电车里,波子不想跟品子说友子和矢木的事儿,想看会儿书,结果发现自己带的是一本有尼任斯基传记的书。

虽说是刚才从书架上稀里糊涂抽来的一本书,但是波子想:这大概是因为听矢木说"尼任斯基悲剧",就留在脑海里了吧。

"如果再有战争的话,那就给我氰化钾,给高男一个深山里烧炭的小屋,给品子一条十字军时代的铁制的贞操带吧。"

就在品子她们放完《彼得鲁什卡》的时候,矢木说了这么一句。波子为了掩饰自己厌恶的情绪,问道:"那我该得到些什么呢?把我给忘了啊。"

"啊,对,我忘了个人啊。那波子你就在三样东西中选个自己喜欢的吧。"矢木说着放下报纸,把脸抬起来。

看着丈夫圆满柔和的面相,波子有点不知如何是好。波子看到了报纸上的大标题,矢木又接着说起来。

"还有个问题,由谁来拿着品子贞操带的钥匙呢?会不会把钥匙给你呢?"

波子轻轻起身，向训练场走去。

波子就当是听了一个讨厌的玩笑。但是在她知道矢木存钱的秘密之后，回想一下，觉得有点可怕。

"今早你父亲在听了《彼得鲁什卡》之后，还说'品子她们肯定没有想过瓦斯拉夫·尼任斯基的悲剧啊'了呢。"波子这么跟品子说，然后把《芭蕾读本》递给她。这是旅居日本的俄罗斯芭蕾舞者写的书。品子接过来说："我都读了好几遍了。"

"是啊。虽然我也读过，但还是不知不觉就带来了。你父亲还说尼任斯基是战争和革命的牺牲品。"

"但是，在尼任斯基还在舞蹈学校的时候，不是有医生说这少年肯定早晚会发狂的吗？"

品子的声音消失在电车驶过铁桥时发出的声响里，她眺望着六乡附近的河滩。好像记起什么事情一样，在过了铁桥后不久说："那个叫塔玛拉·淘玛诺娃的芭蕾舞女演员不也是可怜的革命家的孩子吗？父亲是俄罗斯帝国的陆军大佐，母亲是高加索的少女。父亲在革命中身负重伤，母亲的下巴被击中，在被护送到西伯利亚的牛车上，淘玛诺娃出生了。就生在牛车上……然后在西伯利亚流浪，被驱逐出国，流亡到了上海。就在这时候，安娜·巴甫洛娃去上海巡演，幼小的淘玛诺娃看到了她的舞蹈后，立志成为一名舞蹈家……据说淘玛诺娃在巴黎的歌剧院出演《让娜的扇子》，作为天才少女而轰动一时的时候，才十一岁。"

"十一岁？淘玛诺娃来日本跳《天鹅之死》的时候，是大正十一年（1922年）。"

"那时我还没有出生呢。"

"是啊……我那时还没结婚，还是个女学生。刚好是巴甫洛娃去世前十年。她好像是五十岁去世的,所以来日本的时候大概就是我现在的年龄。"

在被送到西伯利亚的牛车上出生的淘玛诺娃,从上海辗转到巴黎。然后在巴黎,自己的舞蹈又被在上海看到过舞姿的安娜·巴甫洛娃所认可。这是幸运的相识啊。看到幼小淘玛诺娃排练的样子,世界上最有名的芭蕾舞女演员感动了。小小的舞蹈演员和自己崇拜的巴甫洛娃一同在特罗卡德罗登台舞蹈。

在那之后,加入蒙特卡洛的俄罗斯芭蕾舞团,年仅十四岁的塔玛拉·淘玛诺娃成为乔治·巴兰钦执导的《芭蕾舞剧一九三三》的首席舞者。

据说这位长着忧郁脸庞、身材娇小的少女,在舞蹈之时也有几分寂寞的影子。

"现在她在美国跳舞吧?应该已经三十岁了。"品子好像记起来了什么一样,"之前我经常从香山先生那里听到淘玛诺娃的事情。在被香山先生带去军队、工厂,还有去给伤兵慰问,到处跳舞演出的时候,我也才十四或者十六岁……和淘玛诺娃在蒙特卡洛俄罗斯芭蕾舞团,在《芭蕾舞剧一九三三》里作为天才少女跳舞的时候,也差不多同年吧。"

"是啊。"

波子点点头,但是品子很少提及香山这个名字,所以她一下竖起了耳朵。

但是波子还是把话岔开了。

"在英国,芭蕾舞团去前线、工厂和农村到处慰问演出,将芭蕾的魅力扩散到一般民众。战后芭蕾会变得很盛行,这不也是其中的原因之一吗？芭蕾舞在日本会流行起来，是不是也有这个原因呢？"

"为什么呢？我认为是在战争中被压抑的东西得到解放，其中也有女性的解放，这些都确实通过芭蕾的形式展现出来了吧。"品子回答道，"但是和香山先生一起慰问演出旅行的时候还是很怀念啊。当时每回去东京，在六乡川上都会想今天能不能活着从这铁桥上回去。当时去慰问特攻队的时候，我还想过就死在这里算了。坐卡车还算好的，还坐过牛车呢。就是在那牛车上，香山先生告诉了我淘玛诺娃在牛车上出生的故事。我当时哭了。当时因为空袭，街上一片火海，一有飞机靠近，我们就从牛车上跳下，躲到旁边的树荫里。跟被革命军追赶的俄国人差不多。虽然香山先生这么说，但是我觉得那时候可能比现在都幸福。因为那时没有迷茫，没有猜疑……一心想着抚慰为国家而战的人们，拼了命地跳舞。有时候友子也一起来。我那时十五六岁，就算踏上随时可能会死的旅程也不害怕，就像是被信仰支撑着一样……"

旅程中香山先生用胳膊保护着品子，至今她感觉那胳膊仍在自己的肩上。

"够了，不要再说战争的事情了。"波子本来想轻轻地说，但是声音却变得严厉起来。

"好的。"

品子看了看周围，好像感觉被谁听见了一样。

"对了，那个六乡川的河床也有很多变化。之前不是修建了高尔夫球场吗？战争一爆发，那里就被用作军事训练，然后慢慢被开垦成耕地，现在整个河床都变成麦田和稻田了。"

品子一边说着,她美丽的眼睑上,到底还是浮现了和香山一起穿越战火旅行的美好回忆。

"战争的时候,我根本没有考虑过其他多余的事情。"

"你那时候还小,大家思考的自由都被剥夺了啊。"

"母亲您不觉得咱们家现在的情况,还不如战争时和平吗?"

"是吗?"

波子一下子竟然不知如何对答。

"那时候全家人紧紧靠在一起,不像现在一样四分五裂的。国家有可能会灭亡,但是我们家不会破裂。"

"是不是母亲我的错啊?"波子终于还是说出了口,"但是,品子说的虽然是事实,但那事实背后,也有天大的谎言和错误吧。"

"嗯,有的。"

"而且,用现在的视角来看以前的回忆的话,已经不能正确地作出判断。过去的事情,大抵都是让人怀念的。"

"是啊。"品子很率直地点了点头。

"但是现在母亲的苦楚,要想变成让人怀念的记忆的话,需要跨越千山万水啊。"

"跨越千山万水?"波子听到品子的说法,脸上露出了微笑。

"要跨越千山万水的是品子你吧?"

品子没有说话。

"要是没有战争的话,说不定品子你现在正在英国或者法国的芭蕾学校跳舞呢……"

波子当时在皇居前面对竹原说过"说不定我也跟她一起去了"。这话,现在她并没有对品子说。

"战争期间,我的学习耽搁了不少。虽然母亲您全神贯注地帮助我,但可能要到我孩子的那一代才能出结果了。在日本要想成为一名真正的芭蕾舞女演员需要三代的努力吧。"

"哪有这回事儿。你做得挺好的。"波子摇着头说。

但是品子垂着眼帘说:"但是我不会生孩子。直到世界和平为止,我都不会生的。"

"什么?"波子感到有点出其不意,看着品子。

"你不要动不动就说什么绝对、断然之类的话。品子啊……这些个不是战时用语吗?"

波子好像有点埋怨的意思,又好像有点打趣地说道:"你可别老是吓唬妈妈啊。"

"哎呀。我只说了一遍,又不是一直说。"

"你突然在电车里宣称直到世界和平为止都不生孩子,作为母亲的我当然会有点仓皇失措喽。"

"那,我就重新说。我品子一个人一边跳舞,一边等待世界和平的到来。母亲,这样可以了吧?"

"你这话听起来像是什么舞蹈宗教的人的说法。"波子把话题岔开了。但是她始终没有理解品子话里的真正意思,就留在心里了。

品子是不是害怕在日本也会有那种在牛车上生孩子的日子啊?抑或把香山放在心底,说等待和平其实意思是等待香山呢?

从品子的讲话方式上,波子也明白香山已经成为品子爱的回忆。那爱的回忆,并没与随着时间流逝而成为过去,而是在现在都很鲜活。波子自身对于竹原也有回忆。波子现在领略到少女的

舞姬

爱的回忆在内心是多么难以忘却。品子会被爱的回忆安静地缠绕，可能是因为她还没有和其他的男人结合。毋宁说如果品子真的结婚了的话，会不会更加意识到关于香山的回忆呢？或许，二十年之后……波子将自己代入那场景里想了一下。

不知道是不是昨晚友子的话点着了品子心中的火，所以从今早开始，品子就跟母亲说了很多话。

从品子口里听到要培养一个真正的芭蕾舞女演员需要三代的时候，波子不禁有些吃惊。

现在比战争期间的家里更和平的说法也确实没错。在粮食匮乏，生命受到威胁的时候，一家人胆战心惊，紧紧地抱在一起。波子对丈夫不断产生怀疑，失望随之也加深，都是在战争之后。父母间的这种隔阂也影响到了品子和高男。波子为此很是伤心。品子说的"国家有可能会灭亡，但是我们家不会破裂"也不是瞎话。

波子沉默了一会儿。这期间品子好像又在思考着什么。

"朝鲜的崔承喜现在怎么样呢？"

"崔承喜？"

"那个人也是生活在革命年间。据说她在朝鲜战争爆发前去过朝鲜，所以有可能是革命的母亲。我第一次看到崔承喜舞蹈的时候，跟淘玛诺娃在上海看到安娜·巴甫洛娃的舞蹈差不多是同样的年龄吧。"

"是啊。那是昭和九年（1934年）或者昭和十年（1935年）吧。我当时也很吃惊。通过无声的舞蹈竟然能感受到朝鲜民族的叛逆和愤怒。舞蹈感觉让人目瞪口呆，其中又有挣扎，粗犷而激烈。"

"品子你记得的也只是崔承喜变得有名之后吧。那个人瞬间就变得很有人气……在歌舞伎剧院和东京剧场的表演会上，也没有这么华丽的人。"

"还从美国去欧洲跳舞了吧？"

"是的。"波子点点头，接着说，"据说崔承喜一开始是想成为声乐家。崔承喜的哥哥看到来汉城（今首尔）公演的石井漠的舞蹈表演，很是感动，所以就让妹妹拜他为师。跟随石井漠来到日本的时候，崔承喜刚从女校毕业，大概十六岁……"

"正是我跟着香山先生四处跳舞的年龄啊。"品子又说道。

波子也接着说："因为是石井漠的弟子，所以可能看起来继承了师父的舞蹈，但是在第一次的发表会上，从崔承喜的舞蹈里我确实看到被压迫民族的反叛，不禁很是惊讶。随着崔承喜越来越火，她的舞蹈变得更加华丽，也变得明朗起来。那种灰暗的悲伤和愤怒，撞到了墙上，那种因痛苦而挣扎的力量消失了……朝鲜舞蹈很受观众欢迎，也跟她跳舞的风格里面没有石井派的风格有关吧。但是她去西洋的时候，会称自己是朝鲜舞姬，在日本的时候就称自己是半岛舞姬。"

"她的剑舞、菩萨舞，还有《花郎舞》等我都还记得。"

"手臂和肩膀的使用方法很有趣吧？按崔承喜的话说，朝鲜是舞蹈种类贫瘠的国家，舞蹈也被人们轻视……从临近消亡的传统中，竟然能创造出那么多新的舞蹈。她的舞蹈肯定不是因为稀罕，才会被大家喜欢的吧。是崔承喜深深感受到了民族的东西。肯定是这样……"

"民族？"

"说起民族，我们肯定是要跳日本舞蹈啦，但是品子你还不用考虑这些……日本舞蹈传统过于丰富，又过于强烈，单单是继承都已经很难了，要提新的尝试就更难，而且容易退步。但是我觉得日本是世界性的舞蹈国家。我不是说芭蕾，而是看日本的从前就有的舞蹈……日本人的确是有舞蹈天赋的。"

"但是日本舞和芭蕾是正好相反的。芭蕾与日本人的心理和身体的传统简直就是背道而驰的。日本舞的动作是含蓄内包的，西洋舞则是离心外放的，感觉也不同吧。"

"但是，像品子你们，从小身体就是按照芭蕾来训练的。在西洋，作为芭蕾舞女演员，身高五尺三寸，体重四十五公斤也是理想的条件，所以你还算可以的。"

品子本来打算在新桥和波子分开，去大泉芭蕾舞团的，但是坐过站了，一直到了东京站，就干脆跟着去了母亲的练习场。

"友子应该不在吧。"

"她会来的。我知道她的为人，她肯定会来的。即便会从我这里辞职，她肯定也会来打招呼的……"

"是吗？昨天不就算是来告别了吗？昨天没睡，加上说了那些话之后再来见您，肯定很难为情吧。"

"她不是那种就这么走掉的人。"波子坚信地说。

品子想到如果今天友子不出现的话，母亲可能会感到寂寞，所以她才跟着来的。

下到训练场所在的地下室的时候，响起了《彼得鲁什卡》的音乐。

"是友子啊。"

"嗨，你瞧！"

友子穿着训练服，但没有在跳舞。她靠着把杆，听着唱片。训练场已经被打扫干净了。

"老师，早上好。"

友子有点害羞地关掉唱片机，突然看着墙上的镜子。

"是《彼得鲁什卡》？"品子说着，又开始播放唱片的同一面。这是第一场谢肉节狂欢的场景。

波子看着镜子里的友子："友子，还没吃早饭吧？那之后你也没回家，直接到这里来了吧？"

"是的。"

友子的眼睑因为疲劳变成了双眼皮，但是双眼闪着光芒。

"既然友子在这儿，那我就去研究所了。"品子对着母亲说，然后来到友子身旁，把手搭在她肩上说，"我还跟母亲说，担心你不会来呢，所以就顺便过来看看。"

节日音乐的高潮部分和友子的体温，让品子觉得心里被什么东西填满了。友子身上很温热，她刚才好像一直在跳舞。

"还有，我跟母亲在电车里还说了民族性的东西。"

《彼得鲁什卡》音乐中也有俄罗斯民族的律动和音色。

这部舞台剧由斯特拉文斯基为谢尔盖·达吉列夫的俄罗斯芭蕾舞团作曲，首次演出的时候，由福金编舞，那个可怜的小丑木偶由瓦斯拉夫·尼任斯基扮演。所以今早，矢木听到《彼得鲁什卡》的音乐的时候，才说这是"尼任斯基的悲剧"。

《彼得鲁什卡》的首演是在 1911 年的明治四十四年。尼任斯基也就刚刚二十岁上下。之后在罗马跳，在巴黎跳，收获了风暴一样的人气。

舞姬

尼任斯基在《彼得鲁什卡》首演的 1911 年离开俄国，一直到 1950 年去世为止，他一辈子都没能回到自己的祖国。

1914 年的大正三年，尼任斯基思念祖国，在巴黎打理好行装，买好车票之后，8 月 1 日世界大战就爆发了。

他离开骚乱的巴黎，途经奥地利的时候被当作敌人遭到逮捕。精神上受了刺激，所以有时会像说梦话一样念叨着"俄国""战争"之类的话。

他最终被释放，远渡美国后的首次公演是《玫瑰妖精》，他一出现在舞台上，观众们立马一齐站立相迎，舞台被人们抛去的玫瑰花给埋没了。

但是即便在美国很受欢迎，尼任斯基还是会经常陷入阴郁之中。他还与诅咒战争倡导世界和平的和平主义者及托尔斯泰主义者有交往。

俄国革命爆发。1917 年的年末，尼任斯基最终还是变成了精神失常一样，从舞蹈界销声匿迹了。他当时年仅二十八岁。

已经疯掉的尼任斯基在瑞士疗养期间，有一天自己即兴跳起了舞。所以就有人在小剧院里召集了观众，在舞台上用黑布和白布做了一个十字架，他就站在十字架顶端，模仿基督钉在十字架上的样子，然后说："这次请大家看看战争。看看战争的不幸、破坏，还有死亡……"

1909 年，达吉列夫的俄罗斯芭蕾舞团首次在巴黎公演的时候，尼任斯基作为男性的当家舞蹈演员，转眼间就被全世界称赞为天才。不久他就半疯半傻地跳着，艺术生涯很是短暂。

1927 年，也就是昭和二年，也是品子出生的两三年前，达吉列夫的俄罗斯芭蕾舞团在巴黎上演《彼得鲁什卡》，当时还把已经完全疯掉的尼任斯基给带到了舞台上。据说因为十五六年前尼任斯基扮演了彼得鲁什卡，人们希望这样能够唤回他消失的记忆，借机让他变回正常人。

所有演员登上舞台，首演时跟他跳对手的芭蕾舞女演员塔玛娜·卡萨文娜还是以前那个舞女人偶的模样，渐渐靠近尼任斯基，与他接吻。尼任斯基害羞地盯着卡萨文娜。卡萨文娜用令人怀念的爱称叫着尼任斯基。然而尼任斯基把脸转向了一旁。

和卡萨文娜挽着胳膊，尼任斯基那张没有了魂儿一样的脸，被拍了下来。

那时的那张戏剧性的照片，品子也在什么地方见过。

达吉列夫把可怜的尼任斯基带到看台上。当扮演彼得鲁什卡的演员谢尔盖·利法尔出现在舞台上的时候，尼任斯基问那是谁，还嘟哝着："那家伙会跳吗？"

扮演彼得鲁什卡的谢尔盖·利法尔被称为尼任斯基再世，是尼任斯基之后的首席男舞蹈演员。尼任斯基会看着那个利法尔嘟哝"那家伙会跳吗？"，是因为他曾经用绝美的跳跃震惊了全世界，这又成了人们茶余饭后的谈资。

但是这疯了的天才的话，很是可怜，可是又感觉很有道理，让人越听越觉得像谜一样。

大概是尼任斯基自己也不知道年轻时的拿手角色现在正在被人演绎吧。也或许是昔日伙伴的友情在捉弄这个只剩下活死尸的尼任斯基吧。

尼任斯基光辉的生涯，经过悲伤和烦恼之后，最终变成冰封了的冬天的湖水一样。打破冰层，潜到湖底，但发现已经什么都没有了。

"'但是品子她们肯定没有想过瓦斯拉夫·尼任斯基的悲剧啊.'今天早上我父亲给我母亲这么说。"品子对友子说。

友子没有说话,所以波子回答说:"矢木可能觉得战争和革命恐怖,所以才会想起尼任斯基。"

"但是,尼任斯基在战争期间不也是去世界各国跳舞了吗?即便因为疯了,他也是属于世界的。连疗养所也是在瑞士、法国、英国等地辗转变化啊。像父亲还有我们,不管发生什么,变成什么样也都是被局限在日本的纸窗帘之后啊。跟尼任斯基的情况是不同的。"

"我们并非世界性的天才……当然也不会变疯吧。"友子说。

"但是友子昨晚的话,有点奇怪啊。我听完之后,觉得自己的脑袋也要变得奇怪了。"

"品子。友子的事情,由我来跟她商量吧……"

"是吗?友子如果听母亲您的,那就好了……"

品子没有看友子,只是开始收拾唱片。

"啊,我来弄吧。"

品子摸了一下慌张地走过来的友子的肩膀,说:"拜托了。你就待在我母亲身边吧。来年春天我母亲要办弟子的表演会,到时候咱们俩一起跳《佛手》吧。"

"春天?几月份?"

"还没有定几月份。但是早点办吧,母亲。"

波子也点点头。

"你会迟到的,品子,你先走吧。"

走出地下室,耷拉着脑袋的品子走到了东京站附近。在钢筋混凝土的工地前面站住,抬头看了一会儿。

爱的力量

进入十二月之后，连续都是大好天。

舞蹈家们的表演会大抵都已结束。只剩下吾妻道穗和藤间万三哉夫妻的《长崎踏绘》，江口隆哉和宫操子夫妻的《普罗米修斯之火》等。

吾妻道穗、宫操子和波子年纪相近。

波子从年轻时开始，大概十五年或者二十年前，就看着这些人的舞蹈。吾妻道穗的日本舞和宫操子的新舞蹈与波子的古典芭蕾风格的舞蹈虽有所不同，但是她们长年累月地持续跳下来，让波子有所感悟。

日本舞的流行，波子也是跟这些人一起经历过的。

江口隆哉和宫操子夫妇留学德国前的告别舞蹈会，还有他们回国之后的第一次演出，波子都有去看。现在还能回想起当时留下的新鲜印象。那大概是昭和十年（1935年）以前的事情。

当时被称作"舞蹈时代到来"，到处都是舞蹈家，他们随意举办表演会，舞蹈会的观众竟然比音乐会还要多。

也就在此时，西班牙舞的阿珩缇娜和特蕾希娜、法国的索克罗夫夫妻、德国的克罗伊茨贝格、美国的露丝·佩吉接连来日本演出。

也就是在那个时候，有谣言说在达吉列夫的俄罗斯芭蕾舞团创立之初就担任编舞师的米哈伊尔·福金想要来日本，波子也听说了。还有传言说福金将要给宝冢和松竹的少女歌剧做芭蕾编舞。

　　因为一直没有古典芭蕾的西洋舞蹈家来过日本，所以波子满心期待，但是这最终还是谣言罢了。

　　波子没有见过真正的古典芭蕾，只是一直持续跳着芭蕾舞一样的舞蹈。自己究竟掌握了多少古典芭蕾的基础训练，波子一直不得而知。

　　摸索、怀疑和绝望伴随着岁月流逝，慢慢加深。

　　战争之后，日本也开始流行芭蕾。现在像《天鹅湖》《彼得鲁什卡》这样的俄罗斯芭蕾的代表作品也开始由日本人演员上演，但是波子还是心虚。

　　让女儿学习芭蕾，自己也在教授芭蕾，但是也有犹豫彷徨的时候。

　　练习场里少了友子，波子好像更加没了教人的自信。大概友子的献身精神也支撑了波子的自信吧。

　　波子不知怎么地很疲惫，有点感冒，所以就休息了四五天没有教课。

　　"母亲，我代您去日本桥教几天吧？"品子担心母亲说，"在友子回来之前，我去帮您不行吗？"

　　"那个人不会回来的。不过她说过会回来的，所以有一天说不定会回来……"

　　"友子的那个相好，我想去见见。但是那个人的名字、住址，友子都没有告诉我。要怎么才能知道呢？"品子说。

　　波子没有力气地说："什么？"

　　"去问下友子的母亲，会不会不太好呢？"

"那样不好吧。"

波子无精打采地回答,但是她想到友子母亲每年都会在年末或者正月里来问候,那个时候该说些什么好呢。

友子的母亲,早年丧夫,凭着四五间出租屋,一手把友子养大。但是战争的时候,家全被烧光了。友子来波子的训练场帮忙后,母亲也要在家附近的商店里上班。波子一直觉得心里不舒服,因为她现在一下养不了她们两个人。她也想过将来可能有一天能帮上忙。没想到在那一天之前,友子竟然要先离开自己。

波子设想的将来里不只有友子。波子好像很消沉,变得寂寞。

虽然波子想过哪怕把宝石卖了,把厢房出手,也要帮一下友子,但是友子知道波子家的情况,而且她觉得也不能一直靠着波子,所以就下定决心要离开。波子也是没有办法。她好像感觉到这是与友子在性格和生活上的差异造成的。

"你不要随随便便就去见友子的母亲啊。她母亲可能什么都不知道呢。"波子说。

"还有,日本桥的练习场,友子不在也能办下去的。你也没必要担心。你现在还不用考虑教别人。"

波子担心自己心里的阴影会投射到品子身上。

之后,在波子训练休息期间,两个在东京经营和服店的人和一个在京都经营和服店的人来到她家。三个人都说自己被偷了。

东京那两人中的一个是在拥挤的电车里被人割破了包,丢失了相当多的钱。另外一个是放在行李架上的行李被人拿走了。

京都的那位在乘坐国营电车去大阪的途中,本来放在膝盖上的行李被人抢了去。车辆准备发出车门就要关上的瞬间,有人抢走他的行李，飞奔而去。

"周边的人都'啊'的一声叫了出来。被抢的当事人反而愣住，话都说不出了。"和服店的人站起来，咬牙切齿地像说相声一样比画着说，"那人就像这样，一只脚踩在门中间，做好了跳出去的准备呢。"

波子把这种年末的危险告诉矢木，矢木却说："哦，他们不约而同前来，和你算是物以类聚啊。"

"你肯定是脑袋一热，同情他们，买了什么东西吧？"被矢木这么一说，波子一下子不知该说什么。

她从京都的那个店家那里买了一件自己穿的和服短褂，心里也在盘算要从东京那两人处买点什么。如果什么都不买的话，她会觉得心里过意不去。

看见有还不错的结城产的十字碎花布，想给矢木买下来。要是在过去，就算有点勉强，也能让丈夫穿上的。想到这点，波子心里又是过意不去。

那碎花布一直留在波子脑海里，本来打算跟矢木说的，但是一开口就在矢木那里碰了一鼻子灰。

"大年末的，谁会拿着一大笔钱去坐拥挤的电车啊。"

"他是这么说的啊。"

"要是在车门关闭时被抢的事情很多的话，那干脆别坐在门口附近不就行了。"

矢木冷静地持续说着，听着的波子变得很心焦。

"不是很可怜吗？我们家平时也是多蒙人家照顾……帮着咱们卖了好多旧衣服呢。"

"那不都是生意吗？"

"也有抛开生意的成分在的。我们是他们的老主顾。他们为我和品子悉心挑选适合我们的，我们想穿的衣服。战争前进货的那些好的东西，虽然他们也有不舍得，但是还是恳切地卖给我们了。他们多伤心啊……"

"伤心？"矢木重新问道，"伤心什么？你为什么声音发抖啊。"

在平时的话也不算什么事儿，但是波子这次反应激烈。

和服店的这三个人在战争前各自有相当大的店面。京都的那家，避难到福井，后来遭到地震。战争后五六年，一直到现在他们都没有自己的店，加上年末被盗，所以带着一副可怜的神情就来了。

被矢木这么一嘲笑，波子突然想，只要拜托到日本桥或者自己家来练习的姑娘们，十匹或者二十匹和服布料是可以卖出去的。所以她急忙准备了一下，出门去东京。

训练场只有学生们，她们像往常一样在做着基础练习。两位练得比较久的学员，站出队列，在代替波子和友子教大家。

"哎呀，老师。您已经没事了吗？"

"您脸色不好啊。"

学生们聚集过来，把波子围起来，搀着她坐到椅子上。

"谢谢。不好意思我休息了。我看起来虚弱，但是也没卧床不起。"波子说着抬起头，本来想看一眼周围的这些姑娘，但是突然咳得厉害，都流泪了。

有个少女用手绢帮她擦眼泪。

"没事的。你们继续训练吧。我再休息一下……"波子走进小房间，盯着固定电话看了一会儿之后，给竹原打了电话。

竹原赶到训练场的时候，波子一个人坐在炉子旁的椅子上，一只手臂搭在把杆上，脸伏在上面。

"谢谢你的电话。电话里你的声音和平常不一样，所以我立马就来了。但是有个小型照相机的客人在，是要做出口生意。"

竹原站在波子面前，摘下帽子，把帽檐卡在把杆和墙壁的缝隙里。

波子双目湿润，抬头看着竹原。额头上还留着袖子的压痕，眉毛也有点乱了。

"对不起。"波子不由得说道，"因为有点感冒，所以课也停了。"

"是吗？现在看起来也还很累啊。"

"有很多让人疲惫的事情啊。"

竹原站着，俯视着波子，突然间把视线移开，说："一进这屋子，就闻到煤气味。该不是有毒吧？"

"嗯。一练习起来很快会变热，所以会关掉的……"

波子转身看着镜子。"啊，脸色苍白……"

波子用指尖摸了摸眉毛，感觉好像是自己刚睡醒被看到了一样，很难为情。她也几乎没有涂口红。

竹原也看着那里："墙上的镜子还没装啊。"

"嗯。"

波子刚开这个训练场的时候就说，想往一面墙上安上镜子。但是，现在只是将西服裁缝店的两个穿衣镜拼在了一起。

"这可能都不算是镜子。"

波子微笑着，但是看着镜子里映出的自己憔悴的脸，很是担心。

头发也四五天没有好好护理，用梳子拢了一下而已。

以这个样子见面，波子觉得也无所谓了，反倒这样，使她对竹原的那种很怀念的亲切感涌上心头。

"今天本来想在家休息的，突然又想出来，就出来了。"

竹原点点头，坐到了椅子上。

"听你电话里的声音，我想你怎么了呢。来的时候，还以为这里不止你一个人。进来就看到你那个样子，那时你在想什么呢？"

"想什么？"

波子一时间没有说话，眼睑上又掠过忧愁的阴影。

"想起了一些无聊的东西。就是护城河角上的那条白鲤鱼……"

"鲤鱼？"

"嗯。在日比谷的十字路口附近，护城河的一角，不是有一条白鲤鱼吗？我不是看着那鲤鱼，被你骂了吗？"

"是啊。"

"后来我问品子，她也说在那里有鲤鱼根本不是什么不可思议的事情。"

"你不是也说过，一条小小的鲤鱼漂浮在护城河的角落里，谁都不会在意地就走过去了。但是只有我会看到，这就是我的性格使然吧。"

"我说了。鲤鱼和波子都是孤独之身，同病相怜。当你盯着护城河看的时候，我真想往你背上拍打一下。"

"你还骂我,说让我改了这种性格。"

"因为看到之后,我也很难过。"

"但是即便没人注意,鲤鱼就在这里。当时我的确这么想。后来就跟品子也说了。"

"你说跟我两人去看的?"

波子摇摇头:"那里是鲤鱼聚集的地方,还是品子告诉我的。还说到晚上就会剩下一条吧……带孩子去日比谷公园的人们在回家的时候会在那里把便当剩下的面包屑或者米粒扔给那条鱼。那里是鲤鱼聚集的地方,所以有一条在那里算不上什么不可思议的事情。"

"是吗?"竹原一边回答,露出像是想要反问似的目光。

"问过品子之后,她也像你一样骂了我,所以自己觉得很可怜。那个时候,小鲤鱼有点奇怪地选了那么一个寂寞的地方,孤零零地待在那里。不知道为什么这一幕让我印象深刻。"

"是啊。"竹原赞同道,"你经常这样。"

"我也觉得。因为没什么大不了的鲤鱼而感伤……跟你在一起的时候,看到那些东西,就会突然觉得很寂寞……"波子说出口之后,虽然有点吃惊,但是突然眼睛闪光,低下了头。

眼睑微红,脸颊也红了。

"对不起。"波子想要缓和一下紧张气氛地说了一句。

竹原盯着波子。

"你不能不看白鲤鱼什么的吗?"

波子听后,眨一下眼,左肩稍微倾斜了一下。在竹原看来,那肩膀是被什么重担压迫,然后变得僵硬。

竹原站起身。先是离开波子两三步,后又靠近。

波子右手搭在左肩上，闭上眼，身体向前要倾倒过去。

"波子。"

竹原从旁边搀住波子。然后走到她身后，想把她扶起来一样抱住了她。

竹原将自己的右手搭在波子的右手上，然后轻轻地握住。波子的右手在竹原的手掌里，指尖没了力气，从肩头滑落。那种冰冷和丝滑渗透了竹原的全身。

竹原低下身子。

"太晚了。"波子把脸扭向一旁。

"太晚了？"竹原重复着波子的话，然后加重语气说，"不晚啊！"

但是，竹原在否定之后，才明白了波子的"太晚了"这句话的意思。

竹原看似犹豫踌躇，在那里一动不动。

竹原的下巴碰到波子的头发，能看到她的耳垂，微微扭转的脖颈，发际处很白皙。

她今天没有戴耳饰。

波子因为感冒，不能洗澡，所以临出门的时候，就比平时多喷了香水。卡朗牌香水的黑水仙香味依稀残留在像枯草一样干燥的头发上。

竹原的右臂和波子的右臂贴在一起。波子把自己的右臂从左肩上拿了下来。所以就变成了竹原轻轻抱着波子胸部的样子。波子激烈的心跳声传了过来。竹原虽然没有触摸到，但是能感受到。

舞姬

"波子。我不会晚的。"

波子轻轻摇摇头,把扭到一旁的脸转正。

竹原用胸口支撑着波子,然后嘴唇接近波子的上眼睑。刚才竹原也想先抚摸下波子的眼睑。

波子闭上眼,她的上眼睑好像会说话一样。比起嘴唇,眼睑很温暖,哀伤地诉说着什么。

但是在竹原亲上之前,眼泪涌了出来,睫毛都湿了。湿润的睫毛,加上双眼皮的线条,变得更加美丽了。

转瞬之间,泪水从眼角流出。

当竹原想要把嘴唇朝向那泪水的时候,"不行,太可怕了。"波子晃了晃肩。

"好可怕。有人看着呢。"

"有人看着?"

竹原向上看。波子也抬起头来。

从对面的采光窗,可以看到行人的腿。

窄长的窗子也就比路高一点点,差不多能到行人的小腿,看不到膝盖和鞋子。

地下室光线明亮,有点晃眼。外边天已经快黑了,街上的人们行色匆匆。

"好可怕。"波子想要站起来。在她的动作的影响下,竹原的手臂不禁抖了一下,波子就像散了架一样,向前踉跄歪倒。

"放开我……"波子走开了。

竹原眼看着波子离去。但是他感觉仿佛还抱着波子。

"咱们从这儿出去吧。"

"好的,等一下。"

波子就像害怕镜子里的自己一样,从镜子边上走开了。

那晚波子九点之前回到家,比品子早。品子因为要编舞,所以迟了吧?因为比品子早,所以波子不自觉地松了一口气。因为她觉得这样好解释。

拉开丈夫房间的拉门,在把手上的手指还在用力。"我回来了。"

"回来了啊。今天好晚啊。"矢木从书桌前转过身来,"出去后没什么事儿吧?"

"没事儿。"

"那就好。"

矢木晃着锡制的茶叶罐给波子看:"这个,已经空了。"

波子走到茶室,从大罐子里把上等茶叶装到茶叶罐里,手一抖,撒落了一些在榻榻米上。

但是把茶叶拿过去的时候,矢木在写字,没有看波子。

"今晚要写到很晚吗?"波子本想不说话就这么退下的,但是还是说了一句。

"不,今天冷,会早点睡。"

波子回到茶室,把刚才掉的茶叶放在火盆里烧了。

烟消了之后,味道还留着。

波子想要在房间里轻轻地来回走走,但是又压制住了自己的想法。

本来打算一到家就直接去训练场弹钢琴的,可这也没能实现。

在回家的电车上波子听到了贝多芬的《春天奏鸣曲》。那首

舞姬　291

曲子里有她和竹原的回忆。遥远的回忆，通过音乐，变成了远处的梦一般，也变成了近处的现实一般。

"品子要是回来的话，就危险了。"波子嘟囔道。

为了不被品子看穿自己难以掩饰的喜悦之情，波子只有藏在床上。因为有点感冒，提前睡下的话，矢木和品子也不会觉得奇怪的吧。

波子从日本桥的训练场出来，应竹原的邀请，去了西银座的大阪餐馆，但是她一直担心回去的时间。在新桥站和竹原分别之后，波子反倒不咳嗽了，沉心于满满的各种思绪中。

回到丈夫身边后，反倒没有了在竹原身边时对丈夫的害怕。

波子自己拿出被褥，"啊"的一声差点叫出来。

因为她突然觉得像是一道闪电掠过一般，和竹原一起在护城河边上，在日本桥训练场里的时候，那可怕的恐惧感突然发作，实际上不就是爱情的发作吗？

波子把褥子放下，坐在了上面。

"会有这种事情吗？"

波子决然否定，在被窝里冷静下来之后也还是像害怕那闪电一般双手合十。

在波子试图一一回想起《大日疏经》里记载的十二种合掌礼法的时候，矢木进来了。

有手指手掌都紧紧贴在一起的实心合掌；有手掌间稍微留出缝隙的虚心合掌；有将手掌做成花蕾一样圆形的未开莲合掌；有双手大拇指和小拇指贴在一起，剩下三个手指分开的初割莲合掌；有五根手指扣在一起的金刚合掌，还有归命合掌——到这里为止是比较像合掌的方式，也比较容易记下。

但是剩下的七个，比如双手手心向上，弯曲手指，像捧水一样的持水合掌；还有手背贴在一起，手指相扣地反叉合掌；双手仅大拇指贴在一起，掌心朝下的不像合掌的合掌。波子也记不清楚。就算能做出样子，也说不出名字。

为了记起来，她从头开始重复了两三次，在做到归命合掌的时候，"怎么样？睡着了？"矢木拉开门，在昏暗中看了看波子的睡姿。

波子很是吃惊，还在合掌的手拉到自己胸前。

归命合掌虽然是死人的合掌，但也是把身体蜷缩，害怕得发抖的一种手势。还是请求饶恕罪过，请求怜悯的手势。

波子用扣在一起的手指发力，紧紧地按住胸口。

她以为是矢木察觉到了竹原的事情，来责备她来了。

"出门去，还是累了吧？"

矢木用手摸了一下波子的额头。

"怎么，没有发热啊。"说着，这次又用额头贴着她的额头，"还是我的热啊。"

波子像是避开矢木一样，用放在胸前的手按在自己额头上，很吃惊地说："哎呀。不行。我都没洗澡……都六天了……"

波子忍住了发抖，也极力把自己断了念想的心思隐藏起来。

一碰到绝望，她仿佛冲破了自己对于不贞的恐惧和罪恶感，得到了解放。

波子流泪了。

不久后，矢木从茶室搭话说："来杯热的柠檬汁怎么样？"

舞姬 293

"好的。"

"要加糖吗？"

"多加点儿。"

波子回想起刚到家的时候跟矢木说了一句"今晚会写到很晚吗？"，这句话是不是听起来像是暗示的劝诱啊。波子咬着嘴唇。

波子嘴里含着热果汁，听到了品子回来的脚步声。

"母亲呢？"品子一进茶室就问道。

矢木用波子也能听到声音说："去东京了，回来累了，就睡了。"

"哎？母亲今天出门了？"品子说着就要去波子的卧室，被矢木叫住了。

"品子。"

品子好像坐到了父亲面前。

矢木打算说什么呢，波子竖着耳朵，左右翻身，拢了一下凌乱的头发。

是为了波子能有时间整理下妆容，才不让品子进去的吗？波子意识到这一点，本来还在忙碌的双手一下子不动了。

"父亲，那是热柠檬吗？"见父亲不吱声，品子说。

"对。"

"我也要喝。"

波子听到倒水和搅拌杯子的声音。

矢木好像看着品子的手势似的，又一次喊道："品子。"

"我看到高男的笔记本，上面写着：一个哥哥，一个妹妹，在这个世界上没有比这再亲密的了。"

说得突然，不知品子有没有看父亲呢。

"这是尼采写给妹妹的信里的话。"矢木接着说，"品子，你怎么看？品子和高男，虽然不是一个哥哥一个妹妹，而是一个姐姐一个弟弟，跟尼采是相反的，但是高男觉得这句话很好，所以才写下来的。虽然年龄上下是相反的，但是同样是一男一女两人……这世上没有比这更亲密的了。是很好的句子吧？"

"高男心里是这么想的，所以品子你也在哪里把尼采这句话写下来吧。"

"好的。"

品子这听话的回答，波子也听到了。

品子好像突然想起来似的问："父亲，您是一个哥哥，一个妹妹啊。"

品子问得若无其事，波子却很是吃惊。

矢木和他那个妹妹各自成家，现在已经断绝了来往。

矢木的妹妹在波子娘家的扶助下，得以从女子师范大学毕业，和矢木的母亲一样成了教师。随着时间推移，妹妹同自己兄嫂慢慢疏远，是矢木的原因呢？妹妹的原因呢？还是波子不好呢？有可能都是。但是生活习惯和性格大不相同，波子和自己丈夫的妹妹合不来是事实。波子一看到那个妹妹，就发现这个人身上有像婆婆遗传给丈夫一样的东西，跟自己不是同一个世界的人。

被品子提到自己的妹妹，矢木会怎么回答呢？波子在等他的回答。

"说起来，跟你姑姑有段时间没见了。新年的时候，大家一起写个贺年卡给她吧。"

但是品子对于父亲装糊涂的样子没有在意,接着说:"父亲,您今早提到尼任斯基了?尼采、尼任斯基都是发疯了的天才?尼任斯基小时候哥哥去世了,所以就变成了一个哥哥和一个妹妹了吧?"

今晚高男回来得晚,所以矢木就会对品子说了高男的事情,但是听着的波子觉得这是在说自己。

矢木是不是看破了波子今天和竹原见面,所以拐弯抹角地责备作为母亲的波子呢?一个姐姐和一个弟弟,一个父亲和一个母亲,这个世上没有比这更亲密的了……

听了父亲的话,品子也像想到了什么一样。品子说出矢木妹妹的事情,说尼采是疯子,其实把波子也撇开了。就算品子不是有心讽刺,但是在背地里听到的波子,也是很吃惊,然后又有点茫然落寞。

"母亲。"品子喊道。

波子没有回答。

"是不是睡着了?"品子又对着父亲说,"母亲也喝热柠檬了吗?"

波子不禁说了一句,"哎,真讨厌。"然后要发抖了一样,"这孩子怎么这样。"

波子感受到女人的第六感已经在品子身上起作用了,而这正是隐藏在女人骨子里那种令人讨厌的、鄙俗的东西之中。

"母亲,您要不要热柠檬?"

但是这也不过是品子体贴才说的吧。

波子深深呼了一口气,令人讨厌的不是自己吗?脑海里只剩下自己那种可憎的姿态。感觉自己的丑陋之处被揭露，引起意想不到的憎恶的发作。

波子感到自己丑态毕露，就像是一个丑女人躺在那里一样。

自己做了亏心事，所以回家的时候才会跟丈夫搭话的吧。或许是害怕内心的罪恶感，所以才会一反常态，想要沉溺在波浪之中吧。那罪恶感，既有对丈夫的，也有对情人的。但是，欣喜反而也加倍了。也正因为如此，对于丈夫和情人的奇怪的罪恶才会积累起来。

一直以来，波子都在试图巧妙地掩饰厌恶、悔恨、绝望这些东西，但是今天她脱胎换骨了。

为什么呢？因为她没有拒绝竹原吗？

竹原看到波子的恐惧，没有去亲她的嘴唇，但是波子并不是因为恐惧才拒绝竹原的。

那可怕的发作其实不就是爱情的发作吗？波子在脑海中出现这样像闪电一样的想法，把褥子放下去的时候，不正是改变波子命运的时刻吗？

那闪电仿佛照亮了波子的本来面目。

波子感觉她可能是在用恐惧的面具，来欺骗竹原和自己。

吾妻德穗、藤间万三哉夫妻的舞蹈剧《长崎踏绘》在帝国剧场上演四天，最后一天，波子去看了。

五点开演，波子两点从北镰仓出发，顺便去银座的贵金属店把戒指卖了。正是她要给友子的那个戒指。

把戒指换成钱，是不是把其中的一部分寄给友子呢？波子犹豫不决地走着。

"要是那个时候友子收了的话,就没有这么多事儿了。"

之前友子曾经按照波子的吩咐去贵金属店,如果她收了的话,也会卖给同一个店吧。

从那时过了才不过几日,波子就为了自己把戒指卖了。她还觉得要是把钱带回家的话,分给友子的部分又会减少。

波子决定让邮递员帮自己把钱送到友子家里。所以她原路返回到了新桥车站。

在邮递员的集中点前面,波子数着千元钞票,忽然"哎呀"叫了一声转身过去,她还以为是竹原的手碰到了自己的肩膀。原来是其他顾客的行李碰到波子的肩膀而已。有一个跟竹原一点也不像的年轻客人站在那里,手里拿着一件不知是什么的细长行李。

"对不起。"

"没关系。"

波子脸红了,心里也热起来。

一万日元,波子重新数了之后,用手绢包了起来,在手绢上写了友子的住址。

"咦?您用手绢包着寄钱吗?"办事员惊奇地问,"这里有袋子,要给您一个吗?"

"给我一个。"

波子有点慌张,当时只想起来用手绢,也没觉得奇怪。

但是离开那个让人觉得难为情的地方,她不自觉地轻轻笑了起来。

走在路上考虑给友子多少钱的时候,她看到了很多服饰店的橱窗里男士的东西,都会想着配竹原怎么样。在波子眼里,仿佛只有跟竹原搭配的东西才该在街上存在。是商品在等着波子，呼唤着波子。然后波子脑海里立马就会浮现出穿戴上这些东西后的竹原的样子。

在处理完友子的事情之后，店里的那些男士商品看起来更加鲜活。看到橱窗里的围巾，波子仿佛触摸到了围着它的竹原的脖颈。波子被吸引进了店里，买了那条围巾。

"啊，太开心了。但是感觉好像是让友子帮忙买的一样。你临别时留下的纪念品？"

波子自言自语，又买了一条毛织的领带。

她穿过和竹原一起走过的护城河的拐角处，去了帝国剧场。她来得太早了。

一上二楼，看见休息室的柱子和墙上挂着林武、武者小路实笃等人的画，波子还在纳闷怎么了。原来是个叫作"花与和平之会"的小卖场。她看到了诗人和作家的彩纸，所以这些画应该也是这个会的。

波子靠在舒适的椅子上，注视着林武创作的《舞娘》蜡笔画。

"波子夫人。"她被人敲了一下肩膀。

"您看得还真入迷啊。"

这次手和声音是同步的，所以这次没有错认为是竹原，但是波子还是吓了一跳。

"好久不见。"沼田重新打招呼。

"好久……"

"刚好在这里遇见您。"

舞姬　299

沼田坐下之前,又回头看了一眼那张《舞娘》。

"好漂亮的画啊。还拿着扇子……"沼田朝画走去。

波子还担心他会不会一直缠着自己直到回家。

很重的沼田在旁边坐下后,椅子一下沉下去,波子身体也倾向那边,波子轻轻地离他远一点。

"上个月见到矢木先生了……"

"是吗?"波子并不知道。

"从京都接到他的书信,被叫到幸田屋,还以为有什么事儿就赶去了,到了才知道什么事情都没有。我还以为肯定是关于波子夫人您呢。先生好像是想从我这里打听些什么消息。关于竹原,关于香山……"沼田看着波子的脸色说道。

"我就随随便便对付过去了。我们还讨论了关于夫人青春的事情……"

波子微微一笑,想岔开话题,脸颊红了。

"今天我见到您,着实大吃一惊。为什么您能像突然盛开的花朵一样,这么美艳。"

"别这么说……"

"不,是真的看起来像是盛开的花朵一样。"沼田重复说道。

"我还劝矢木先生让您重返舞台了呢……"

"哪的话。我还在想要不要关了训练场呢……"

"为什么呢?"

"我没有自信。"

"自信?夫人,您觉得东京有多少芭蕾舞讲习所呢?有六百个啊,六百……"

"六百?"

波子很是吃惊，呆住了一样："啊，太吓人了。"

"据说是有些好奇的人调查的。大阪有四百个……"

"大阪有四百个？真的假的？难以置信啊。"

"加上地方上的各处，数字很是了不得呢。"

"虽然有人写过芭蕾舞不是义务教育，但是现在真的可以说是义务教育一样变得很狂热。像刮起的一阵流行风一样，女孩子们患上了舞蹈病。据说一位舞蹈家被税务署的人说，最近赚钱的也只有新宗教和芭蕾了。"

"不会吧？"

"但是我认为这次的芭蕾热，绝对非同小可。古典芭蕾跟日本人的生活和体格不合，基本规范也是模棱两可，随便编个舞曲就来开表演会。虽然这些听起来像是牢骚，但是全国各地无数的女孩子们开始跳啊、蹦啊、转啊，很是可怕啊。也就是说有很多人会变成垫底的弃子，但在其中也会有人脱颖而出。前提是废物要堆积成山。所以冒牌老师也是越多越好。中途失败而不能成为芭蕾舞女演员的人也是越多越好。新事物变得流行的时候，不都是这样吗？对于此，我很乐观，觉得日本的芭蕾舞很有前途，我的工作也是。"沼田说得越来越起劲。

"东京的芭蕾讲习所从六百变成一千也不足为奇。低水平的下面还有低水平的，所以夫人您的训练场也自然会被提高。"

"你这说法有点奇妙啊。"

"总之，现在不是打退堂鼓的时候。波子夫人，您应该靠着芭蕾去谋生活。"

"生活？"

舞姬

"就是生活啊。应该多一点生意头脑,说您这是职业,会不会失礼啊?最近,不是很多的学芭蕾的姑娘都说要以它为职业,要成为专家吗?"

"是的。但是我还是觉得害怕。"

"但是不那样也是不行的,像令千金就当作是兴趣爱好……"

"我在受雇于您的时候,得到您诸多帮助,所以这次就当作是报恩,我什么都愿意做。作为第一步,举办一个您的表演会怎么样?来年春天,抢占季节的先机,早早办比较好。矢木先生那边,我觉得不是问题,由我去跟他谈判。我之前也跟他说过我在鼓动您呢。"

"矢木说了什么?"

"四十岁的女人再跳舞,最多跳到下次战争,也只是短短的一段时间。哼,二十几年来一直吃您的,这时间可算是不短。这算什么啊,那人……还说什么自己的表从来没有差过一分。把自己的妻子给搞疯了,还说什么表啊。"

"我疯了吗?"

"您疯了。虽然您不像矢木先生的那香蕾鬼脑袋一样疯……夫人,您去恋爱吧。用恋爱来给表重新上弦吧。"沼田用自己大大的眼睛看着波子。

"您差不多也该离婚了吧。能跳舞的时间是短暂的……您今天像花儿盛开一样美丽……"

"这是怎么了?"

"我想问问您。您昨晚和竹原在银座一起走了吧。被看到了啊。"

竟然被沼田看到了,波子很是吃惊她嘴上却说:

"我是跟他商量了一下关于训练场的事儿。"

"商量啊,不管是什么您尽管去做。您要是打算背叛矢木先生的话,我站在您这一边。还有训练场的话,在日本桥的正中间,离东京站也近,您要是经营得当的话,肯定也会有惊人的发展的。让我来帮您一下吧。"

"嗯,但是……比起那个,你知道我这里的友子吧。如果有什么能让这孩子赚钱的机会的话,麻烦你帮个忙。"

"那孩子不错。但是那孩子一个人的话,能不能成功打出名号呢。要是和品子小姐搭档的话就好了,怎么样?"

"品子不一样,她现在在大泉芭蕾舞团。"

"那就再考虑考虑吧。"

这时候开幕的铃声响了。

沼田在波子后边,拖着沉重的身子站了起来。

"夫人,您听说了吗?崔承喜的女儿战死了。"

"啊,那孩子?"

波子一下想起那个身穿友禅绸长袖和服,高个清瘦的刚满十岁的小姑娘。她在舞蹈会的走廊,偶尔见到过。那孩子衣服上的肩褶浮现在眼前,好像还化了淡妆……

"是个很可爱的孩子。是啊,到了和品子差不多的年龄了啊。当了共产党军队的女兵?还到前线去跳舞慰问了?"

虽然这么说,但是波子还是只有那个穿着友禅绸和服的小姑娘的印象。

"崔承喜有一段时间逃到了中国东北。她还是朝鲜的国会议员,还办过舞蹈学校。"

"是吗？刚好前段时间我还跟品子谈起崔承喜呢。就是她的女儿战死了吗？"

波子坐到了观众席上之后，眼前那个女孩形象还没有消失。那形象和波子内心的骚动混成了一体一样。

沼田说话的方式和往常一样有点夸张，听起来让人觉得奇怪。但是他说他看见波子和竹原两个人在一起。那也是没有办法的。刚好今晚也要在这里跟竹原相见，怎样避开沼田的目光，是波子现在最头疼的。波子知道竹原会晚来，但是还是环视观众席，回头看大门，一直安不下心来。

如沼田所说，他是站在自己这一边的。原来在做经纪人的时候，与其说被其利用，倒不如说是波子利用了他。还有沼田长期耐心地纠缠着波子，想钻空子。连她女儿品子也像拿来当工具加以利用。怎奈波子很是坚定，没有让他有机可乘，所以沼田也只好说那就先排队，等下次吧。也就是说等波子和其他的男人恋爱，感情破裂之后，他就可以抓住机会了。

波子既觉得沼田可以接近，又觉得对他始终不能放松警惕。

这两三年来，波子一直躲着沼田。自然而然，沼田也疏远了。一见面，沼田肯定就是讲矢木的坏话，波子越是跟矢木有距离，就反倒越讨厌听他说的那些话。

《长崎踏绘》是长田干彦创作的五幕七场的新舞台剧，讲了殉教者的悲恋和悲恋者殉教的故事。

作曲的是大仓喜七郎（听松），所以演奏由大和乐团来完成。里面既有使用了西洋乐器的日本音乐，也有清元调，还有圣歌的合唱。

第一场是诹访神社的秋祭节日。选神社的节日做场景是因为神教与被禁止的基督教相反。还因为这采用的是祭日的舞蹈。

"看过《彼得鲁史什卡》的狂欢节之后,就觉得日本的节日显得很冷清。"休息的时候沼田说。

"简直就是日本悲怆色彩的代表啊。"

因为出去的话,会被沼田缠住,所以她决定幕间也不去走廊。

昨天把票给了竹原,但是因为座位是分开的,所以波子就更加坐立不安。

一直等到快结束,第六场开始之前,竹原才总算来了。站在门口,用目光找寻着下面的座席。

"在这儿呢。"波子像是叫他一样,站起来上去了。

"啊,来晚了。"

"我还以为你不来了呢。"波子突然握住竹原的手。她意识到之后,放开手,发现自己手里有一只竹原的手套。算不算帮他把手套摘了呢?

"这是西瑞?"

波子把手套拿起来看了一下,然后放进竹原的口袋里。

"什么是西瑞?"

"就是野猪皮啊。"

"我不知道啊。"

"沼田也来了啊。还说昨晚看见咱们俩了。"

"是吗?"

"为了不被发现,我想出去啊。"

波子朝着座席的方向,正想要下台阶。

舞姬　　305

"哎呀，我的脚有点奇怪。在等你的时候，膝盖以上太用力了。"她松了松肩膀，走开了。

幕布拉开，是刑场的场景。

殉教者们悲惨的样子被拉着走。一个叫清之助的工艺人，要被钉死。他的恋人阿市夜间偷偷溜进刑场。望着钉在十字架上的清之助那美丽的遗容而舞蹈。

看着吾妻德穗的舞蹈，波子哭了。因为竹原来了，她可以专心看舞蹈了。感动很直接，很鲜活，没有止境。她陷入了这种自我感动里。

但是幕布将要落下的时候，波子突然站起来，要叫上竹原似的出去了。竹原也看着波子，跟着她走了出去。

"虽然还有踩踏圣像的一场，咱们先逃出去吧。"

"逃走吗？"

"不是很可怕吗？我以后再也不说可怕了。"

竹原一心想着为了不被沼田发现而逃出去，对于波子说不再说可怕这句话时那种发自内心的娇艳而感到吃惊。

"好不容易来了，也只是看了一场啊。"还不如说这是波子带着欢快的心情说的。

"不过我也是跟只看了一场一样。但是吾妻先生的舞蹈里肯定有魔力啊。我一直心不在焉的，一睁开眼，她就在那里跳着。衣裳也很是漂亮。胭脂红色的天鹅绒配上银色波纹，黄色的天鹅绒，再在上面绣上花草，两件都是天鹅绒的和服吧。"

然后波子给竹原看了手里的纸包。

"因为我觉得你系上应该很好看，所以就给你买了一条围巾。"

"给我？"

"要是不合适的话就麻烦了。"

"合适的。那么多年来，你我都把对方的样子记在了心里，所以肯定合适的。"

"嗯，那就好了。"

但是波子好像还是过意不去一样，开始说友子的事儿。她说是卖了戒指，给友子寄了钱之后又买了这条围巾。

波子从结婚之前开始，和竹原之间的关系时近时远，已经过了二十多年。跟竹原坦白说什么事，也不是现在才开始的。

波子多少有点犹豫，但还是说了矢木偷偷存钱的事情。

"是这样的吗？"竹原好像在思考什么一样。

"怎么感觉有点可怜啊，不是吗？"

"你是说矢木吗？"

"但是，可能不是能简简单单用可怜形容的。"

两人避开日比谷的那条电车大路，沿着昏暗的小路走过来。走到星座剧场前面的亮光处，波子无意间一回头，发现高男站在那里。

高男盯着母亲看。

"母亲。"高男先叫了一声。从星座剧场的售票处那里走了下来。

"啊，你怎么在这？"波子原地踩了几下脚。

高男回答说是跟朋友一起来买票的。波子简短地问："现在的？"

"嗯。和松坂……我想给母亲介绍下松坂……"

舞姬

高男说后,也跟竹原打了个招呼。因为他态度也很率直,所以波子多少平静了下来。

"这是松坂。最近和我最亲密的朋友。"

站在高男旁边的松坂,波子看了一眼,有一种在梦里遇见了妖精一样的印象。

"咱们去哪里休息一下吧。高男你也一起,怎么样?"竹原提议道,说的时候既没有对着波子也没有对着高男。

他们走到了银座,进了附近一个叫"欧夏尔"的店。

在入口处,竹原要把帽子寄存的时候,波子从背后把装围巾的纸包拿出来说:"你回去的时候把这个也带走。"

山的那一边

品子带着四个刚进入研究所的少女,去了银座的吉野屋。

十三四岁的女学生,都是一个班的,一下子四个人同时进研究所,真是不常见。四人都梦想着将来成为芭蕾舞女演员。

她们说马上就买芭蕾舞鞋。品子规劝她们说你们又不是一上来就穿舞鞋的,但是少女们可能觉得舞鞋是她们憧憬的梦想的立脚点吧。

品子不得已带她们去鞋店。

进了吉野屋的鞋店,少女们觉得买芭蕾舞鞋是一种骄傲,所以目光里都是对其他买一般鞋子的客户的蔑视。

让男伴给自己买鞋的女人们也有很多是那样的表情。也有一个人来买鞋,不知道买哪个好的女人,她们表情严肃,满脸通红。品子从远处看了这样的场景，好像发现了一个奇妙的世界一样。

品子说她打算先去母亲的训练场，然后去帝国剧院看《普罗米修斯之火》。少女们叽叽喳喳的，说两个地方都想跟着去。

"咱们去训练场，马上穿上这个试着立脚尖吧。好不好？"少女在银座街上，踮起脚上穿的女学生鞋的脚跟站在那里。

"不行。大泉研究所的人怎么能在其他的训练场穿芭蕾舞鞋呢？这样太荒唐了。"

"是您母亲的训练场，不算是其他地方。"

"正因为是我母亲的训练场才更不行。可能我也会被说的。"

"我们能不能看看大家训练。好想看。"

"参观也不行……刚进了大泉，却去其他地方参观……"

"那把你送到入口的地方也不行吗？"

看完《普罗米修斯之火》，晚上就太晚了。品子想打发她们回家。她说江口舞蹈团用的和古典芭蕾舞的技法不一样。一个少女说："那也可以参考啊。"

"参考？"品子笑了起来。

但是少女们怀着期望和好奇心把品子包围，一直到了波子的训练场。

品子带来的这些少女用很认真的眼神看着训练完从地下室回家的少女出门。因为她们都是穿芭蕾舞鞋的同类，并不是那些穿普通鞋的女人。

品子和少女们告别，下到了训练场。

波子和五六个学生正在小房间里换衣服。

品子在这里等着的时候，顺便播放了在小桌子上的唱片。是

舞姬　309

贝多芬的《春天奏鸣曲》。

品子也知道这首曲子里包含了母亲对于竹原的回忆。

"久等了。"波子走了出来，对着镜子理了理自己的头发，说，"品子，你见没见过高男的朋友，一个叫松坂的孩子……"

"我听高男说过他那个朋友。但是没见过，是不是很好看的一个人。"

"很好看。说好看，也是一种不可思议的美丽。像妖精一样……"波子好像追溯梦幻般地说，"昨晚在帝国剧院回来的时候，高男给我们介绍了。"

波子去看《长崎踏绘》的事情，品子也知道。和竹原见面也被高男看到了，反正早晚都会知道，波子就说出来了。

"当时就想怎么会有这样的人呢。不像是地上的人，也不像是天上的人。不像日本人，但没有洋人那种毛病。皮肤看起来好像黑，但又不是黑，是小麦色，就好像皮肤上面还有一层发着微妙光芒的皮肤一样。像女人，但是也有男人的气概……"

"是妖怪？是佛祖？"

品子轻声说，很惊讶地看着母亲。

"应该是妖怪吧。和那种人成为朋友的高男，也变得让人觉得很奇怪。"

波子对于松坂有一种不吉利天使的印象，看来也是真的。

和竹原一起走的时候，突然高男出现。波子停下了脚步，眼前一黑。在那暗黑之中，松坂发着奇怪的光站在那里。就是这样的印象。

被沼田看到，这次又被高男看到了。当波子觉得走投无路，气数已尽的时候，意外间又遇见了松坂。

进了"欧夏尔"之后，波子喝着红茶，偷偷看着松坂。这可能是和竹原的最后一次见面了吧，或者以后会陷入僵局吧。这种局面同时出现，让波子觉得透不过气来。而偏偏在这个时候，没有任何关联的松坂出现在这里，还像妖精一样美丽。波子觉得这可能是命运的什么暗示。

高男和他在一起没有觉得有什么不可思议的，这可能是松坂的美在发挥不可思议的作用吧。

靠里面的座位和大厅的交界处有一层薄薄的帘子。松坂的脸浮现在浅蓝色的帘子上，通过帘子，能隐隐约约看到大厅。波子只好和竹原告别跟高男一起回家。

到今天为止，松坂的印象还像是如影随形，在波子脑海里挥之不去。

"他什么时候和高男成朋友的？"

"不就是最近吗？现在两人好像异常亲密。"品子回答道。

"母亲，要放后边的曲子吗？"

"不用了，咱们走吧。"

《春天奏鸣曲》唱片第一张的背面，是第一乐章快板的结束。品子边收拾唱片，边问："您什么时候带过来的？"

"今天。"

波子想到今天不会见到竹原。

波子连着两天去帝国剧场。

今天是江口隆哉、宫操子公演的第一晚，被招待的客人里面有舞蹈家们、舞蹈评论家们，还有音乐记者们，波子的熟人也不少,所以就没有邀请竹原。这也算是昨天得到的教训。"

今天是品子邀请的波子。母亲昨天见了竹原,品子已经从高男那里听说了。至于今天母亲也很想见竹原这件事,品子没有注意到。

波子打算打电话给竹原,就等着学生都回去了。但是品子来了,所以就没打成。

昨晚被仰慕父亲的高男发现,但是从昨晚到今早,矢木都没说什么,什么事情都没有发生。单单是这些事,波子也想通知一下竹原。

没打成电话,波子很伤感。

"最近去了舞蹈会,不知怎么就觉得不喜欢。"

"为什么?"

"是不是不愿被以前认识的人看到呢?对方也会觉得不知道怎么打招呼,我也不知道该怎么办。时代变了啊。我的席位已经没有了吧。还会被人当作是已经遗忘的人。"

"没有这种事。只是母亲您自己这么说。"

"是的。战争期间,被抛弃是事实。也许是自己让自己那样的。就是那种战前的人在战后会产生的厌世。世间有很多吧。如果内心脆弱的话……"

"母亲,您的内心又不脆弱。"

"是啊。我曾经被人忠告过,如果我内心脆弱的话,会把孩子们也变得很软弱的。"

那时被矢木这样忠告,波子正朝着皇居的护城河走着。

从京桥到马场先门的电车道,穿过国营铁道的高架桥,看到粗大的行道树,树叶已经掉光。皇居的森林上方,已经有一弯细细的新月挂在那里。

波子内心燃烧的年轻之火,最后还是说出了相反的话:"果然不登台跳舞就是不行。宫女士她们还真是了不起。"

"宫女士的《苹果之歌》,还是《爱与争夺》?"品子说出了舞蹈的名字。

《苹果之歌》是伴随着诗朗诵,邦邦女郎①开始跳舞。《爱与争夺》是复员军人的群舞,穿着已经褪了色,汗渍斑斑的士兵服或者穿着白衬衣配黑裤子。女演员的话穿着连衣裙跳。

这些舞蹈在古典芭蕾里中是没有的,它们真实地融入了战后生活的现实情况,品子之前看过之后就记住了。

"战争前能华丽地舞蹈的人,也不只是宫操子一人。母亲您也跳吧。"

"那就试着跳跳吧。"波子也如是回答。

六点开演,但是波子提前二十分钟就到了。为了避开别人的视线,她一动也不动地坐在座位上。今晚的座位在二层。

品子提到那四个女学生。

"是吗?四个人约好一起来?"波子微笑着说,"但是,在那女学生的年龄,品子你已经登台跳得很好了。"

"嗯。"

"最近有个四五岁的孩子来到我这里,说想学,还说自己要成为芭蕾舞女演员……不是孩子的意愿,是她们母亲想这样。日

---

① 邦邦女郎,也叫吉卜女郎。指的是二战后在日本大城市街头出现的向占领军卖淫的妇女。

舞姬　313

本舞的话，有人从四五岁开始学，西洋舞也不是没有，但是我拒绝了。我跟她们说最起码上了小学之后再来……但是那个母亲，我不能笑话她。因为在品子出生的时候，我也希望让你跳舞呢，这也不是孩子的意志。"

"是孩子的意志。我在四五岁的时候就已经想跳舞了。"

"那是因为母亲在跳，还会带着这么小的孩子去参加舞蹈会……"说着，波子将手掌伸到膝盖前面比画着。

"我就拉着你的手，带你去了……"

但是音乐神童什么的，也是父母培养出来的。尤其是在日本的艺术，什么宗师啊，什么流派啊，什么艺名啊，这些从父母传到孩子那里，规矩很多，孩子就这样被命运所束缚。

有时候波子会将品子和自己的事情谈到这种程度，然后再思考。

"这么小就开始……"这次换成品子将手伸到前面，"我也想跟母亲那样跳舞。能一起登台的时候很开心。都是多少年前的事情了……母亲，您还是跳吧。"

"是啊。趁我还能跳得动，就让我在舞台上给你当配角吧。"

昨天也被沼田推荐办春天的表演会。

但是费用怎么办呢？波子现在没有什么着落。竹原在自己心里，波子担心会把这件事跟他联系起来。

"女学生们来没来，我去找一下。都告诉她们技巧不一样，要打发她们回家的，她们却说能做参考……真是令人吃惊啊。"

品子站起来去了，然后压着开幕的铃声回来了。

"好像回去了。但是也有可能在三楼的座位……"

前面有短的舞蹈，《普罗米修斯之火》是第三部。

由菊冈久利编舞、伊福部昭作曲，东宝交响乐团演奏。

这是一部通过四个场景来描绘希腊神话的普罗米修斯的舞剧。从序章的群舞开始，与古典芭蕾的不同之处很吸引品子。

"哎呀。她们的裙子都连在一起呢。"品子吃惊地说道。

有十个女演员在跳序章，那些女演员的裙子都连在一起。几个女演员钻到一条大裙子里去跳。她们翻腾着波涛，横着向上，她们展开，再收紧，暗色的裙子看起来像是什么象征性的前奏。

第一场是没有拿着火的人类的黑暗群舞。第二场是普罗米修斯用枯芦苇盗取太阳火。第三场是接受了火种的人类欢喜的群舞。

偷盗火种给予人类的普罗米修斯在最后的第四场，会被捆绑在高加索山的岩石上。

第三场火的舞蹈，是这个舞剧的高潮部分。

昏暗的舞台的正面，普罗米修斯的火在鲜红地燃烧着。然后那火会被人类手手相传而去。收到火的人群不久后涌上舞台，跳出有火的欢喜。五六十位女演员再加上男演员，每个人手里都高高举起燃烧的火，然后欢跃地跳起来。在火焰的颜色的照耀下，舞台也变得明亮起来。

波子和品子都觉得舞台上的火蔓延到了自己的心中，在燃烧。

因为服装很质朴，所以在微暗的舞台上，裸手裸脚的动作看起来很真实，很鲜活。

这个神话的舞蹈里，火代表着什么意思？普罗米修斯又代表

舞姬　315

着什么意思呢?

演出结束之后,品子回想着残留在脑海里的舞蹈,仔细一想,发现不管什么意思都能说得通。

"人类的火舞已经有了,那下一场就是普罗米修斯被捆绑在山岩上吧。"品子对波子说。

"肉和肝脏被黑秃鹫啄食……"

"是啊。这四场的构成很不错。每一场间的切换都很清楚,让人印象深刻。"

两人慢慢走出了剧场。

四个女学生在等品子。

"哎呀,你们来了啊。"品子看着少女们,"我还找你们了呢。没找到,还以为你们回去了……"

"我们在三楼。"

"是吗?感觉有趣吗?"

"嗯,很不错,对不对?"其中的一个少女对着另一个问道。

"但是有点让人不适,有些地方看着还有点可怕,对吧?"

"是吗?赶紧回家去吧。"

但是少女们跟在品子后边过来:"有什么舞蹈家坐在三楼的位子上吗?"

"舞蹈家,谁啊?叫什么名字的人?"

"好像说叫香山。"那个少女又像问同行的少女一样。

"香山先生?"品子一下子站立住了。

"你们怎么知道是香山先生的?"品子转身看着那少女。

"我们旁边的人说的。说香山来了……那个就是香山吧……"

"是吗?"品子的表情稍微柔和,"那个说香山也来了的人,是什么样子?"

"说那话的人?没仔细看,一个四十岁上下的男人。"

"你也看到那个叫香山的人了?"

"嗯。看到了。"

"是吗?"品子觉得胸口一阵憋闷。

"旁边的人看到那个叫香山的人,跟他说着什么,我们也就是看了一眼而已。"

"说了些什么?"

"那个叫香山的人是个舞蹈家吧?"少女像是询问一样地看着品子,"好像说了那个人的舞蹈,然后又问现在怎么样,还说了不跳了很可惜之类的话。"

十三四岁的女学生是不认识香山的。战后,香山没有跳过。他也就被埋没了。

品子好像并不相信那个香山就在帝国剧院的三楼,对波子说:"真的是香山先生吗?"

"有可能啊。"

"香山先生看了《普罗米修斯之火》吗?"品子说。说是问波子,倒不如说是问自己的样子。她的声音变得深沉。"在三楼啊……是不是不想被人看到啊?"

"有可能啊。"

"就算偷偷藏起来也要看舞蹈,香山先生的心情是不是已经变化了?特意从伊豆出来到这里来的吗?"

"这个吗?有可能因为什么事来东京,顺便来看一下。是不是在哪里看到了《普罗米修斯之火》的海报,所以想来看一

舞姬

眼呢?"

"他也不是那种顺便干什么事情的人。他来看舞蹈的话,肯定是有什么想法的。肯定没错。说不定也悄悄来看过我的演出吧……"

波子感觉品子的想象像展开了翅膀一样。

"香山先生有没有认真看舞蹈啊?"品子问少女。

"不知道。"

"他什么样子?"

"穿的西装?没注意看。"少女和同伴对视了一下。

"那人来东京的话,也不会通知咱们啊。会是这样吗?"品子有点伤心,"还有咱们在二楼,他在三楼,他竟然感受不到我的存在吗?为什么?"

然后品子突然把脸凑到波子面前:"母亲,香山先生现在肯定还在东京车站。我能去找一下吗?"

"是吗?"波子像是安慰品子一样地回答道。

"香山悄悄来的,你就让他这样藏着不挺好吗?被人发现,他也不高兴吧?"

但是品子很性急地说:"已经放弃跳舞的香山先生为什么又来看跳舞呢?就这一点,我想问清楚。"

"这样的话,咱们就赶紧去看看?不知道在不在车站……"

"不用。我先去,母亲您待会过来吧……"说着,品子加快脚步,对着四个女学生说:"你们赶快回去吧。"

波子对着品子的背影喊道:"品子,你在车站等我啊……"

"好的,我在横须贺线的站台上。"

品子一路小跑,回头看到母亲的样子已经远了,她开始全速跑起来了。

她越着急越觉得香山肯定在东京站，而且还会想他是不是现在马上就要离开了。

品子呼吸变得急促，胸口也是上下波动，犹如一团火焰在燃烧一样。

她仿佛看到《普罗米修斯之火》舞台上，人群手里高举的那火就在自己身体里。

在火焰的对面，香山的脸庞时隐时现。

两侧的洋楼几乎都被占领军征用，幸好有一条微暗的小路，行人稀少，品子继续奔跑着。

"旋转三十二次、三十二次……"品子嘟囔着，缓解自己的苦累。

《天鹅湖》的第三幕，变化成天鹅公主的恶魔的女儿，用一只脚站立，一直旋转着跳舞。能将那个旋转美丽地持续三十二次或者更多，将是芭蕾舞女演员的骄傲。

品子还没有跳过《天鹅湖》里的主角，但是自己经常做增加旋转次数的训练，所以在快喘不过气的时候，"三十二次"会被拿来当作号子。

到了中央邮局前面，品子放缓了脚步。

四面八方地看了之后，她去了横须贺线的站台，发现有湘南电车等着那里。

"肯定是这班电车。啊，总算赶上了。"

品子没时间喘息，就开始沿着车窗挨个查看。那站着的人的影子是不是香山啊，她每经过一个车厢，都会记在心里。

还没查到电车最后边的时候，发车的铃声响了。品子立马上了车。

"啊，母亲她……"她想起来要跟波子在这个站台会合的。"大船站也可以下车。"

品子站在车厢的走道上，环视着乘客。

她心想，香山肯定在这个车上，所以品子想每个角落都找一下。

到了新桥站，电车里面变得更挤了。

电车行驶到横滨车站的时候，品子把整辆车的车厢都走着找了一遍。

但是没有发现香山。

"是下一班火车呢，还是电车呢……"

香山许久没有去东京了，所以现在有可能在银座逛街呢。

品子犹豫要不要在横滨站换乘下一班火车。

但是，她还是觉得香山在这辆车上。只找一次的话，说不定有看漏的。一直到了大船站，下车的时候，品子还是这么想。

品子挨个检查着电车的每个车窗，在站台上走着。电车开始启动的时候，她停下脚步看着。

随着电车里的人影快速闪去，品子好像被这个电车吸走了一样。

这班车是开往沼津的，香山会在热海换乘伊东线。品子也坐这班车，要是能在热海站或者伊东站突然出现在香山面前……

品子目送着驶走的电车，待了许久。

电车消失不见了。夜间的原野里，普罗米修斯的样子浮现了出来。

是那个被捆绑在高加索山岩石上的普罗米修斯。肉和肝脏被秃鹫啄食，被风雪吹打。在山脚下，有白色的母牛经过。因为天后赫拉的嫉妒，美丽的少女伊娥被变成了母牛的模样。普罗米修斯对伊娥母牛说，往南走，再去遥远的西方，去尼罗河畔。在那里母牛变回少女模样，后来成了王妃，靠着这个血脉，勇士赫拉克勒斯出生。赫拉克勒斯砍断了捆绑普罗米修斯的锁链。

宫操子跳的伊娥这个角色，那个舞蹈像是在诉说什么，又像是在憧憬着什么，还包含着悲伤谜团的舞蹈。品子看过之后，不知怎地，竟然觉得自己是伊娥，香山是普罗米修斯。

品子换成横须贺线，在北镰仓站下车之后，等着母亲。

"啊，品子，你坐哪儿去了？"波子松了一口气问道。

"坐湘南电车来的。我匆忙到了东京站，刚好湘南电车要发车了。我觉得香山肯定就在车上，就上了车。"

"然后呢，香山在车上吗？"

"没有。"

她们走出车站，往圆觉寺方向走着，一直到越过铁路为止，两个人都没有说话。

看着樱花树投在小路上的影子，波子说："到了东京站，看你不在，我还以为你和香山去了什么地方呢。"

"如果我能在车站见到香山先生的话，我就等您了。"

品子回答道，但是声音还没有恢复平静。

今晚分别在帝国剧场的二楼和三楼，香山和品子仅一步之遥。

两人回到家，矢木在茶室和高男面对面坐在移动暖炉旁。

高男一脸难为情地说："欢迎回来。"然后他抬头看着波子，

舞姬

"今天见了松坂，他还让我向您问好。"

"是吗？"

矢木则是不开心地一直沉默不说话。他好像和高男两个人在说关于波子的传言。

波子感受到那种呼吸困难的感觉。

"松坂看到母亲您这么漂亮，很是吃惊呢。"高男说。

"我才吃惊呢，那人长得那么漂亮。他是你的什么朋友？"

"什么朋友？"高男突然腼腆起来。

"我跟松坂在一起的话，感觉很幸福。"

"是吗？那孩子能让你感觉幸福吗？不知为何我觉得他看起来像妖精。在少年变成青年的时候，男生中间有的吧？有突然变化的人，也有变化过程不明显的人，各式各样。但是那个人就像是单独浮在这个变化的节点上一样。"

"高男也是在变化的节点上吧。"矢木在旁边插话说，"你们都要好好珍视他啊。"

"好的……"波子看着矢木。

"你今晚也是跟竹原在一起吗？"

"不是。我今天和品子……"

"哦，今晚是和品子一起啊。"

"嗯。品子来到训练场，约我……"

"是吗？和品子在一起没问题，但是你跟高男一起过吗？和竹原散步碰见高男以外？"

波子肩膀想要发抖，但是她极力控制住了。

"你是想跟高男分开吗？"

"啊？高男还在面前呢，你说什么呢。"

"那有什么。"矢木很沉静地说。

"高男出生也有二十年了。这期间,全家不才有四个人。真想大家能够互相爱护地生活下去。"

"父亲。"品子喊着,"您要是能爱护母亲的话,大家不都能互相爱护了嘛。"

"哦?我猜你就会这么说。但是你不知道。在你眼里,可能你母亲成了我的牺牲品。但是,并非如此。长年的夫妻,没有一方让另一方牺牲的情况。大抵是一起倒下的。"

"共同倒下?"品子盯着父亲。

"如果倒下的话,你们会不会相互扶持着站起来呢?"这次是高男插话说。

"那个嘛……女人的话,肯定自己倒了,然后说是丈夫把她弄倒的。"

"然后呢,因为自己觉得是被丈夫弄倒的,所以就会想借助其他人的手帮忙扶起来。虽然是自己倒下的。"矢木重复着相同的话,还夹杂了"其他人的手"这个词。

"父亲,您和母亲都不会倒下去的。"品子眉头紧锁地说道。

"是吗?那你母亲现在就是心猿意马吧。品子,虽然你偏袒母亲,但是你觉得你妈妈和竹原之间的奇妙关系持续下去好吗?"

"我觉得好。"品子明确地回答。

矢木和蔼地微笑起来。

"高男,你觉得呢?"

"我不想被问那种问题。"

"那是肯定的。"矢木点点头。但是高男又犀利地追问道:

舞姬

"但是，母亲现在步履蹒跚地维持一个家，这是确确实实的。父亲您也在看着的吧。家里的生活变得越来越苦，父亲您视而不见。这让我觉得很难受。"

矢木把脸从高男那里转开，看着波子头顶上的匾额。那是良宽的笔迹，上面书写着"听雪"二字。

"但是那也有历史的。高男你不知道的二十年的历史。"

"历史？"

"嗯。其实不想说的，战争前，我们家的生活也还算是奢侈。但是能奢侈地生活，是靠你母亲，不是我。我没有想过要去过奢侈的生活。"

"但是，我们家变得艰难，都不是母亲奢侈的缘故啊，是因为战争啊。"

"那是当然。我又不说那种话。我是想说在咱们家的奢侈生活之中，只有我一个人在心理上过着贫穷的日子。"

高男好像受挫了一样："什么？"

"这一点上，品子不用说，高男也是，都是你们母亲奢侈的孩子。三个富人养了一个穷人啊。"

"您要是这么说的话……"高男说不出话来了。

"我不明白。但是觉得对于父亲的尊敬好像受到了损害。"

"我曾经做过波子的家庭教师。从那个时候开始的历史，高男你是不知道的。"

对于矢木的话，波子都能想到出处。

但是波子不明白丈夫为什么会一反平常，说出这些话。话中能听出他吐露了积压多年的憎恶。

"说不定你们母亲会觉得二十年来受到我的伤害。但是这又怎么样呢。如果你们母亲真的这样认为的话,品子和高男生下来就不是好事儿。你们二人能向母亲道歉吗?"

波子觉得内心冰冷,已经凉到了灵魂深处。

"你说我和高男应该跟母亲道歉吗?说我们不该出生?"品子反问道。

"对。你们母亲要是后悔跟我结婚的话……归根结底不就是那个意思吗?"

"只对母亲道歉,不跟您道歉也没问题吗?"

"品子。"波子很严厉地叫着品子。

然后她对矢木说:"你怎么对孩子说这样的话?"

"只是打个比方而已……"

"就是啊。"高男在一旁说。

"该不该出生的话,我们听了也没有什么实际的切身感受。连父亲您也是没有什么实际感受,只是说说而已吧。"

"打比方啊。两个孩子都二十岁了。现在你又来嫌弃我,女人的空想力之根深蒂固真是让我很吃惊。"

波子好像一下扑空了一样,不知该如何是好。

"竹原这种人不就是一介凡夫俗子吗?那人的长处也就是没有跟波子结婚吧。也就是说,只不过是个空想的人物罢了。"矢木浅浅地笑了。

"是不是插入女人胸膛的箭拔不出来了?"

波子不知道这话的意思。

"两个孩子都二十来岁了。"矢木重复着说。

"从姑娘那时候算起,二十年基本上就是女人的一生了。你

舞姬　325

就怀着自己的那些无聊的空想，事到如今也追悔莫及了吧。"

波子低着头。

丈夫的真正意图是什么，波子捉摸不透。矢木的每一句话都有所指，但是每句话之间又好像没有什么一贯的联系。

让人也不禁怀疑，他表面上责备竹原，其实是在用那种沉着的冰冷的话来嘲弄波子。

但是波子觉得矢木自身的空虚和绝望也已经表现出来了。矢木这种像是要崩溃豁出去了一样的说话方式，至今是没有过的。

波子没有见过矢木在孩子面前如此暴露自己的羞耻之处。

波子受伤的话，矢木也受伤，波子倒下的话，矢木也会倒下。矢木貌似逼着孩子们认同了这一观点，但是这句话在孩子心里究竟有什么影响呢？

"如果你说四个人相互爱护的话……"波子声音颤抖，后边的话说不出口。

"品子和高男，你们也好好想想。按你们母亲现在的做法的话，用不了多久，就要卖了这个家。咱们就要变得一无所有了。"矢木像是发泄似的说了出来。

"那也没事儿啊。母亲，总之您赶紧把所有东西都给扔掉好了。"高男耸耸肩，说道。

这个家，没有大门也没有院墙。小山环抱着庭院，山的豁口处自然而成了入口。山脚下，在冬日的时候，有个暖暖的向阳的地方。

入口左右两侧各有一个厢房。右边的厢房虽说原来是管理人住的地方，更像是父亲建筑上的小爱好。战后，有段时间租借给了竹原。现在高男在用。波子想卖的就是这个厢房。

左手边的厢房，品子一个人住着。

"姐姐，姐姐。我能去你那坐一会儿吗？"走出正房后，高男说。

品子用火铲子带着火种，那光亮照耀这黑暗的庭院，映在了大衣的纽扣上。

品子低着头，往火盆里加炭，手在发抖。

"姐姐，父亲和母亲的事情，你怎么看？我现在的话，既不吃惊，也不伤心。因为我是男人……对于国家，对于家庭，我没有任何梦想。就算没有父母的爱，我一个人照样能活下去。"

"爱是有的。不管是母亲还是父亲……"

"有是有的。但是父亲和母亲之间的爱情，如果合二为一倾注到孩子身上还好，现在他们分别爱我的话，我还要去理解他们，很累。现在这个不安的世界，对于在不安的年龄的我们来说，虽然不像是父亲那种说法一样，二十年来相互扶持生活而来的夫妻间的不安到底是什么呢？如果孩子生下来不好，需要道歉的话，那应该向自己，向这个时代的不安道歉吧。父母是不知道现在孩子们的不安的，这种不安也得不到父母的安抚。"高男越说越起劲，还不停地吹着火。

有灰扬了起来，品子抬起了脸。

"母亲说像妖精的那个松坂，他看到母亲的时候就说你母亲在恋爱啊……很是悲伤的恋情啊。他还说看到之后就能同感受到人间乡愁一样的东西。看到母亲的恋爱的样子能让人感受到恋爱的感觉……比起喜欢母亲，我更喜欢母亲的恋情。松坂是个虚无主义者，那种美艳的湿漉漉的花一样的虚无……可能被松坂的魔

舞姬

法附身了吧,我竟然不再觉得母亲的恋情有什么不洁。母亲肯定很憎恶我帮着父亲来监视她吧?"

"哪有什么憎恶……"

"是吗?我确实是在监视。我是偏袒父亲,仰慕父亲,但是对于靠母亲照顾,被母亲背叛的父亲,有种梦想毁灭的感觉。"

品子感觉被说到了痛处一样地看着高男。

"但是,已经无所谓了。姐姐,我可能要去夏威夷的大学。父亲在帮我四处活动。他怕我待在日本的话,会变成共产主义者。父亲还说在最终定下来之前要跟母亲保密。"

"哦。"

"父亲自己也为了能成为美国的大学老师,在做各种准备。"

高男要去夏威夷,父亲要去美国,虽然高男说还不是确定的事情,但是矢木竟然企图瞒着波子和品子,着实让品子吃惊。

"把母亲和我扔下?"品子嘟哝着。

"姐姐你能去法国或者英国就好了。把这个家还有母亲的东西都卖掉……反正,这些东西早晚也会没有的……"

"一家离散?"

"就算在一个家里,大家不是已经四分五裂了吗?在一艘将沉的船上,各自挣扎着……"

"你这话的意思是要把母亲一个人留在日本?"

"会这样吧……"高男的声音和父亲很像。

"但是,母亲自己也想被解放吧。在一生当中,哪怕就是短暂的一段时间,让她完全独自生活,怎么样?二十几年来一直养着咱们三个,现在不是也在叫苦连连吗?所以……"

"什么？你为什么会用这么冰冷的方式说话呢？"

"父亲认为把我留在日本的话会很危险。因为我和以前的人一样，不会把国家当作骄傲和依靠。我认为父亲的想法新颖，我很喜欢。去国外，不是为了发达和学习。因为在日本我会堕落，会破灭，为了躲避这样的风险，才会要把我赶出日本吧。父亲有朋友在夏威夷的本愿寺，让那个人邀请我去，我去了之后在那边上班。不回日本也可以，父亲和我的意见一致。成为世界人，这样既有希望，又让人绝望的东西。父亲在麻醉我呢。"

"麻醉？"

"想来父亲把自己的儿子扔到国外，这种心理内心也有狠心之处。"

品子看着高男细细的手，握着拳，在火盆的边缘蹭着。

"母亲太傻了。"高男随口一说，"但是姐姐，你要是跳芭蕾的话，不出去世界上看一看，最终也会就这样度过一生吧。无论在世界上的哪里，一年就是一年。最近我觉得对这个家，已经没有什么留恋了。"

高男说父亲之所以计划去美国或者南美，大概是害怕再次发生战争。

"姐姐。要是咱们一家四口各自生活在四个不同的国家，回想起日本的这个家的时候，心里又会涌现什么样的感情呢？我也曾空想，我可能会变得很寂寞。"

高男回到对面的厢房，品子变成一个人之后，开始擦掉粉底，把脸贴近镜子，看着自己的眼睛。

父亲和弟弟，男人们心底的想法真是好恐怖。

但是闭上映在镜子里的眼睛，脑海里浮现被捆绑在山岩上的

舞姬 329

普罗米修斯,怎么都觉得那好像是香山。

那晚,波子拒绝了丈夫。

那么多年来,她没有正面拒绝过,也没有正面要求过。波子开始觉得很奇怪,这可能是女人的象征吧,她已经半自暴自弃了。但是一旦试着拒绝,才发现拒绝也没有什么,只不过是当时一时兴起而已。

突然间不知怎么的,波子感觉自己像是被什么弹了一下,一下子跳起来了,然后抓着睡衣的衣领,坐在那里。

矢木很是吃惊,以为波子身上哪里痛一样,睁开眼睛。

"我这里像是被插了一根棍子一样。"波子从胸部揉摸到心窝,"你别碰我。"

对于自己这种突然拒绝丈夫的态度,波子自己也很吃惊,然后脸红了。抚摸自己胸口的手势,像个孩子一样。

看起来好像很腼腆,身子也蜷缩在一起。

因此矢木也没有发现波子毛骨悚然的样子。

波子关掉了枕头边的灯,躺下之后,矢木从后边温柔地帮她抚摸"插着一根棍子一样"的胸口。

波子背部的肌肉紧绷绷地在颤抖。

矢木按住僵硬的脖颈问:"是这儿吗?"

"不用了。"

波子把胸扭了过去,然后又想离得远一点,这时候矢木用力地把她拽了过去。

"波子,我刚才说了二十年、二十年。其实不止二十年,我除了你这个女人,没有碰过其他女人。也只被你这个女人所吸引。作为一个男人，这简直是不可思议的例外，就为了你这个女人……"

"你别说什么这个女人。"

"因为没有其他女人，所以我才说你这个女人。你这个女人可能都不知道什么是嫉妒吧？"

"我知道啊。"

"你嫉妒过谁？"

波子现在不能说自己嫉妒竹原的妻子。"没有不嫉妒的女人。就连看不见的东西，女人也会嫉妒。"

波子听到了矢木的呼吸声，为了躲避那种气息，她用手捂住耳朵。

"如果我们是那种说品子和高男生出来不好的人的话……"

"哦。我只是打了个比方而已。但是，生了高男之后，我们就没有再生过孩子，这是为什么呢？要是有的话，也不错啊。回想一下，从你开始迷上跳舞之后，我们就没有孩子了。是吧？始创舞蹈的人是恶魔，舞蹈的队列就是恶魔的队列，基督教的牧师这样说过……要不你就别跳舞了。接下来说不定我们还能再生一两个孩子呢。"

波子再次觉得毛骨悚然。

时隔二十年再生孩子这种事，波子想都没想过。经矢木这么一说，这听起来就是一个坏心眼的，故意恶心人呢。

但是未必就没有这样的错误，波子感到了恐惧。

波子和竹原在一起，恐惧感发作的时候感觉被什么东西袭击了。这次跟矢木在一起，直接被恐惧感给袭击了。

看完《长崎踏绘》之后，波子会对竹原说"以后不会再说好可怕了",是因为她发觉:一直以来的恐惧感发作可能是爱情的发作。她向竹原诉说了这种强烈的变化。

但是和矢木在一起感受到的恐惧,和爱情发作时的不是一样的。如果非要追究与爱情的关系的话,那应该是害怕爱情失去的恐惧吧。或者是在没有爱情的地方描绘爱情,所以害怕这种幻想破灭的恐惧吧。

波子甚至体会到:人与人之间的厌恶,没有比夫妻间的厌恶更让人觉得有恐怖的切肤之感。

如果是憎恶的话,那应该是很丑陋的厌恶吧。

不知为何,波子想起些无趣的事情。

那是矢木和波子刚结婚不久的时候。

"小姐连洗澡水都不会烧啊。"矢木说。

"要是加上个小锅盖的话,能节省煤炭呢。"

然后矢木就把啤酒箱拆了,自己手工做了一个小锅盖。

矢木还把烧水时对火候的把握、煤炭的添减时机都细致地教给了她。

波子去泡澡的时候,看到做工粗糙的小锅盖浮在水面上,总觉得不干净。

矢木做那个小锅盖花了三四个小时。波子就站在后面,呆呆地望着。那个时候矢木的样子,现在还能记起来。

在全家的奢侈生活中,只有矢木一个人在精神上过着贫困的生活。矢木的这一告白是今晚他所有话中,波子最有感触的。但是一听这些,波子就感觉脚下没根儿,被推进了黑暗的深渊。

二十几年来一直依靠波子才能生活到现在,这简直就是深深的怨恨,或者是报复。撮合两人结婚的是矢木的母亲,但矢木顽强地实现了他母亲的计划。

矢木和往常一样,用手温柔地引诱波子,而波子却一直拒绝。

"你说了那样的话,我很担心品子和高男会怎么想,我去看看他们。"她说着就起身出去了。

真的走到院子里,看着星空,波子觉得自己无处可去。

后山的边缘,挂着像日本画里面的怒涛一样形状的白色云彩。

佛界和魔界

品子走进父亲的房间,矢木不在。她看到壁龛里挂着一幅没大见过的禅语轴画。

"入佛界易,入魔界难。"应该是这么读吧!

走近看了一下印章,是一休的。

"一休和尚?"

品子觉得有点亲切,这次出声读了出来:"入佛界易,入魔界难。"

虽然不是很明白禅僧的话的意思,但是"入佛界易,入魔界难"感觉像是反的。品子看着这么写的字,用自己的声音一读,忽然觉得有所顿悟一样。

房间里没有人,但那句话在。一休的大字好像长着眼睛一样,从壁龛中瞪眼看着周围。

而且房间里还留有父亲刚才还在的气息,所以反而觉得有点

舞姬 333

温热的寂寞感。

品子悄悄地坐在父亲的坐垫上,但是心情平静不下来。

她用火筷子拨了拨灰,还有一个小的火炭。这是一个备前烧陶瓷的小手炉。

在书桌一角的笔筒边上,立着一个小的地藏菩萨。

这个地藏菩萨本来是波子的,不知道什么时候被放在了矢木的书桌上。

有七八寸高的木像,是藤原时代的作品。已经黑乎乎的,很脏。光头的圆形,就是佛祖的那种圆。单手拿着一根比自己还高的禅杖。这根禅杖也是原装的,线条笔直、清晰。

从大小上看感觉很可爱的地藏菩萨,但是看久了之后,品子觉得有点可怕。

父亲今早是不是也是这样坐在书桌前,看着木像,欣赏着一休的字呢。品子这样想着,又看了一眼壁龛。

一开始的"佛"字是工工整整的楷体,到了"魔"字的时候,就变成了缭乱的行书。品子感觉到魔似的,觉得有些心惊胆战。

"这是不是父亲在京都买的呢。"

这不是以前家里就有的画轴。

是父亲在京都淘到了一休的字呢,还是喜欢一休的字,所以特意买来的呢?

壁龛旁边收着好像是以前挂着的轴画。

品子起身走去看了一下,是古书法断片《久海切》。

波子的父亲在家里放了四五幅藤原定家的和歌断片。波子只留下这个《久海切》,剩下的都卖了。据传《久海切》是紫式部写的，所以矢木不会放手的。

品子走出父亲的房间，又小声念叨了一遍"入佛界易，入魔界难"。

这句话和父亲的心是不是有什么样的联系呢？关于这句话的意思，品子也联想到了很多，但是都不能确定。

品子想和父亲谈母亲的事情，所以直到母亲出门去东京为止，她一直在训练场待着，这会儿才来父亲的房间。

莫非一休的字代替父亲已经回答了什么吗？

大泉芭蕾舞团的研究所里，有二百五十多名学生。

这里不像学校那样，招生和入学都有固定的时间，而是任何时候都可以入学，还有一些一直请假的，不来上课的，始终都有学生出入，没办法计算准确的人数。但是没有少于二百五十人的时候。然后加加减减算起来，还有所增加。

大概可以这么看吧，除大泉芭蕾舞团之外，东京主要的芭蕾舞团大抵是两三百人的规模。

但是大部分学生不是经过严格的考试才进来的。和其他学艺术的一样，只要是想要学芭蕾舞，很容易就能进来。那女孩是不是适合跳芭蕾，最终有没有希望登台演出，这些条件在入学的时候也不会深究。

东京的芭蕾讲习所有六百家，大的讲习所有三百名学生的话，那么应该可以建立一个有组织的舞蹈学校，选拔素质好的学生，加以正规、严格的教育和培养，但是现在还没有那样的规划。

还有，大泉研究所里的学员大部分是女学生，她们是放学回家时顺道去练习的。

女学生年级有五个班。下面有小学生的儿童科。

女学生年级上面还有两个年级。学员年龄大，技术也成熟一些。再往上是精英班。

精英班就如名字一样，成员是芭蕾舞精英。他们经常由所长的大泉指导，共同学习，是这个芭蕾舞团主要的舞者，只有十个人。

女性八名，男性两名。品子在里面最年轻。

精英班的人还作为助教，各自负责下面年级的工作。

除了这些年级之外，还有一个叫专科的班，是主要面对上班族的班级，年龄也是参差不齐。如果舞台的公演时有工作，也不能登台演出。

品子每周上三次精英班的课程，还有作为助教带下面年级的人排练，大抵每天都会来研究所。

研究所在芝公园的里面，从新桥车站步行十分钟。

她今天心情沉重，所以不想坐车，就茫然地走着。在研究所入口处，看到一位母亲带着小学五六年级模样的女孩站在那里。

"请问，能不能参观一下。"

"好的，请。"品子回答道，看了一眼女孩。

是自己央求着想学芭蕾，母亲才跟着来的吗？品子打开门，让这对母女先进。就在这时，里面有人喊她。

"品子，你来得正是时候，我们在等你呢。"

喊品子的野津，这里的首席男舞者。

野津是 Danseur Noble（芭蕾舞女主角的男舞伴），就是作为跳公主角色的芭蕾舞女演员的搭档，跳王子角色的。他有着跟名字中 Nobel 相符的高贵气质和体态。收紧的腰身和修长的腿脚描画出的流线美，让人感觉到浪漫。穿上古典的白色芭蕾舞服也很得体，这在日本人中是不多见的。

但是训练的时候，他穿的是黑色的衣服。

"今天太田休息，我还想你要是来了就想让你帮着弹钢琴呢。"野津说道。他有时还会有些女生的腔调。

"可以吧？"

"好的。"品子点点头，"钢琴的话，谁都可以弹的。"

太田是负责给排练演员弹伴奏的钢琴手。

即便没有钢琴，教师用嘴或者手打拍子也不是不能进行基础练习，没有伴奏的讲习所也很多。但是这里用的是切凯蒂的练习曲。有没有伴奏，差别很大。习惯了带伴奏练习的学生，如果没有了钢琴的话，就会跟不上拍子，什么也干不了。

品子对着来参观的母女说："这边请。"让她们坐在了入口旁边的长椅上，自己走到了暖炉旁。

"品子，你脸色不太好啊。"野津小声问道。

"是吗？"品子还是站在那里。

"是不是让你弹琴，不高兴了？"

"不是。"

野津的头上戴着一条有小水珠花纹的蓝色绸带。没有打结，扎得很好。这是为了防止头发甩乱的。连这种地方都能看出野津很会打扮。

"虽然也有会弹练习曲的人，可……"野津坐在暖炉旁边的椅子上，半转着头，抬眼看着品子。蓝绸带包着的额头上的眉毛很漂亮。

算不算夸品子弹得好?

从品子小时候开始,母亲就教她弹钢琴。

波子到了现在的年龄才感觉,钢琴老师可能会轻松些,她已经积累了不少专业的舞蹈排练经验。二十年前,波子年轻的时候,她已经不是外行,出类拔萃了。

品子也会弹大部分舞曲。切凯蒂的练习曲是教芭蕾舞基本功用的,当然比较简单。而且每天都重复地听,自己也一次次弹熟了,都记在脑海里了。

品子弹着弹着就分神了,这时野津走过来:"怎么了?节奏有点快。和平常不一样啊。"

这个时间在排练的是女学生班上面两组中的 B 班,也叫高等科。她们在舞蹈公演的时候,负责群舞。

这个高等科的 B 班升到 A 班,如果跳得再好的话,就会被选拔进品子他们所在的精英班。

同样是群舞,用芭蕾的术语来讲,也有跳双人舞和领舞的。领舞就是在群舞的时候站在最前面跳的。

精英班的独舞演员也会去跳领舞,领舞的人有时候也会被选去跳独舞。

大泉芭蕾舞团的两百五十人中,能登上公演舞台的也就五十人左右。

高等科的 B 班的学员,排练多年,也有技术,对于这个研究所的风格和教授方法很熟悉。

何况抓着把杆的起步基础练习的话,都是重复一样的动作,自然能够顺利进行。所以品子的钢琴也是和平时一样动动手指就可以了。

被野津指责，品子道歉说："对不起。"

"你说有点快？是吗？"

品子一脸"怎么可能"的神色，但是突然被指责有点吃惊，所以说这些来掩饰自己难为情的样子。

"我只是感觉是这样的。你心不在焉地弹着，这边就觉得有点急……"

"哎呀，对不起。"

品子脸颊泛红，看着钢琴上的白键。

"没事儿。但是，品子你没事吧？"野津小声说。

"舞蹈不也是一样。有时候重，跳着跳着就会觉得呼吸急促。"

经野津这么一说，品子真的就觉得呼吸加快，胸口扑通扑通的。

还有野津身上的汗味也让品子觉得呼吸困难。

野津走了过来，自己缓过神儿来的时候，品子才发现野津的汗味好像沾在了鼻子上，很不舒服。

两个人跳舞的时候，野津的汗味有时候还好，这次的话好像是旧汗臭。

野津的训练服还算是洗得比较勤的。但是现在是冬天，可能也懒得洗吧。

"对不起，我注意。"品子讨厌那汗味，就说了一句。

"那待会再聊……"野津说着从钢琴旁边走开，"好吧，那就拜托了。"

舞姬　339

品子用力地弹了起来。根据学生们的脚步声，自己也像在动一样，调整了节拍。

现在开始不扶把杆的练习项目了。

音乐术语会使用意大利语，芭蕾的话就用法语。

野津不断用法语给学员们下指令，他的法语在品子的钢琴伴奏的配合下变得流利动听，品子也好像在他的声音的指引下弹奏。

野津甜美的声音，到了高亢清澈处，那些重复出现的"弯膝""并立"的指令在品子看来，就好像是梦的温柔回响一样。

野津也用手打拍子，在嘴里也数着拍子。

因为那听着像梦的回响，最终品子觉得学生们的脚步声越来越远。"不行！"她就看了一下乐谱。

本来一个小时的排练，因为野津很是热心，所以延长了近二十分钟。

"谢谢。辛苦了。"

野津也来到钢琴旁边，擦着汗水。

新的汗味对于品子来说太强烈了。鼻子会比较敏感是不是因为内心很疲惫呢。

"排练场有一个小时的时间是空着的，你休息一下，要不要一块练习？"野津对品子说。但是品子摇摇头："今天就不练了。我就负责弹钢琴吧。"

一小时后应该还会有女学生班，在那之后还有上班族的业余班的排练。

品子回到暖炉旁时，见入口处的长椅上坐着的两个来参观的女学生起身过来。

"我们想要一份章程。"

"好的。"

品子把章程附在申请书后边递给了她们。那个带小学生女儿来参观的母亲对品子说:"我也要一份。"

野津在排练场的镜子前,一个人练习着跳跃的舞蹈动作。

是跳起来之后,在空中双脚相击的击足跳(Entrechat)和勃里泽(Brise)。野津的勃里泽很是漂亮。

品子在暖炉前,靠着椅子,呆呆地看着。

负责后边班级的助教也来到了训练场,各自开始练习。

品子刚发现好像野津不在了,他已经完全换好衣服,从里面走了出来。

"品子,今天你回家……我去送你。"

"但是,这里没有人弹伴奏啊。"

"没事儿,有人会弹的。"野津把抱着的大衣穿上,"看着对面的镜子,就看出你今天很难过啊。"

品子以为野津只是在镜子里看着他自己的舞蹈,没想到他还担心从远处映在镜子里的品子的脸色。

车子朝着御成门,下了坡。

"我要顺道去母亲的训练场看看……"品子说。

"我也好久没有见过你母亲了,我也一起去,行吗?"野津问道。

然后他就把车子停下了。

"上次见你母亲是什么时候?那时候好像还谈论女芭蕾舞演员是结婚好,还是不结婚好。你母亲还说不结婚好。我说恋爱可能比较好……"

舞姬

忘了什么时候两个人在编双人舞，品子突然听野津若无其事地说："要是让两个人的舞蹈气息合拍的话，两人关系是夫妇、恋人，还是毫无关系的好呢？"

一心跳舞的品子突然很在意，身体变得僵硬，舞蹈动作也生硬起来。要是有什么顾忌的话，就不能把身体托付给男子，也就跳不了。

芭蕾舞女演员的话，会被男搭档用各种姿势抱起来，举起来，扛到肩上，有时还会跳出去，让对方接住。跳舞的时候，完完全全把身体交给对方，男女的身体在舞台上描绘出爱的模样。

男舞伴被称为"女主角的第三条腿"，扮演骑士角色。女主角则扮演恋人的角色，和男舞伴相互交融，把"第三条腿"当作自己的一部分来使用。

品子还不是大泉芭蕾舞团的当家演员，也不是首席女演员。但是野津乐意挑选她来做双人舞的搭档。

在旁人看来，两人恋爱结婚是水到渠成的。

品子还是姑娘，但是，自己的身体可能已经被野津全知道了，更胜夫妻。或许品子多少已经是野津的了。

不过品子根本感受不到野津的男人气息。

是因为两个人一直跳舞，太熟了，还是因为品子还只是个女孩？

由于还是个女孩，所以品子的舞蹈里还难以表现出风情。被野津一说，身体就会变得僵硬。

两人同乘一辆车比两个人一起跳舞，还要让品子感到难受。

更何况今天不想让野津见母亲。

不想母亲那忧郁的神色，好似烦恼重重的样子被野津看到。

还有品子担心母亲，想一个人去看看。

"真是一个好母亲啊。一提及芭蕾舞演员结婚、恋爱的话题，你妈妈脑海里首先考虑到的就是你吧。"野津说。品子觉得很麻烦，回了一句："是吗？"

波子的训练场没开灯，门却开着。

波子不在。

还未日落，地下室有些昏暗，只有墙上的镜子闪着钝光。沿着对面道路的那扇细长的窗子上倒映着街上的灯光。

空荡荡的地板很冰凉。

品子打开灯。

"不在吗？回去了？"野津说。

"嗯，但是……没有锁门啊。"

品子去小房间看了一下。波子的训练服挂在那里，一摸，是凉的。

训练场的钥匙是母亲和友子拿着的。以前一直是友子早点来，把门打开。

友子不在了，母亲把友子的那把钥匙交给谁了呢？

母亲训练场钥匙的问题，品子也粗心，没有留意。友子不在带来的不便难道已经发展到了钥匙上吗？品子深感不安。

今天很奇怪。去父亲房间，父亲不在。来母亲的训练场，母亲也不在。这两件事加在一起，使品子内心的不安更加强烈。

就像一个人刚才还在，走了之后还有他的气息，反而使人感觉更空虚。

"母亲，您去哪里了？"品子照了照镜子，仿佛感觉到母亲还

舞姬　343

在镜子中。

"哎,脸色煞白。"品子对自己的脸色很惊讶。因为野津就在对面,自己又不好补妆。

品子她们因为练习的时候会出汗,所以基本不涂粉,口红也是薄薄的。很少会化那种能掩盖住脸色的浓妆。

品子回到训练场,点上了煤气暖炉。

野津倚在把杆上,目光追着品子,说:"不用暖炉啊。品子你也要回去吧。"

"不,我要等等我母亲。"

"她会回来吗?那我也……"

"我不知道回不回来啊。"

品子把烧水壶放在了暖炉上,然后从小房间里拿出了咖啡容器。

"真不错的训练场啊。"野津环视四周,"有多少学生啊?"

"有六七十人吧。"

"是吗?前几天听沼田说,你母亲来年春天要开表演会?"

"还没决定呢。"

"因为是你妈妈,我也想帮一下。这里没有男演员吧。"

"嗯。不招男学生……"

"但是表演会上没有男演员的话,不觉得冷清吗?"

"嗯。"品子因为不安,不想说话。

品子低着头,冲着咖啡。

"在训练场也用成套的银制的器皿?"野津很稀罕地说,"都是女人的训练场真是干净,你妈妈真是很周到啊。"

这么一说，这套银制的器皿还真是收拾得很得体，干净。但是这里没有大泉研究所那样的活力。那边的墙上贴着几次公演的海报，很是华丽。而这里只是贴了几个外国的芭蕾舞女演员的照片。连从《生活》杂志上剪下来的照片，波子也把它整齐地装在相框里。

"我第一次看你母亲跳舞是什么时候来着？好像是战争刚开始的时候吧……"

"应该是吧。战争形势恶化之后，我母亲就没登台了。"

"那次是和香山一起跳的。"

那时波子的舞蹈，好像现在野津也能回想起来。

"现在回想起来，那时候香山还真年轻啊。跟现在我的年龄差不多？"

品子只是点点头。

"当时和你母亲应该年龄差别挺大，但是没看出来。"野津放低声音。

"香山是不是也跟品子你经常跳舞来着？"

"跳舞？我当时就是个孩子，谈不上一起跳舞。"

"那是你几岁的时候？"

"最后一次跟他跳吗？十六岁。"

"十六？"野津好像在品味一样地重复了一遍。

"你是不是忘不掉香山？"

品子自己都没有想到会这么明确地回答道："对。忘不了。"

"是吗？"野津站起身，把手塞进大衣口袋里，在训练场里来回走起来。

"也是啊。我猜也是。我很清楚的。但是香山已经跟咱们不

舞姬　345

是一个世界的人了吧,不是吗?"

"没有那回事。"

"那品子你跟我跳舞的时候,有像是在跟香山跳一样的感觉吗?"

"没有那回事。"

"两次都是一个答案啊。没有是指……"

野津从对面直对着品子走过来,"那我等你行吗?"

品子看见野津过来,感觉害怕,摇了摇头。

"什么等啊,这种事情……"

"但是我在等什么,品子你应该清楚。很早之前就……还有香山也不是品子的恋人,什么都不是啊。"

香山不是品子的恋人,这样说的话,确实不是。

但是对于野津的那句话,品子的纯洁逆反了。

在野津走到品子身边之前,她就一下子站了起来。

"香山先生即便什么都不是也没关系。我,其实对其他的人……"

"其他人?我也算其他人啊?"野津嘟囔道,然后换了方向,往旁边走去。

品子看到墙上镜子里倒映着野津的背影。脖子里的格子花纹的围巾上有条红色的线条。

"品子你还做着少女的梦吗?"

品子在镜子里追着野津的背影的时候,发现自己的眼里发出了光芒。不是为了野津,毋宁说是拒绝野津的力量涌了上来。

还有决心要代表自己内心寂寞的那种力量。

是什么样的寂寞呢？品子感到有种令身体都不得不紧绷蜷缩的寂寞。

"我已经下定决心了。直到母亲说品子的舞蹈不行为止，我不会考虑结婚。"

"被说你的舞蹈不行为止？连和香山也……"

品子点点头。

野津走到对面墙根，转身看到品子点头。

"真是梦啊。像大小姐……这样的话，我跟你一起跳舞，就变成妨碍你结婚了吧。大小姐总是给男人们分配一些不可思议的角色啊。"他边走边说，"你在说谎。你心里想着香山，才说这种话。"

"不是谎话。我想跟我母亲在一起啊。母亲为了我的舞蹈付出了二十年的心血。"

"你的舞蹈我也会照顾。"

品子对于此也是点头。

"这样的话，我就相信你的话。在跟我一起跳舞的期间你是不会想着要跟香山结婚的吧……"

品子眉头紧锁，看着野津。

"我爱你。你爱香山。但是你在跟我跳舞的时候，这两种爱都在被压抑。这样看，我们俩的舞蹈真是像梦幻一样。是两种爱虚无的流动吗？"

"也没有虚无啊。"

"总觉得是很脆弱的梦啊。"

但是，野津被品子眼里的光芒给打动了。跟刚才完全不一样，变得神采飞扬。那种有压迫感的美中，只有眼睑上略微带着

舞姬 347

忧愁。

"我边跳边等。"

品子眨了眨眼,稍稍摇了摇头。

野津把手搭在品子肩上。

品子回到家后,见高男的厢房亮着灯,就喊"高男,高男"。

高男从雨窗里面回答道:"姐姐?欢迎回家。"

"母亲呢?回来了吗?"

"还没有吧。"

"父亲呢?"

"在呢。"

高男刚要打开门,品子就像是要逃似的,说:"没事儿。没事儿。待会儿再……"

虽然天已经晚了,但是品子不想让高男看到自己不安的样子。

门声也安静下来了。

高男好像站在走廊上,说:"姐姐,你们说过崔承喜的事情吧。"

"嗯。"

"崔承喜在十二月三日的《真理报》发表文章了。"

高男好像是大事件一样地说。

"是吗?"

"也有写她女儿去世的事情。在苏联公演的时候,在莫斯科收到那么多掌声的女儿……崔承喜的讲习所里有一百七十人呢。"

"是吗?"

对于崔承喜在苏联报纸上发表文章这件事，品子并没有像高男那样说得热情高涨。

但是品子用不安的眼神，望着映着冬日里干枯梅枝的挡雨板。

"父亲吃过晚饭了吗？"

"啊，和我一起吃过了。"

品子没有回自己的厢房，直接去了正房。

今晚要是不先见母亲就去见父亲的话，有些许不安。但是再说过"我回来了"之后，也又很难走出父亲的房间。

"父亲，我白天也来过您房间。我还以为您在呢……"

"是吗？"

矢木从书桌转过头来，朝着手炉的方向稍微转了下身体，在等品子。

"父亲，那个一休的佛界和魔界是什么意思啊？"

"这个嘛……为什么这么问？"

"'入佛界易，入魔界难'，是不是这么读呢？魔界是不是人类世界的意思？"

"人类世界？魔界？"矢木有点意外，反问道，"可能是啊。那样理解也可以。"

"像人一样活着，为什么就变成魔界了呢？"

"说是像人一样，但是人又在哪里呢？可能都是魔物啊。"

"您是带着那样的理解来欣赏这幅墨迹的吗？"

"怎么会……这里写的魔界难道不就是魔界吗？真是可怕的世界啊。还说比入佛界还要难呢。"

"父亲，您想入吗？"

舞姬　349

"你是问我想不想入魔界吗?你问这个什么意思?"

矢木满脸和蔼的表情,柔和地微笑着。

"如果品子你认为你母亲是入佛界的话,那么我入魔界也可以……"

"哎呀,我不是那个意思。"

"'入佛界易,入魔界难'这句话让我想起另外一句话,'善人尚能成佛,况恶人乎'。但是又好像不同。一休的话里面不是将悲伤主义都给剔除了吗?而像你母亲和我这样的人的悲伤主义……还有日本佛教的伤感和抒情……也有可能是严酷的战争语言。对了,对了。在十五日会上,《普贤十罗刹》展出的时候我也去了。"

"嗯。"

在北镰仓一个叫住吉的古美术的茶室,每个月十五日会有例会。古董店和茶道爱好者们轮流烧茶,成为关东地区一个重要的茶会。

主人住吉,担任东京美术俱乐部的社长,是美术商里面的元老。淡泊文雅,既有像禅僧一样的地方,也有比茶道师更精通茶道的地方。

十五日的茶会,就是靠这个住吉老人的人品支撑着。

因为离得近,矢木也一时兴起前去参加。原属于益田家的《普贤十罗刹》图挂在壁龛里能看到的日子,矢木也邀请了波子和品子去。

"那是你母亲的爱好吧。围在乘白象的普贤菩萨周围的十罗刹全部都是穿十二单和服的美女。真实描绘了那个年代宫中侍女的模样。是承载了藤原时代华美感伤的佛画。也可以看藤原时代的女性趣味和女性崇拜。"

"但是母亲不是说普贤菩萨的脸这时候美丽而已，没有那么尊贵吗？"

"是吗？普贤菩萨是美男子，但是被画成了美女的样子。阿弥陀如来西方净土来迎接的那幅《来迎图》不也是有藤原憧憬的像幻影、满月来迎这样的话吗。藤原道长去世的时候，弥陀如来手中垂着一根绳，他握住了这绳子的一端。《源氏物语》就产生在藤原道长的年代。我年轻的时候，在研究源氏，你妈妈却说源氏是野蛮的穷人家的儿子，和藤原氏的雅致和哀伤没有什么关系，只不过是粗鄙下流之辈。"矢木看着品子的脸，"《来迎图》里，描绘了来迎接人类亡魂的佛祖们，打扮得很漂亮，手持乐器，跳舞的样子。女性的美能够在舞蹈中完完全全展现出来，所以我不阻止你母亲去跳舞。但是女性不用精神跳，只用肉体跳。很久以来，我看你母亲跳舞也是一样的。女人比起做尼姑，还是跳舞的样子美吧？但是只是那样的话，你母亲的舞蹈也只是她的悲伤主义罢了。是日本式的……品子你的舞蹈不也是青春的美幻画作一样，虚空缥缈吗？"

品子想反驳，可矢木毫无顾忌地说："魔界因为没有感伤，所以我选择魔界。"

正房里只有矢木的书房、波子的起居室、茶室，以及储藏室和女仆的房间。

所以只能将波子的起居室用作夫妻二人的卧室。

从还是波子娘家的别墅的时候开始，这个六张榻榻米大小的房间，就是按照女性房间的感觉建造的。墙的下半段糊着古色古香的绸缎片。说古色古香也只是元禄之后江户时代的妇女礼服之类的。

睡觉的时候看到这些用彩线缝制起来的古老的花样,最近波子觉得很寂寞。因为这些断片太女性化了。

拒绝了矢木之后,波子觉得进被窝就是一种痛苦。

那次之后,矢木也没有要求过波子。

矢木习惯早睡早起,一般都是波子晚点睡,但是矢木会睁着眼等着波子来了,说几句话之后再睡。

即便晚上很晚在品子的厢房谈得很开心,波子也会说"到了你父亲睡觉的时间了"然后返回正房。因为她担心不睡等着自己的丈夫。这个长年的习惯已经铭记于心了。

如果到了卧室,矢木不说话的话,波子也会觉得发生了什么似的不习惯。

然而,那个习惯好像成了波子的威胁。如果矢木从床铺上说什么的话,波子就会很紧张,然后紧紧蜷缩起身子,钻进被窝。虽然内心说"我又不是罪人",但还是平静不下来。不知不觉间想要窥测矢木是不是睡着了的自己,究竟犯了什么罪。

波子不能翻身,是在等什么吗?是等矢木睡去,还是等着矢木来要求自己呢?

要是被要求了,可能还是会拒绝,波子害怕会因此有争执。但是没有被要求的话,又觉得有点可怕。

在矢木睡着之前,波子难以睡着。

波子今晚在品子的厢房说话,到了丈夫睡觉的时候,她也没有回正房。

"我听你父亲说了,你对壁龛里的轴画挑毛病来着?"

"哎？父亲说我找毛病？"

"对。说品子不喜欢，所以两三天前要换另外一幅挂上……"

"哎呀？我只是问了下是什么意思而已。父亲也说了一堆，我没听懂。还说母亲和我的舞蹈是悲伤主义，我有点不服气。"

"悲伤主义？"

"他是这么说的。说什么跳舞这件事就是悲伤主义？"

"是吗？"

"女人通过跳芭蕾来进行身体锻炼，是讨丈夫喜欢的。"波子记起十五年前从矢木那里听到的话。

被矢木说二十多年来"除了你这个女人我没有碰过其他人"的时候，波子可能只是一心去躲丈夫的胳膊，也可能因此这句话听起来让人觉得黏糊糊，纠缠不清似的。

但是后来想想，如矢木所说，可能这就是作为男人的"不可思议的例外"。那"这个女人"波子有幸获得了这个例外的缘分吗？

波子没有觉得丈夫的话是可疑的。她相信它们可能是真的。

但是她现在无法觉得这是幸福的。她感觉自己心情沉重，很是痛苦。

倒不如说这个是矢木性格异常的标志，让波子开始从远处观察自己的丈夫。

"如果说我们的舞蹈是悲伤主义的话，那么我跟你父亲一起生活才是悲伤主义呢。"波子歪着头说。

"妈妈我最近好像很累啊。不到春天可能也打不起精神吧。"

"是父亲让您劳累的吧。他是从魔界看着您呢。"

"从魔界？"

舞姬　353

"不知为什么,我跟父亲谈话的话,自己的生活能力好像会消失一样。"

品子用丝巾扎起了自己的长发,后来又解开了。

"父亲应该是靠着吃您的灵魂,才得以生存下来的。"

波子好像对于品子的这句话很是吃惊。

"总之背叛你父亲的人是我,也必须对品子你道歉……"

"父亲可能在等着大家累垮的那一天呢。"

"不会吧……但是不久后这个家也要卖掉的。"

"能尽快卖掉,在东京建一个训练场就好了。"

"悲伤主义的训练场?"波子喃喃地说道。

"但是父亲反对啊。"

夜里两点多,波子回到正房。

矢木已经睡着了。

波子在黑暗之中穿上了冰凉的睡衣。

即便躺下之后,眼睑到额头就是暖和不起来。

"母亲,你就在我这睡吧。父亲已经睡下了。"尽管品子这么说。

"这才会被你父亲嘲笑说是悲伤主义呢……"

虽然回到正房,波子还是感觉很寂寞,想着如果和自己年轻的女儿品子能一起待到早上就好了。

她一直睡不着,好像因为害怕会吵醒矢木。

早上波子醒来的时候,矢木已经起床了。这是从来都没有过的。

波子很吃惊。

深刻的过去

波子和竹原一起去四谷见附附近老家的废墟的时候,正刮着风。

拨开比膝盖还高的枯草,波子一边找训练场的定基石一边说:"当时钢琴是摆着这里的吧。"

好像竹原应该知道一样。

"当时趁还能搬的时候搬到北镰仓就好了。"

"现在还说什么。都是六年前的事情了……"

"但是施坦威的O系列钢琴现在我是买不起的。那架钢琴也承载有很多回忆啊。"

"虽然小提琴单手拎着就能拿出去,但我还是烧了。"

"是瓜达尼尼牌的吧?"

"是瓜达尼尼牌。还有图尔特牌的琴弓,现在回想起来也觉得可惜。买的时候,日元比较值钱,刚好美国的乐器公司也想收日元,他们就把乐器带到了日本。我把小型相机卖到美国,遇到什么糟糕的事情的时候,还会想起这些往事呢。"

"我遇到糟糕事情的时候,会想起那首《春天奏鸣曲》。今天在这里,我还能从钢琴的废墟上听到那曲子。"

"是啊。我一跟你在一起,好像也能听到那首曲子。两个人弹奏《春天奏鸣曲》的乐器,两样都给烧掉了。但是即便小提琴能留存下来,我也不能摆弄它了。"

"我的钢琴水平也变得靠不住了……但是现在连品子都知道

《春天奏鸣曲》有我和你的回忆。"

"那是品子出生之前啊。真是深刻的过去啊。"

"如果春天我们举行表演会的话，会在有你我共同回忆的曲子中，挑选几首可以用来做伴奏的，跳一跳。"

"但是在舞台上正跳着的时候，你要是恐怖症发作了，可就不好办了啊。"竹原像是开玩笑似的说道。

波子双眼闪光："我已经不再害怕了。"

枯草看起来寒冷萧瑟，但是随风摇曳，打在上面的夕阳光也跟着摆动起来。

在波子黑色的裙子上，闪着光的枯草的影子也在晃动。

"波子，即便找到旧的定基石，也建不出跟原来一样的家啊。"

"嗯。"

"我把认识的建筑师叫过来，让他看看这地皮。"

"拜托了。"

"新家的设计，你也想想。"

波子点点头："你刚才说的深刻的过去，是被枯草埋得很深的意思吗？"

"不是那个意思。"

竹原好像不知道该用什么样的言语表达。

波子回头看了一下颓废的院墙，走到了路上。

"那面墙也用不了，建新家的时候把它拆了。"竹原也回头看了看。

"你大衣的下摆上沾着枯草的种子。"

波子抓着衣服下摆，转着看了一下，先把竹原大衣上的给掸掉了。

"你转过身去。"竹原说。

波子的衣服上没有留下枯草。

"但是你能下定决心建训练场,真是不容易啊。矢木答应了吗?"

"没有,还没有……"

"那就有点难办了。"

"嗯。在这里建的话,等建好的时候,不知道我们会怎么样呢。"

竹原沉默地走着。

"我跟矢木一起生活了二十多年,孩子们也都大了。但是那也不是我的一生。我自己也吃惊了。仿佛有好几个自己一样。一个自己跟矢木生活在一起,一个自己在跳舞,还有一个自己在想着你。"波子说。

四谷见附的天桥那边吹了西风。

他们在圣伊格纳修斯教堂旁边拐弯,走到了外护城河的土堤下边,感觉多少能挡着了点风。土堤上的松树也像在鸣叫一样,迎着风发出了很大的声响。

"我想成为一个人。想把那好几个自己变成一个。"

竹原点点头看着波子。

"你不能给我说'和矢木分手吧'吗?"

"关键就是这里……"竹原接着话说。

"我刚才就在考虑,如果我跟你不是老相识,而是刚刚遇见的话会怎么样。"

"啊?"

"我会说深刻的过去,也大概是因为脑子里有这个想法吧。"

舞姬

"和你现在第一次遇见？"波子很诧异地转向竹原。

"讨厌，已经四十多了，才第一次和你遇见……"波子眼里有点伤心。

"年龄不是问题。"

"我不要。"

"深刻的过去才是问题所在。"

"但是，如果咱们初次见面的话，你肯定看也不来看我一眼的吧。"

"你那样想吗？波子……我可能刚好相反。"

波子感觉胸口被刺了一样，站立住了。

他们来到了幸田屋的附近。

"待会让我仔细问下你吧。"然后波子为了进旅店，就若无其事地掩饰了一番。

"脸上感觉很冷啊……"

长长的走廊下，靠里面的地方放着一个装饰架，还摆着鲁山人的陶器。大多是志野和织部的仿制品。

幸田屋的餐具全是鲁山人的成套的作品。

波子站在架子前面，望着九谷烧的仿制品的盘子。从那里的玻璃上隐约看到自己的脸。眼睛很清楚地映在上面，感觉在闪闪发光。

在走廊尽头的庭院里有园艺师铺下的枯松叶。

在那里右转，然后左转，从汤川博士下榻过的竹之厅的后边走到庭院里。

"矢木来的时候也是在这个房间吧？"波子问女服务员。

"他什么时候来过？"竹原边脱大衣，边问道。"他好像从京都回来的时候来过。我从高男那听说的。"

波子用手从脸上摸到脖子："被风吹过，皮肤都干了，糙了……失陪一下。"

波子在洗手间洗过脸之后，又在外间的镜子前坐下。一边快速地化着淡妆，波子一边试想了一下竹原说的如果两人第一次见面的话会怎么样。但是波子怎么也无法想象出来。

但是两个人来到旅馆靠里边的厢房，没有那么多的不安，到底还是因为比较亲密吧。又或是因为这是彼此都熟悉的旅馆呢？

竹原所在的房间传来暖炉的煤气味。

隔着竹子庭院对面的厅里，矢木也来过。波子脑子里回想起这一点，也缓解了和竹原在一起的不安。

在矢木来了这个旅馆之后的一小段时间，波子虽然被罪恶感追着，但是心里像燃烧了一样。而这一切现在已经结束。

回想起这些，波子脸红了。她又拿起粉盒，把粉涂得更厚了。

"让你久等了。"波子回到竹原待的地方。

"在对面都能闻到煤气味。"

竹原看着波子的妆容。

"变漂亮了……"

"因为你刚才说当成是第一次见面比较好……"波子笑着说，"我接着问刚才的话。"

"深刻的过去？如果是初次见面的话，我会义无反顾地去把你抢过来吧？"

波子低着头，内心确实波涛汹涌。

"还有，我以前没能跟你结婚，我也很伤心啊。"

"对不起。"

"不是那样的。我现在已经没有恨也没有怒。相反，波子你和其他人结婚，过了二十几年之后，还能像这样相见。那深刻的过去就……"

"你要说几遍深刻的过去？"波子抬起眼问。

"是过去把我变成了一个守旧的道德主义者吧。"竹原说后，又好像重新考虑似的，"那种从深刻过去一直流淌而来不曾消失的感情，将我束缚住了吧。彼此都各自结婚，但是还能像现在一样见面，看着像不幸，但其实可能是幸福啊。"

竹原也已经结婚了，现在波子才意识到。竹原的婚姻和波子的婚姻也许是不同的。竹原可能不想把自己的家庭搞乱吧。

或者竹原对婚姻的幻想已经破灭，跟波子之间如果走得太远的话，会不会也同样幻灭呢？也许竹原在担心这个。

虽然波子觉得自己被竹原抛弃了，但是竹原那种能让人感受到爱的说话方式算是救了现在的波子。

"不好意思。"女服务员走进来。

"因为外边风大，要不要我帮您把挡雨板给关上啊？"

这个厢房里没有玻璃窗户。

在女服务员拉着挡雨板的时候，波子也在看着庭院。低低的竹子，叶子都翻了过来，在风中摇曳着。

"已经傍晚了啊。"竹原把双肘支在桌子上，"我说的话，伤到你的心了吗？"

波子轻轻地点了点头。

"那有点意外啊。但是波子你跟我在一起,不是有时也会有恐怖感发作吗?"

"我都说了,不会再害怕了。"

"我看到你害怕的样子,心里很难受,会想着不能再这样了,就好像醒悟了一样。"

"但是我也觉察到那可能是爱情的发作。"

"爱情的发作?"竹原想要深入询问。

波子这时仿佛又感受到真正的爱情的发作袭来,贯穿全身,差点要发抖。她腼腆起来,样子很是娇媚。

"也就是说是相反的。那样的话,我说'是相反的'这种心情,我想你也能理解。你也试着想一下。我之前让你和其他的男人结婚了。虽然不是我让结的,是你自己结的。但是从我的立场来看也能这么说。我也没有把你夺回来,就只是观望而已……我太尊重你了,没有能带给你幸福的自信。是年轻男人们容易犯的错误,但是错上加错,到了现在,通过这深刻的过去,让我看到了光明……我在其他事情上,既不胆小,也不卑怯,但还是觉得只能一直这样悄悄地爱护你。"

"你一直爱护我,这我知道。"波子很真诚地回答。心门半开半掩,很是犹豫。就算全打开,竹原也有可能不会进来。

"真是奇怪,我们这样坐着,我会感觉以前跟你结过婚一样。"

"啊?"

"那种亲切的感觉可能已经渗透了我的全身了吧。"

波子用目光表示肯定。

"终究还是深刻过去的原因啊。"

舞姬

"我错误的过去?"

"肯定不是那样的。要是彼此都忘不掉的话……好像是去年,波子你在心里写了和泉式部的和歌。"

波子有点害羞。"你还记得吗?"

这首"相思不得相见,相见并无相思,孰胜孰劣?"是波子在《和泉式部集》里发现的。

"有点像讲大道理的和歌……"

"但是,波子你能说出想跟矢木分开,用了二十年啊。婚姻真可怕啊。"

波子脸色就要变化,觉得竹原也要说她还生了两个孩子。

"你是在欺负我吗?"

"你听起来像是在欺负你吗?"

"我现没有任何闲心,整个人赤裸着颤抖呢。你还有余力,能重新审视深刻的过去。"

竹原在戏弄自己,在波子心里有这样的怀疑,所以感受到二人之间有了分歧。

竹原好像在等着波子能哭着投向他怀里。正因为这个,波子不能哭,也不能依靠过去。但是看到竹原还是很有余力的感觉,波子就变得很焦躁,伤心。

恋人都说了在赤裸颤抖着,为什么不来抱她呢?

但是波子并没有丧失判断能力。

今天见竹原是因为真的有事情。是为了和他商量卖房子,然后建训练所的事情。竹原来帮忙看原来的地皮,并在附近的幸田屋吃个饭。

何况竹原是有妻子的。波子也还没有跟矢木分开。

在这个熟悉的旅馆,会犯错误这件事是波子一开始没有想到的。

但是也许波子也不会拒绝竹原。因为波子已经感受到自己无论何时何地都是竹原的了。

"你说我心里还有余力?"竹原反问波子。

吃完饭,波子在削苹果的时候听到教堂的钟声。

"是六点的钟声。"波子在敲钟期间,停下了手中的刀。

"到了晚上,风也停了啊。"

波子将削好的苹果都放在了竹原面前。

"我必须得见一下矢木吧。"竹原说。

波子很是意外,"为什么呢?"

"不管是建新的训练场也好,还是跟矢木分手也好,你自己是解决不了的吧。"

"不好,那样不好……你别去见他。"波子摇着头说,"我自己解决。"

"没事儿的,我就以你老朋友的身份去见他……"

"那也不行。"

"你需要代理的吧?谈起来应该很难。但是我想跟他碰一碰,看看他的真实面目。看他会怎么出牌。"

"要是矢木倔起来的话……"

"嗯?北镰仓的家是在谁的名下呢?"

"我从父亲那得到的,还是我啊。"

"有没有在你不知情的情况下被改了呢?"

"矢木吗?不会吧?不至于这么做吧?"

舞姬　363

"保险起见,我去调查一下。我不知道矢木是个什么样的人……但是我觉得肯定什么时候我会为了你跟矢木对决一下的。现在是不是时候,我还没跟你确认……"

"什么确认?"

"你不是问我会不会跟你说让你跟矢木分手吗?你们分开真的没问题吗?"

"已经分开了啊。"波子好像被引导着说出来了,突然变得腼腆,脸也红了。

竹原好像一下子醒悟了一样,接着说:"那你今天还要回家吗?"

波子脸朝下,轻轻地摇摇头。

竹原好像喘不过来气一样,沉默了一会儿。

"但是我还是想以朋友的身份见一下矢木。以情人的身份的话,没办法说。"

波子抬起脸看着竹原。一双大眼睛都已湿润,但是还是看着竹原。

竹原站起来,抱住了波子的肩膀。

波子想要躲开一样,碰到了竹原的胳膊后,指尖忽然颤抖、发麻,轻轻地滑落到男人的手上。

竹原回去了,波子留在幸田屋。

"我一个人回不了家。我叫上品子一起回去。"

波子说着,给大泉研究所打电话,品子还在那里。

"要不要我待在这里,等品子来?"竹原问道,波子好像在思考一样:"今天就别见面了吧……"

"我连品子也不能见吗?"竹原笑着像是安慰波子一样。

把竹原送到玄关,看着竹原的车子开动,波子突然又想要追上去。

为什么没有跟竹原一起从这里出去呢?

波子知道自己回不去矢木那里,但是刚才她才意识到奇怪的是竹原为什么回家呢。

因为一个人在房间里待不住,所以就听从女服务员的推荐,在旅馆洗澡。

"深刻的过去……"

波子重复着竹原的话,在温暖的洗澡水里感受到好像过去都失去了。但是她触摸到竹原的手时的那份喜悦,不管自己还是年轻小姑娘的时候,还是已经年过四十的时候,都没有什么不同。波子拥抱着那个可以自认是年轻小姑娘的自己,闭上了眼睛。

"令千金到了。"女服务员前来通报。

"是吗?我马上出来。让她在房间等我吧。"

品子穿着外套,在暖炉前面歪坐着。

"母亲?我还以为您怎么了呢。来到一看,听说您去洗澡了,我就安心了。"

品子说着,抬头看波子。"母亲,您一个人?"

"不是,竹原刚才也在。"

"是吗?已经回去了吗?"

"给你打完电话后不久……"

"那时候还在啊?"品子有点诧异地说。

"您电话里只说让我来,然后就挂了,我还很担心呢。"

"是建新训练场的事情,我让他来看看地皮。"

舞姬　365

"啊。"品子明朗地说,"所以你才能打起精神来了啊。我也想看看啊。"

"要不就住着,明天去看看吧?"

"住一晚吗?"

"我一开始没打算住……"波子不说话,又躲开品子的目光,"我一个人回家的话太难受了。所以叫上你,想一起……"

"母亲,您不愿意一个人回家吗?"品子本来只是轻轻地反问,但是说出口之后,眉头紧锁,眼神突然变得严肃起来。

"比起不愿意,是难受。也感觉不可饶恕。"

"父亲吗?"

"不,是自己……"

"哎?对父亲吗?"

"这个啊,可能是对于自己吧。但是有没有不能饶恕事情,我也不知道……责备自己其实就是给自己找借口啊。"

品子好像在重新想什么事情一样。

"母亲,以后您来东京的时候,都让我陪您回去。"

"我就像个小孩子啊。"波子笑着,"品子……"

"我没想到您回家竟然会变得难受。"

"品子,我跟你父亲有可能会分开。"

品子点点头,按捺住了内心的波澜。

"品子,你怎么想?"

"会伤心。但是之前都已经考虑过这个问题。所以也不会吃惊。"

"妈妈不了解你的父亲。一开始就不了解。即便不了解也能在一起的日子结束了吧。"

"不是因为了解了才不行的吗？"

"不知道。跟不了解的人在一起的话，自己也会变得什么都不知道。妈妈跟你父亲这样的人结婚就像是和自己的幽灵结婚了一样。"

"品子和高男也是幽灵的孩子？"

"那不是。孩子都是活着的人类的孩子，是神的孩子。你父亲也说了嘛，像现在这样妈妈的心已经从你父亲那里远离的话，你和高男出生就会变成一件不好的事情。这才是幽灵说的话。我们不适用的。不断地调整情绪，转移自己注意力地活下去，可能才是人的一生吧。我要和你父亲分开，但这不仅仅是我们两个人的事情，还有你们呢。"

"我倒是没问题，高男呢？高男想去夏威夷，待高男离开日本，您再等一下……"

"是啊。那就这么办吧。"

"但是，肯定父亲不会放您走的。我是这么认为的。"

"我似乎也让你父亲相当痛苦。和我结婚是你奶奶的意愿，之后你父亲就用自己的意志贯彻执行着你奶奶的意志。"

"说着要跟父亲分开的您和其他的人相爱，这件事对于女儿来讲是很难受的。当父亲问我您和竹原继续交往好不好的时候，我虽然说好，但是那是因为我觉得父亲的问法太残酷了。高男敢于说我不想被问这样的问题，我觉得真像男子汉。"

然后品子压低声音说："我觉得虽然竹原人不错……在我看来也不算意外……但是我要是认同您的爱情的话，我就会进入魔界啊。魔界不就是靠强烈的意志来生存的世界吗？"

舞姬　367

"品子。"

"母亲，您今天和竹原见面，还叫了我。我是无所谓的。但是将来您要是远离了我们，我也会回想起今天您叫我来的事。"品子眼里噙着泪，也不能开口问母亲是不是跟竹原在一起也会觉得寂寞。

"您今天为什么叫我啊？"

波子也没能立即回答。

莫非是为了排解跟竹原在一起时涌上来的某种情感，才给品子打电话的？

波子不愿和竹原就这么分离，也不愿回去，那种相互依偎的喜悦之中还有伤感，自己一个人承受不了。是某种无地自容的情绪促使她把品子叫来的。

如果竹原抱着波子没有放开的话，或许波子脑海里不会浮现品子吧。

"我想跟你一起回家。"波子只是这么回答。

"那回家吧。"

来到东京站，发现横须贺线刚刚开走，要等二十分钟。

坐在站台的长椅上，品子说："您跟父亲分开之后，也不会跟竹原结婚吧？"

"是……"波子点点头。

"那就和我两个人生活，母亲您也跳舞……"

"是啊。"

"但是，父亲是不会放您走的。高男有可能会去夏威夷，但是父亲出国，应该是空想吧？"

波子沉默着，看着对面站台上的火车在移动。

火车开走之后，八重洲口方向能看见街上的灯火。也许是品子想起来了，开始谈起在波子的训练场和野津说的话。

"我拒绝了。但是还是会和野津一起跳舞。"

第二天周日，波子下午开始在家里排练。

午饭后，女仆人来转达："竹原先生来访。"

"竹原？"

矢木一脸严肃地看着波子。

"竹原来这里干什么？"

然后他对女仆说："就说夫人不想见他。"

"好的。"

品子和高男也紧张地观望着。

"这样行吗？"矢木问波子。

"要见的话，去外面见。那样不是更自由。哪有厚颜无耻跑到家里来的。"

"父亲，这不是母亲的自由。我是这么觉得的。"高男支支吾吾地说，手在膝盖上颤抖，细细脖颈上的喉结也在颤抖。

"嗯。你母亲只要对自己的行为有记忆的话，就知道这不是自由的吧。"矢木讽刺地说。

女仆又回来，说："他说不是见夫人，是要见先生您。"

"我？"矢木一边看着波子，一边说，"如果是我的话，那更没什么说的，去拒绝他。我跟竹原没什么事情，也没有约过今天要见面。"

"好的。"

"我去说。"高男把长发拢起来，去了大门。

品子把目光从父母身上移开,看着庭院。

只有梅花的庭院。离家稍远,靠山种着。屋檐下只有一两株。

在品子的厢房的外廊旁边的瑞香花,仔细看去,长着紧实的花骨朵,梅花怎么样呢?

品子似乎能听到母亲的呼吸,自己觉得胸口堵得慌,差点叫出来。她本来打算出门,所以穿着西装,不知不觉就把扣子解开了。

高男脚步声很响地回来了。"他回去了。说是会去学校找您,还问了您上课的时间。"说着,他盘腿坐下了。

"什么事儿啊?"

"不知道,我只是打发他回去而已。"

波子身体好像被绑起来了一样,一动也没动。随着高男的脚步声远去,就感到矢木目光的压力。而且没想到竟然这么快,今天竹原就来了。

品子看了一下手表,默默地站了起来。因为已经准备好了,所以她匆匆忙忙地出了家门。

电车是每半个小时一班。所以竹原肯定还在车站。

竹原低着头,在北镰仓车站长长的站台上踱来踱去。

"竹原先生。"品子从栅栏外边喊道。

"啊。"竹原好像有点吃惊,站立住了。

"我现在去那边,电车还来得及的……"

品子急忙从小路上走过去,竹原也随之从对面的站台走向检票口。

但是品子站到竹原面前,没有什么好说的。脸红着,很拘谨。

品子拎着装着芭蕾舞鞋的袋子。

竹原感觉品子好像是追着自己来的，"要去东京吗？"

"是的。"

竹原开始走起来，没有看品子，说："我今天去你家了。你知道吧？"

"知道。"

"本想见见令尊……但是没能见到。"

这时候上行的电车来了。竹原让品子先上，然后两人面对面坐了下来。

"能不能转告令堂，就说名义果然已经变了……"

"好的。名义？什么的名义？"

"你那样说的话，她就明白了。"竹原随口说，又像是重新思考了一样，"早晚你也会知道的。就是你们家房子的名义。就是为了这件事，我想跟令尊谈谈。"

"什么？"

"品子，你是站在母亲这一边的吧？不管有什么事情……她的人生，接下来才开始。和你的人生也是接下来开始是一样的。"

电车到了下一站大船站。

"我就在这儿告辞了。"品子说完就突然站起来。

与那电车前后交错，开往伊东的湘南电车进站了。

品子一直盯着看，然后纵身一跃，上了车。心里翻滚的波浪立刻平静下来。

刚才竹原来到大门口，父母在茶室里坐着，那种让人窒息的气氛，品子难以忍受。她能感受到母亲的心情，因为那痛苦，几乎要吐血一样。

舞姬

因此品子才会去追竹原。但是一见到竹原，先是感到尴尬和羞涩。即便有什么想帮母亲传达的，也没能说出口。

为什么要跟来呢？品子觉得无地自容，所以就在大船站下了车。

坐上湘南电车也是突然决定的。单纯就当是去见香山，品子就率真地平静了下来。

在车行驶到大矶车站附近，品子隐隐约约听到，有伤残军人在用尖酸的演讲口吻募捐。

然后又听到另一个声音说："请大家不要为伤残军人捐款。捐款是被禁止的……"车门口站着乘务员。

伤残军人停止了自己的演讲，拖着有金属脚步声的腿，从品子身旁通过。白衣服里露出来的一只手，是安着金属骨头的假手。

品子从伊东站坐上了东海公交的一号线。到下田要三个多小时，可能半路上天就黑了。